*Kerstin King* ist Ende dreißig und lebt mit ihrem Mann Achim in einem kleinen Ort in der Vorderpfalz. Wenn sie nicht schreibt, arbeitet sie in einer großen Leasinggesellschaft in Stuttgart. Ihre Freizeit verbringt sie am liebsten in Wyk auf Föhr. „Sommersprossen im Winter" ist ihr erster Roman. Eine Veröffentlichung ihrer Kurzgeschichten über Katzen ist in Vorbereitung.

Weitere Informationen zur Autorin finden Sie unter: www.kerstinking.de

Kerstin King

# Sommersprossen im Winter

Roman

Bibliografische Information der Deutschen Nationalbibliothek:
Die Deutsche Nationalbibliothek verzeichnet diese Publikation in der
Deutschen Nationalbibliografie; detaillierte bibliografische Daten sind im
Internet über http://dnb.dnb.de abrufbar.

5. Neuauflage November 2017

Cover: Marie-Katharina Wölk www.wolkenart.com
Lektorat: Heidi Goch-Lange www.buch-wunder-werk.de
Satz: Frauke Hamann www.buch-wunder-werk.de

Herstellung und Verlag: BoD – Books on Demand, Norderstedt

ISBN: 978-3-7448-7374-1

Auch als eBook erhältlich

## Prolog

Dieses Buch ist all jenen gewidmet, die die Hoffnung auf eine beste Freundin noch nicht aufgegeben haben.

Mein Name ist Alexandra Marquardt, ich bin 39 Jahre alt und Inhaberin der Werbeagentur Maxfield.

Getreu dem Motto: Von nichts und niemand werde ich mich von meinem Weg abbringen lassen. Nur der Weg ist das Ziel!

Zugegebenermaßen muss ich mir eingestehen, dass auch ich als Unternehmerin viel dazulernen musste, um zu verstehen, Karriere ist nicht alles im Leben.

Auch wenn ich oft garstig bin und meine Gefühle nicht nach außen transportieren kann, bin ich doch im Inneren ein Seelenmensch.

Lass es mich dir beweisen!

Tauche mit mir ein in den Wellengang der Gefühle und Emotionen.

1. Kapitel

Ich hasste es, wenn ich am frühen Morgen durch den einen kleinen Spalt, den der Vorhang freigab, von der Sonne geweckt wurde. Aber auch nur, weil ich um diese Zeit endlich mal schlafen konnte. Ich blinzelte in den Lichtstrahl, drehte meinen Kopf nach links und sah meinen schlafenden Ehemann Robert auf der anderen Seite des Bettes. Endlich mal nicht schnarchend, lag er ausgestreckt neben mir. Seine dunkelbraunen Haare schimmerten in der Sonne und seine 45 Jahre sah man ihm überhaupt nicht an. Ein Dreitagebart zierte sein markantes Gesicht.

Ich rekelte mich und blieb erst mal auf der Bettkante sitzen, um meine Füße in aller Ruhe zu betrachten. Noch ziemlich müde, raffte ich mich letztendlich auf, streckte mich bis in die Fingerspitzen und schlurfte in meiner weiten Pyjamahose und dem viel zu großen Kuschelpulli ins Badezimmer. Im Spiegel sah ich in ein zerknittertes Gesicht und meine blonden Haare fielen wie Stroh auf die Schultern.

Ich griff nach meiner Zahnbürste und fing an, mir die Zähne zu putzen. Mein Blick blieb auf dem Spiegel haften. Eigentlich gab ich eine ganz passable Figur ab. Gut, ich war mit meinen 1,80 Metern ziemlich hochgewachsen für eine Frau, ich hatte keine Taille und ein Allerweltsgesicht. Zum Model hat es nie gereicht. Trotzdem mochte ich mich irgendwie, zumindest an den meisten Tagen. Und für meine 39 Jahre habe ich mich, bis auf ein paar Fältchen um die Augen, doch ganz gut gehalten. »Pppppppffffffffff ......«, spritzte ich das Zahnpastawasser gegen den Spiegel.

»Was machst du da?«, beäugte mich Robert skeptisch, der in der Zwischenzeit im Bad aufgetaucht war und mich fragend musterte.

»Nichts«, stieß ich hervor, »das siehst du doch.«

»Na, wenn das nichts sein soll, dann weiß ich aber nicht, wie das mit dir weitergehen soll.«

»Robert, lass diese Kommentare«, schnaubte ich ihm genervt entgegen, »nicht am frühen Morgen!«

Ich verließ das Badezimmer, zog mich an, schnappte mir meine Autoschlüssel und zog die Tür hinter mir zu.

2. Kapitel

Ich fuhr wie jeden Morgen in meinem Audi RS 5 in meine Werbeagentur, die den Namen *Maxfield* trug. Mein ganzes Herzblut steckte ich in diese Firma, weil es eigentlich das Einzige war, was mich noch am Leben hielt. Mein Mann Robert und ich fuhren jeden Morgen getrennt zur Arbeit, da er es als Miteigentümer der Firma nicht einsah, vor 10 Uhr die heiligen Hallen zu betreten. Nicht nur in diesem Punkt waren wir komplett unterschiedlich.

Ich fuhr direkt auf meinen angestammten Parkplatz und sah eine Weile auf die davor begrünte Wandfläche, bevor ich schwerfällig ausstieg und hineinging.

»Guten Morgen, Alexandra!«, rief mir Marvin Hover, mein bester Freund und langjähriger Mitarbeiter der Agentur zu. Er verkörperte den absoluten Traummann. Großgewachsen, dunkelhaarig, 42 Jahre jung und durchtrainiert. Er behauptete ja immer, sein perfekter Body sei auf seine guten Gene zurückzuführen. Aber das nahm ich ihm nicht ab. Ich glaube, er war sehr eitel und tat für sein Äußeres alles.

»Hey! Guten Morgen!«, rief ich ihm weniger gut gelaunt entgegen.

»Heute ist mal wieder kein guter Tag, oder?«, guckte er mich fragend an, die Augenbrauen nach oben gezogen.

»Nein, heute ist kein guter Tag und das liegt ganz bestimmt nicht daran, dass heute Montag ist und mein Göttergatte mich schon am frühen Morgen genervt hat.«

Ich atmete tief aus und klopfte Marvin auf die Schulter. Wir fuhren zusammen in den vierten Stock, wo er mich kurz vor meinem Büro verabschiedete, um in seines zu gelangen, das sich auf der anderen Seite des Ganges befand. Ich legte meine Tasche auf dem runden Besprechungstisch ab und ging zum Fenster. Der Raum hatte bodentiefe Fenster, die den Blick auf die schöne Hamburger Elbe freigaben. Ich liebte dieses Fleckchen sehr.

»Frau Marquardt, einen schönen guten Morgen! Möchten Sie Ihren Tee heute schon vor der Besprechung oder lieber danach zu sich nehmen?«, fragte mich Frau Cooper, die treue Seele des Hauses, oder genauer gesagt, meine Sekretärin. Viele Jahre bereits bei meinem Onkel tätig gewesen, sah man ihr immer noch den Biss in den Augen an, alles schaffen zu können, was man sich vornimmt.

«Vielen Dank, Frau Cooper, aber ich verzichte heute ganz auf Tee.«

»Ist etwas passiert, Frau Marquardt?«, fragte sie sichtlich irritiert.

»Nein, es ist alles in Ordnung, wie immer Frau Cooper. Sie können jetzt gehen, danke!«

Ich konnte diese ständige Fragerei einfach nicht ertragen. Es führte doch zu nichts, aber das war wohl die gute Erziehung, die man früh in die Wiege gelegt bekommt. Schließlich war Frau Cooper bereits 58 Jahre alt, aber ich mochte sie wirklich sehr.

»Bist du soweit?«, hörte ich Marvin, der an der Tür zu meinem Büro stand. Erschrocken fuhr ich herum.

»Ja, klar, ich komme.«

Mit den wichtigsten Unterlagen unter dem Arm ging ich mit Marvin wieder zurück zum Fahrstuhl, der uns zu unserem wöchentlichen Meeting brachte. Dort angekommen, waren bereits alle Mitarbeiter, darunter auch die Vertriebskollegen, versammelt und folgten zugleich zu ihren Stühlen, als wir den Raum betraten.

»Wo ist Herr Marquardt?«, fragte Frau Hauck.

»Im Moment nicht im Haus«, gab ich genervt zur Antwort. Marvin schaute mich an und machte eine auf- und abwärtsführende Handbewegung, die mich runterbringen sollte. Keiner wusste so gut wie er, dass diese Person mich zur Weißglut treiben konnte. Es war mir auch schleierhaft, warum sie ständig nach Robert fragte.

»Ich begrüße Sie alle recht herzlich zu unserem Meeting und möchte direkt einsteigen. Sie wissen ja bereits, dass für uns dieses Jahr alles daran hängt, unseren schärfsten Konkurrenten abzuschütteln. Wir müssen alle, und damit meine ich auch ausnahmslos alle, über unsere Grenzen gehen und alles daran setzen, *Maxfield* vor die konkurrierende Werbeagentur *Fire on Ice* zu bringen. Ich erwarte vollen Einsatz von jedem Einzelnen und werde vor keinen Konsequenzen zurückschrecken, wenn ich merken sollte, dass sich jemand auf den anderen ausruht. Ich hoffe, Sie haben mich verstanden. Die Einzelheiten gebe ich Ihnen direkt nach unserem Meeting per Mail bekannt.«

Die Mitarbeiter waren sichtlich angespannt. Es ging jetzt um alles. Nachdem wir noch weitere Themen durchgesprochen hatten, entließ ich alle Mitarbeiter wieder an ihre Arbeit und zog mich in mein Büro zurück.

Auch ich war so tief in eines meiner Projekte versunken, dass ich die mir durchaus bekannte Stimme gar nicht vernahm. »Hallo, mein Engel!«, rief mir Robert zu. Ich saß an meinen Schreibtisch, der über und über mit Akten und Bergen von Notizen überhäuft war und richtete daher nur meine Augen auf ihn, ohne meinen Kopf anzuheben.

»Du bist ganz schön spät!«, sagte ich gereizt. »Du

weißt doch, dass wir montags immer um 10 Uhr Meeting haben. Kannst du nicht wenigstens dort pünktlich erscheinen?« Ich stand auf, drehte mich zur Fensterfront und ließ den Blick schweifen.

»Aber Liebling, das kannst du doch alles viel besser als ich«, murmelte er mir von hinten ins Ohr, seine Arme auf meine Schultern gelegt.

»Lass das bitte, ich bin jetzt nicht in Stimmung«, sagte ich wütend. Ich schlang mich aus seiner Umklammerung und ging zur anderen Seite des Raumes.

»Warst du überhaupt schon mal in Stimmung?«, fragte er in einem Ton, der mich frösteln ließ. Ich drehte mich zu ihm um. Meine Augen funkelten und ich hatte meine Hände zu Fäusten geballt. Ich stockte zunächst und atmete dann tief durch.

»Frau Hauck hat nach dir gefragt. Ich wüsste zu gerne, was diese Frau ständig von dir will.«

»Eifersüchtig, mein Liebling?«

»Raus jetzt, Robert, lass mich einfach weiterarbeiten! Du weißt ganz genau, was dieses Jahr auf dem Spiel steht. Während du dich mit deinen Freunden auf dem Golfplatz vergnügst, gibt es hier noch jede Menge Arbeit, die immer an mir hängen bleibt. Oder meinst du etwa, mir macht es Spaß, das alles alleine bewerkstelligen zu müssen?«, rief ich ihm aufgebracht hinterher.

Bereits an der Tür angekommen, drehte er sich zu mir um. »Wenn du dich wieder beruhigt hast, mein Liebling, können wir gerne weiterreden.«

Händeringend suchte ich nach einem Gegenstand auf meinem Schreibtisch, den ich ihm hinterherwerfen könnte. Mir blieb nur der Locher. Ohne zu zögern, griff ich danach und warf ihn mit voller Wucht in seine Richtung. Der Mistkerl duckte sich geschickt und der

Locher flog durch die bereits geöffnete Tür in Marvins Richtung. Schnaubend verließ Robert den Raum und Marvin kam verwundert mit dem Locher in der Hand hinein.

»Alles ok?«

Ich kämpfte gegen aufsteigende Tränen und schmiegte mich an Marvins Schulter. Er strich mir sanft über meinen Rücken und gab mir den Halt, den ich bei Robert seit Jahren vermisste.

## 3. Kapitel

Nachdem der gestrige Abend, wie eigentlich fast jeder Abend, vor sich hingeplätschert war, fand ich mich wieder Punkt 9 Uhr in der Werbeagentur in der Hafencity ein. Wo Robert den Abend verbracht hatte, wusste ich nicht. Ich fing auch langsam an, mich zu fragen, ob mich das überhaupt noch interessierte.

Meine Bürotür wurde einen Spalt geöffnet und Marvin schaute lächelnd herein. »Guten Morgen, schöne Frau! Ich hoffe, du hast heute einen angenehmen Arbeitstag und wollte nur kurz fragen, ob du mir heute Abend die Ehre erteilst, mit mir schick essen zu gehen?«

Er zwinkerte mir zu und stand erwartungsvoll in der Tür.

»Ich weiß nicht, Marvin, es ist hier doch so viel zu tun und ich wollte daher heute länger arbeiten«, sagte ich geknickt in seine Richtung.

»Die Ausrede lasse ich nicht durchgehen. Du arbeitest doch jeden Tag bis spät in die Nacht. Die Abwechslung wird dir guttun. Ich hole dich um 20 Uhr ab, ok?«

Ich ließ meinen Blick aus dem Fenster auf meine geliebte Elbe und wieder zurück zu Marvin wandern.

»Ok. Um 20 Uhr hier im Büro.«

»Super, ich freu mich«, sagte er zufrieden. »Ich muss auch gleich weiter, hab noch eine Besprechung. Bis heute Abend.« Zufrieden schloss er die Tür und ich war wieder alleine mit den ganzen Problemen und Sorgen ob privat oder geschäftlich. Aber was nützte es zu jammern, es hörte doch sowieso niemand.

Bevor Marvin mich abholte, war ich doch noch schnell nach Hause gefahren, um mich frisch zu machen und mich schick anzuziehen. Seine Einladungen waren immer legendär und das war tatsächlich das, was ich jetzt brauchte, um einfach mal abzuschalten und runterzukommen.

»Du gehst noch aus?«, tönte Roberts Stimme durch das Wohnzimmer.

Ich folgte dem Ruf und konnte ihn schon von Weitem rauchend und mit einem Glas Rotwein in der Hand sehen.

»Ja«, sagte ich mit erhobenem Kopf. »Was dagegen?«

»Nein, ich wundere mich nur, da du ja angeblich so viel Arbeit in der Agentur hast und es jetzt um alles geht. Dass du dann noch Zeit zum Ausgehen hast, finde ich schon beachtlich, mein Liebling.«

Ich schnaufte zum wiederholten Male, bevor ich ansetzte. »Nachdem du es heute nicht mal für nötig befunden hast, überhaupt in der Agentur zu erscheinen - von arbeiten möchte ich gar nicht erst sprechen, das wäre jetzt doch etwas übertrieben - wäre ich dir sehr dankbar, wenn du mich in Zukunft mit solchen Sätzen verschonen würdest. Ich wünsche dir einen schönen Abend.«

»Danke, mein Schatz, den werde ich haben. Vielleicht kommt Frau Hauck noch vorbei. Selbstverständlich zum Arbeiten«, rief er mir lachend hinterher.

Ich blieb stehen und drehte mich zu ihm um.

»Diese Person betritt nicht mein Haus! Es reicht schon, dass ich sie in der Firma ertragen muss. Hast du mich verstanden, Robert?«

»Ich weiß, dass das dein Haus ist, dein Auto, dein Leben, aber die Agentur gehört dir nicht alleine«, schnaubte er zornig.

»Du vergisst, dass ich die meisten Anteile der Agentur besitze und du ohne mich keine

Entscheidungen treffen kannst. Wenigstens das habe ich    richtig gemacht«, murmelte ich leise. Ich nahm meinen Mantel und verließ das Haus.

## 4. Kapitel

Angekommen im Restaurant »Seehof« konnte ich mich endlich entspannen, nachdem ich die ganze Autofahrt über den Ärger von zu Hause noch mal habe Revue passieren lassen. Zum Nachteil von Marvin, der sofort merkte, dass wieder etwas vorgefallen sein musste. Er war mein bester Freund.

Als wir unsere Plätze einnahmen, eilte schon der Kellner mit den Speisekarten herbei. Die Auswahl war riesig und es erschien mir alles sehr verlockend. Wenigstens mal den Gaumen erfreuen, das war

doch schon mal ein Anfang. Nachdem wir bestellt und auf unseren gemeinsamen Abend angestoßen hatten, sah ich Marvin erwartungsvoll an. Ich merkte, dass er etwas verlegen war, um ein passendes Gespräch zu beginnen. Als wir beide schließlich gleichzeitig den Versuch starteten, stockten wir und mussten loslachen.

»Wir verstehen uns doch auch so, oder Marvin?«, lächelte ich ihn an.

»Willst du über deinen Ärger von vorhin sprechen oder ertränkst du ihn lieber in Alkohol?«, sah mich Marvin fragend an.

»Nein, lass uns über etwas anderes sprechen. Ich möchte nicht, dass auch noch dieser Abend vergiftet wird.«

»Also, du möchtest dieses Jahr so stark angreifen, dass wir die Nummer Eins am Werbehimmel werden?«

»Ja, selbstverständlich!«, kam es aus mir heraus. Überrascht von meiner eigenen Antwort hielt ich die Luft an. Ich senkte meinen Kopf und hob nur meine Augen in die Richtung von Marvin, der mich erwartungsvoll ansah.

»Ich weiß, dass es schwer wird, aber wir können es schaffen«, setzte ich nach.

»Vor allem mit der tatkräftigen Unterstützung von deinem Mann Robert, der so viel Zeit und Energie in die Agentur einbringt, dass man vor Neid erblassen könnte.«

»Wir schaffen das auch ohne ihn«, korrigierte ich Marvin.

»Du hast definitiv zu wenige Mitarbeiter. Du musst aufstocken, meine Schöne, ob du willst oder nicht.«

Einmal mehr lamentierte ich über zu hohe Personalkosten, was Marvin offenbar nicht überzeugte.

»Du bist die einzige Unternehmerin, die ich kenne, die es fertigbringt, nicht in Personal zu investieren, obwohl du es dir locker leisten könntest. Alexandra, warum investierst du nicht in neue Mitarbeiter?« Fragend sah er mich an.

»Es gibt einfach keine guten Fachleute, das weißt du doch!«, konterte ich.

»Was du brauchst, ist kein neuer Mitarbeiter für die Disposition, für die Auslandsrecherchen oder für die Personalabteilung. Nein! Was du brauchst, das ist einfach frischer Wind. Geschäftlich wie privat.«

Mit großen Augen sah ich Marvin an. »Frischer Wind«, wiederholte ich seine Worte.

»Ich hätte da vielleicht jemanden für dich.«

»Wer soll das denn bitte sein?«, beäugte ich ihn skeptisch. »Sie heißt Emilia Maier, ist 22 Jahre alt und hat Marketing studiert. Ja, leider abgebrochen, aber nicht, weil sie zu blöd war, sondern weil sie sich einfach oft verzettelt und immer wieder was Neues anfangen will. Aber sie ist wirklich gut auf ihrem Gebiet«, schwärmte er.

»Im Verzetteln oder im etwas Neues anzufangen?«
Ich hob skeptisch meine Augenbrauen.

Marvin stöhnte und senkte den Kopf.

»Warum willst du unbedingt, dass sie bei uns anfängt? Jetzt weiß ich es«, sagte ich grinsend und beugte mich über den Tisch zu Marvin. »Sie ist eine deiner Verflossenen?!«

»Nein, ist sie nicht. Die ist doch viel zu jung«, wehrte er sich. »Sie ist die Tochter einer weitläufigen Bekannten meiner Mutter, sonst nichts.«

»Ach, sonst nichts«, grinste ich ihm entgegen.

Es folgte eine Stille am Tisch und der Kellner servierte unser Essen. Es duftete lecker nach gutem Fleisch, Gemüse und meinen Lieblingskartoffelklößen. Wann hatte ich die das letzte Mal gegessen? War es vergangenes Jahr zu Weihnachten oder war es doch schon viel länger her? Klar, an so etwas konnte ich mich mal wieder nicht erinnern.

Nachdem ich den halben Teller aufgegessen hatte, legte ich das Besteck zur Seite, tupfte meinen Mund mit der Serviette ab, trank einen Schluck von meinem Spätburgunder Edition und sah zu Marvin rüber. »Also gut, mach einen Termin mit ihr!«, sagte ich in einem schnellen, beinahe nebensächlichen Satz. »Ich weiß zwar ehrlich gesagt nicht, wo ich sie bei diesen überragenden Fähigkeiten einsetzen soll, aber bitte.«

»Sie wird dir guttun. Vertrau mir!«, versuchte Marvin mich zu beruhigen.

Mit dem Zeigefinger winkte ich Marvin dichter zu mir über den Tisch.

»Du glaubst nicht ernsthaft, dass ich noch einem Mann vertrauen werde.« Messerscharf grinste ich ihm entgegen, was ihn sichtlich störte. Um die Situation nicht noch mehr zu reizen, versuchte ich wieder, zu einem sachlichen Ton überzugehen.

»Was meinst du, wann kann sie vorbeikommen?«

»Ich werde sie gleich morgen anrufen. Wenn wir Glück haben und sie Zeit hat, geht es bestimmt kurzfristig«, sagte Marvin erleichtert.

Ja, Glück konnte ich dringend mal wieder gebrauchen, dachte ich mir und betrachtete Marvin. Er versuchte immer, mir zu helfen, wo er konnte. Er war wirklich ein guter Freund.

»Du wirst es nicht bereuen, Alexandra, das ist sicher!«

Marvin erhob sein Glas zum Anstoßen. Ich zögerte kurz, aber dann gab ich alle Widerstände auf und beschloss, nun einfach zu genießen. Als ich den Wein am Gaumen verspürte, schwelgte ich in Erinnerungen. Der feine langanhaltende Abgang erinnerte mich an eine meiner Geschäftsreisen. Ich berichtete Marvin davon, wie ich vor ungefähr sechs Jahren durch Kallstadt an der Weinstraße gefahren war. Besonders aufgefallen war mir die Winzergenossenschaft. Es war gerade Erntezeit und die Trauben waren zur weiteren Bearbeitung angeliefert worden. Der Geruch von Trester und das landwirtschaftliche Treiben erinnerten mich an meine Kindheit. So entschied ich mich kurzerhand einen Blick hineinzuwerfen und hatte einen Spätburgunder Edition verkostet. Da man dort jedes Wochenende nicht nur Wein probieren, sondern auch kaufen konnte, hatte ich es mir nicht nehmen lassen, meinen Lagerbestand für zuhause aufzufüllen. »Vielleicht sollte ich dort mal wieder vorbeischauen«, philosophierte ich bei einem weiteren Glas Wein. Marvin pflichtete mir bei. Wie ließen den Abend mit einer leckeren Mousse au Chocolat ausklingen.

Dann brachte Marvin mich nach Hause. Ich fiel

erschöpft aber voller Zuversicht in mein Bett. Dass Robert nicht da war, interessierte mich in dem Moment überhaupt nicht. Ich schlief endlich mal wieder halbwegs zufrieden ein.

## 5. Kapitel

Die nächsten Tage vergingen wie im Flug. Ich arbeitete wie eine Verrückte, nahm verschiedenste Termine wahr und versuchte, mir meine Anspannung nicht anmerken zu lassen. Mein Leben lief praktisch nur noch in der Agentur ab. Mein Mann Robert vergnügte sich währenddessen auf dem Golfplatz oder hielt hier und dort ein Schwätzchen mit den Mitarbeitern. Das war unter anderem das, was er mir auch ständig vorhielt. Ich müsse mehr Interesse an meinen Mitarbeitern zeigen, den persönlichen Empfindungen nachgehen, um schnell und konstruktiv eingreifen zu können, wenn es mal Probleme auch zwischen den Kollegen untereinander geben würde. Wenn ich etwas in den vergangenen Jahren meines Chefdaseins gelernt hatte, dann, dass man von sich nicht zu viel preisgeben und der Unterschied zwischen Vorgesetzte und Mitarbeiter erkennbar sein sollte.

Ich stutze kurz. Wenn ich so in mich hinein hörte, würde ich gar nicht merken, dass ich von mir sprach. Hatte ich mich inzwischen so verändert? Oder war es doch Angst, dem Druck nicht mehr Stand halten zu können? Ich hatte schon seit längerer Zeit das Gefühl, alle erwarteten von mir Unmögliches und ich versuchte krampfhaft, dem gerecht zu werden. Manchmal bereute ich meine Aussagen, die ich gegenüber Marvin oder den anderen Mitarbeitern getätigt hatte. Mir fehlte so oft eine direkte Bezugsperson, mit der ich meine Probleme oder aber auch das Erlebte vom Tag erzählen konnte. Mit Marvin konnte ich mich nicht so austauschen, wie ich es mit einer besten Freundin machen könnte und von Robert wollte ich gar nicht erst sprechen. Ich schmunzelte, als ich in diesem

Zusammenhang an meine Grundschulzeit denken musste. Sie hieß Sandra und wir wurden zur gleichen Zeit eingeschult. Wir waren uns schnell sympathisch, da wir die gleiche Schultüte hatten. Von da an machten wir alles zusammen. Niemand konnte sich zwischen uns stellen. Bis wir voneinander getrennt wurden. Sie ging nach der Grundschule auf die Realschule und ich besuchte das Gymnasium. Da wir nicht mehr viel Zeit miteinander verbringen konnten und sie dann letztendlich auch noch mit ihren Eltern weggezogen war, verloren wir uns aus den Augen. Das Letzte, was ich von ihr mitbekommen hatte, war, dass sie glücklich verheiratet mit drei zuckersüßen Kindern, einem Hund und mit ihrem Mann auf dem Land wohnte, wo dieser sich als Arzt niedergelassen hatte. Wenn ich bei mir Bilanz zog, war ich davon weit entfernt. Finanziell war ich zwar unabhängig und ich hätte sofort aufhören können zu arbeiten. Aber war das alles, was ich mir von meinem Leben versprochen hatte?

Ich lehnte mich auf meinem Bürostuhl zurück, atmete tief ein, als mir ein Prospekt ins Auge fiel. *"Yoga von und mit Clara Steinhauser"* stand fett gedruckt über einer abgebildeten Frau, die im Schneidersitz auf einer bunten Matte saß. Yoga, murmelte ich vor mich hin. Das wollte ich schon immer mal ausprobieren, obwohl ich nicht wirklich an die angeblich umfassend positive Wirkung glaubte. Ich nahm den Flyer und legte ihn in die Schublade. Es reichte schon, dass Robert sich den ganzen Tag vergnügte.

Wo ist er eigentlich schon wieder, fragte ich mich und auch, ob es mir mittlerweile nicht viel besser ging, wenn er nicht da war. Also versuchte ich diese Gedankenverschwendung sein zu lassen. Ich stand auf, trat in den Flur und lief mit festen Schritten an mehreren offenen Bürotüren vorbei, wo hier und dort ein privates Gespräch zu hören war. Ich blieb an einer Tür stehen und lauschte den gedämpften Tönen von Susan Hauck, die sich mit einer Disponentin offenbar über ihr letztes Wochenende unterhielt. »Jetzt stell dir bitte mal vor, Anja, was wir für ein tolles Leben führen könnten. Ich vergöttere ihn so sehr und er hat es so schwer bei ihr. Die lässt ihm doch keine Luft zum Atmen. Letzte Woche hat er mich abgeholt und wir haben eine tolle Nacht im Landhaus Laura auf Föhr verbracht. Ist das nicht herrlich?«, schwelgte Susan Hauck in frischen Erinnerungen.

Unbeobachtet wagte ich mich einen weiteren Schritt näher.

»Meinst du nicht, dass er sich doch mal von ihr scheiden lassen würde?«, fragte Anja neugierig, während sie sich ein großes Stück Kuchen in den Mund schob. Die Beine hatte sie dabei ausgestreckt auf dem Schreibtisch liegen.

Beneidenswert, dachte ich mir, wenn man so glücklich ist. Aber nicht auf meine Kosten! Schon gar nicht, wo es dieses Jahr um alles ging.

»Ich glaube, ich sehe und höre nicht richtig, meine Damen!«, warf ich lautstark in den Raum.

»Frau Marquardt!«, riefen beide vor Schreck. Anja Bensheimer sprang so schnell auf, dass ihr ein Stück Kuchen direkt auf den Boden fiel und Susan Hauck lief feuerrot an.

»Haben Sie nichts zu tun, dass Sie sich hier über ihr Privatleben auslassen müssen? Verlegen Sie das bitte in die Mittagspause oder nach Feierabend. Wir haben keine überschüssige Zeit. Und, wenn Sie für heute mit Ihrer Arbeit durch sind, unterstützen Sie bitte Ihre Kollegen.«

»Ja, natürlich«, sagten beide fast gleichzeitig.

Mit schweren Schritten ging ich in die Kaffeeküche.

»Hallo, Alexandra! Jetzt arbeiten wir in einer Agentur und haben uns trotzdem 2 Tage nicht gesehen«, blickte mir Marvin etwas enttäuscht entgegen. »Alles ok bei dir? Du siehst müde aus.«

»Mir geht es wie immer, Marvin und ja, ich habe mich die letzten Tage sozusagen in meinem Büro eingeschlossen, um das Unmögliche möglich zu machen. Daher sind wir uns wohl auch nicht begegnet.«

»Du hättest trotzdem mal vorbeischauen können«, sagte Marvin mit hochgezogenen Augenbrauen, »oder nicht?«

»Das hättest du selbst auch tun können, mein Lieber«, lächelte ich ihn kurz an. »Sag mal, was ist eigentlich aus deiner Emilia Maier geworden, die du mir so angepriesen hast?«

»Ach ja, Emilia«, sagte Marvin, »der habe ich auf die Mailbox gequatscht.«

»So, so, auf die Mailbox gequatscht«, sagte ich genervt, »wann war das denn?«

»Gleich am Morgen nach unserem Abendessen im *Seehof*, wie versprochen«, gab er zur Antwort.

»Das ist jetzt vier Tage her!«, entgegnete ich ihm zornig und runzelte die Stirn. »Dafür, dass sie so toll sein soll, wie du sagst, fehlt es ihr aber gewaltig an Disziplin!«

»Das kannst du ihr ja noch beibringen, Alexandra«, grinste Marvin spöttisch.

»Bist du verrückt?! Ich möchte keine Angestellte, die ich noch erziehen muss, davon habe ich bereits genug in meiner Agentur sitzen. Ich habe eben ein Gespräch zwischen Susan und Anja mitbekommen. Susan muss einen Geliebten haben, wusstest du das?«

»Äh, nein, das wusste ich nicht«, sagte er etwas kleinlaut. »Na ja, so hat jeder seine Problemchen, nicht nur du, Alexandra«, grinste er mich an und drehte sich zum kochenden Wasserkessel um.

»Ruf sie bitte noch mal an, Marvin.«

»Wen? Emilia?«, fragte er noch mal nach.

»Ja, natürlich Emilia«, sagte ich gereizt. Ihr Name gefiel mir. Wenigstens das schon mal. Während er seine Teetasse mit dem kochenden Wasser auffüllte, drehte ich mich auf dem Absatz um und lief in Richtung meines Büros.

## 6. Kapitel

Das Wochenende verabschiedete sich so, wie es angefangen hatte. Trostlos und ohne die Wärme, die ich so dringend gebraucht hätte. Ich verbrachte die meiste Zeit arbeitend auf der Couch mit meinem Laptop auf dem Schoß, eingekuschelt in eine Decke, in meinem lilafarbenen Kuschelpulli, den ich mir aus meinem Lieblingsgeschäft »Traumstück« auf Föhr mitgebracht hatte. Ja, Föhr. Dort, wo ich einst Robert kennen und lieben gelernt hatte. Dort, wo wir ein kleines, reetgedecktes Haus gekauft und liebevoll nach unserem Geschmack eingerichtet hatten. Mindestens vier Mal im Jahr wollten wir dort hinfahren und, wenn es die Zeit erlaubte, auch mal an den Wochenenden. Inzwischen war es schon 6 Monate her, dass ich das letzte Mal dort gewesen war. Robert fuhr zwischendurch vorbei, um nach dem Rechten zu sehen. Wenigstens dafür war er zu gebrauchen. Den Rest übernahm unsere treue Haushälterin Frau Blume, die wirklich ein Schatz war und sich immer sofort meldete, wenn etwas nicht in Ordnung war.

Der Bordcomputer meines Audi zeigte mir mit einem schrillen Ton an, dass es Zeit für die nächste Inspektion war. Auch darum würde ich mich wohl selbst kümmern müssen. Aber ich war ja gekonnt darin, alles zu meistern. Warum nicht auch das?

Ich blinkte links, bog scharf auf das Gelände der Werbeagentur ein und fuhr direkt auf meinen Parkplatz. Nachdem ich den Motor abgestellt hatte, verfolgte ich das rege Treiben vor der Agentur. Es hatte sich in den vergangenen Jahren wirklich viel getan. Ich hatte inzwischen 42 Mitarbeiter, was mich stolz machte. Nachdenklich sah ich den Menschen hinterher. Plötzlich erkannte ich, wie unterschiedlich sie waren und wie sie sich von jedem Einzelnen abhoben. Die meisten von ihnen waren etliche Jahre bei uns, schon bei meinem Onkel hatten einige ihre Ausbildung absolviert. So schlecht kann es doch dann bei uns gar nicht sein, dachte ich. Selbst, seitdem ich die Leitung übernommen hatte, gab es keine Entlassungen. Weder von Mitarbeiterseite aus noch von unserer. Gedankenversunken stieg ich aus meinem Auto und betrat die Agentur. Viele Angestellte grüßten mich freundlich und hielten mir sogar die Tür auf.

In meinem Büro angekommen, eilte auch schon Frau Cooper mit meinem frisch aufgebrühten Tee herein. »Einen schönen, guten Morgen wünsche ich Ihnen, Frau Marquardt«, sagte sie in einem warmen und freudigen Ton. Sie lächelte dabei und goss mir die erste Tasse Tee ein.

»Guten Morgen, Frau Cooper! Hatten Sie ein schönes Wochenende?«, fragte ich anstandshalber nach.

»Es war sehr schön. Ich habe viel Neues erlebt und ich habe es mir richtig gutgehen lassen. Und, wissen Sie was, Frau Marquardt? Jetzt habe ich mich doch tatsächlich für einen Fotografie-Workshop angemeldet: Wie halte ich schöne Dinge gezielt fest? Es ist nicht ganz billig, aber dafür, dass eine Übernachtung in einem 4-Sterne Hotel mit Halbpension dabei ist und der Workshop über ganze zwei Tage andauert, habe ich mir gesagt: Annegret, das gönnst du dir jetzt mal. Man kann schließlich nicht nur arbeiten«, erklärte sie.

Ihr Blick senkte sich und sie war verunsichert, als sie meinen wehmütigen Gesichtsausdruck vernahm. Sichtlich irritiert verließ sie den Raum.

Selbst meine Sekretärin mit ihren 58 Jahren war lebensfroher als ich. Ich konnte es nicht fassen!

Fotografie-Workshop. Darauf muss man erst mal kommen. Schwerfällig und geknickt ließ ich mich in meinen Bürosessel gleiten und drehte mich zur Fensterfront um, die direkt hinter meinem Schreibtisch war und starrte auf die Elbe.

Ich sah abends die vielen Menschen, die sich nach Feierabend mit Freunden trafen, um etwas zu erleben, um sich auszutauschen. Ich senkte den Kopf und hielt mir die Hände vor das Gesicht.

»Alles ok, Alexandra?«, tönte eine Stimme durch den Raum. »Marvin! Guten Morgen«, sagte ich etwas benommen.

»Guten Morgen! Was ist los? Du siehst nicht gut aus. Ist wieder etwas mit Robert oder gibt es in der Firma Probleme?«

»Nein, nein, alles in Ordnung«, brachte ich ihm genervt entgegen. »Alles in bester Ordnung.«

Er kam auf mich zu, kniete sich vor mir in die Hocke und nahm meine Hände in seine. »Du weißt«, fing er an, »dass du jederzeit mit mir über alles reden kannst. Hör bitte endlich damit auf, alles allein auf deinen Schultern tragen zu wollen! Das ist nicht gut, hörst du?«

Besorgt sah er mich an, bevor er sich erhob. Ich stand auf, nahm meine Unterlagen und ging zur Tür. »Wir müssen! Die Mitarbeiter warten«, sagte ich leise zu Marvin, der mir bereits zur Tür gefolgt war.

»Mach keinen Fehler, Alexandra! Du wirst diese Kraft alleine nicht aufbringen können!«

Ich drückte die Türklinke nach unten und verließ den Raum. »Guten Morgen, allerseits!«, rief ich in die Runde. »Bitte nehmen Sie Platz, wir haben heute viel zu besprechen. Wir müssen« - ich unterbrach, als die Tür aufging und Robert hineinkam.

»Guten Morgen, zusammen!«, rief er freudestrahlend und mit bester Laune in den Raum.

»Schön, dass du uns auch mal wieder beehrst, Robert«, sagte ich erstaunt, als er sich zu mir gesellte.

»Neben mir ist noch ein Stuhl frei, Herr Marquardt. Frau Bensheimer hat sich für heute krankgemeldet«, grinste Susan Hauck Robert entgegen.

»Das lass ich mir doch nicht zwei Mal sagen, Frau Hauck. Immer nah dran an den Mitarbeitern, nicht wahr Liebling?«, lächelte mich Robert süffisant an, als er sich bereits auf den Weg zum Stuhl neben Susan gemacht hatte.

Ich kochte vor Wut. Und diese Liebkosungen mochte ich in der Agentur schon dreimal nicht. Immer nah dran an den Mitarbeitern. Mir kam es beinahe hoch. Ich sah die beiden genervt und misstrauisch an. Marvin blickte zu mir und gab mir zu verstehen, dass das hier jetzt kein guter Ort für eine Diskussion wäre. Ich sammelte mich und befolgte innerlich seinen Rat.

Wir sprachen mehrere Themen an, wälzten Probleme und die Mitarbeiter waren gut bei der Sache. Zum Glück verlief heute mal alles ohne größere Zwischenfälle. Seltsamerweise war Robert sehr gut informiert über die letzten Meetings, bei denen er gar nicht anwesend gewesen war. Womöglich stöberte er heimlich in meinen Unterlagen, um sich nicht ganz ins Abseits zu schießen. Oder hatte er vielleicht einen Spion hier sitzen?

Er hat eine Geliebte, schoss es mir durch den Kopf! Im selben Augenblick ermahnte ich mich, den Gedanken schnell beiseite zu schieben. Das war doch völliger Blödsinn. Mein Gedankenkarussell stoppte, als die Mitarbeiter in lauter werdendes Gemurmel verfielen.

»Bitte! Bitte hören Sie auf, sich zu unterhalten, wir

sind hier noch nicht fertig!«, rief ich laut in den Raum und schlug mehrmals mit dem Kugelschreiber an mein Glas, um wieder die Aufmerksamkeit meiner Mitarbeiter zu bekommen.

»Das hört sich ja an wie bei der Bundeswehr«, blödelte Robert in die Runde und hatte das Gelächter der anderen auf seiner Seite. Ich funkelte ihn böse an und holte tief Luft, um meine Ansprache fortzuführen, doch es klopfte an der Tür. Mitten im Meeting! Das darf doch nicht wahr sein, dachte ich mir. Die Tür öffnete sich und eine junge Frau betrat den Raum. Ich starrte sie an und das Getuschel ging wieder durch den Raum.

»Ruhe, bitte!«, rief ich den Mitarbeitern zu. Schnell wurde es ganz still. Ich erhob mich und ging zu der jungen Frau hinüber, die etwas unbeholfen an ihrem Rock zupfend sich ein paar Meter von der Tür wegbewegt hatte.

»Ja, bitte?«, stand ich ungeduldig fragend vor ihr. Sie war fast einen Kopf kleiner als ich, trug ein helles Oberteil und einen kurzen Rock. Für meinen Geschmack einen viel zu kurzen Rock aus irgendeinem Stoff, den ich bisher noch nicht gesehen hatte. Unter dem Rock trug sie glücklicherweise eine Strumpfhose. Wenn sie doch wenigstens einfarbig gewesen wäre. Aber nein, die Strumpfhose musste natürlich in den schrillsten Farben geringelt sein. Als ich meinen Blick nach unten gleiten ließ, sah ich, dass sie auf recht hohen Absatzschuhen vor mir stand. Also ist sie in Wirklichkeit noch kleiner, zumindest, wenn sie die Schuhe auszieht, schätzte ich ab. Ihre Wangen waren mit unzähligen Sommersprossen bestückt und ihre Stupsnase vollendete ihr märchenhaftes Gesicht. Ihre dunkelbraunen, langen Haare fielen ihr offen über die Schultern.

»Ja, bitte?«, wiederholte ich meine Frage und musterte sie ernst. »Wer sind Sie und was möchten Sie hier?«

Sie schaute mit einem suchenden Blick an mir vorbei in die Gruppe.

»Ah«, sagte sie plötzlich, »er kennt mich.« Ihre zarte Stimme ließ mir einen Schauer über den Rücken gleiten. Ich schaute über meine Schulter nach hinten und sah, wie Marvin uns zuwinkte. Nein, bitte nicht, dachte ich, als ich mich wieder zu der jungen Dame herumdrehte.

»Ich glaube, ich stelle mich erst mal vor. Ich bin Emilia Maier, die Neue!«, grinste sie mir ganz selbstverständlich entgegen.

Mir stockte der Atem und ich sah sie noch mal von oben bis unten an. Marvin, das kann jetzt nicht dein Ernst sein. Das war doch noch ein halbes Kind! Sie streckte mir ihre Hand entgegen. Ich zögerte. Dann riss ich mich zusammen, nahm ihre Hand und merkte, wie fest und warm ihr Händedruck war.

»Eine Neue? Das wüsste ich aber«, sagte Robert, der plötzlich neben mir aufgetaucht war. »Junge Dame, wir benötigen keine weiteren Mitarbeiter. Darf ich Sie zur Tür begleiten?«

»Robert!«, entgegnete ich gereizt, »das kläre ich und nicht du.«

»Was soll das, Alexandra? Du vergisst, dass mir auch ein Teil dieser Firma gehört.«

»Robert, können wir das bitte an anderer Stelle klären?«

»Ich habe heute nicht mit Ihnen gerechnet. Herr Hover sagte, er warte auf Ihren Rückruf.«

Irritiert drehte ich mich zu Marvin um. Er kam zu uns herüber und begrüßte Emilia Maier mit einem

Küsschen links und rechts. Ich verschränkte die Arme vor meiner Brust und sah beide kopfschüttelnd an. Sie fingen an, sich zu unterhalten, bevor ich dazwischen gehen konnte. »Frau Maier! Marvin, entschuldige bitte, das geht so nicht!«, unterbrach ich das Gespräch. »Wir sind hier mitten in einem Meeting.«

Robert sah mich schnaubend an und verließ sogleich den Raum.

»Frau Maier, gehen Sie bitte zu meiner Sekretärin, Frau Cooper, Zimmer 402, vierter Stock und lassen Sie sich dort einen Termin geben. Das wäre dann alles. Bitte!«

Ich zeigte mit einer Handbewegung in Richtung Tür. Frau Maier befolgte meine Anweisung nicht, sondern schaute Marvin fragend mit großen Augen an. Dieser zog mich unsanft am Arm an seine Seite.

»Alexandra, sie braucht doch jetzt nicht extra einen Termin bei Frau Cooper auszumachen, wenn sie doch jetzt schon mal da ist«, sagte Marvin eindringlich. »Du weißt doch ganz genau, dass du frühestens in drei Wochen Zeit hättest oder soll sie vielleicht zu Robert gehen? Der kann sie bestimmt zwischen zwei Golfterminen einschieben. Du kennst doch deinen Terminkalender am besten.«

»Ach! Typ Extrawurst!«, entgegnete ich.

»Nein, nicht Typ Extrawurst. Gib ihr und vor allem dir jetzt diese verdammte Chance. Geh mit ihr Mittagessen oder lade sie auf einen Kaffee ein!«

»Sonst noch was?«, brachte ich Marvin vorwurfsvoll entgegen. »Alexandra, mach es jetzt einfach, ok?«

Ich atmete hörbar aus. Mein Blick war auf den Boden gerichtet und ich merkte im Hintergrund, wie die Mitarbeiter erneut zu tuscheln begangen. Um diese Diskussion endlich zum Ende zu bringen, sah ich auf und blickte direkt in die Augen von Emilia Maier. Sie waren von solch einer entwaffnenden Wärme, wie ich es noch nie gesehen hatte.

»Also gut«, räusperte ich mich. »Würden Sie heute Mittag mit mir zum Lunch gehen?«

»Na, klar, würde ich das machen. Um wie viel Uhr soll ich da sein?«, fragte sie.

»Wann man ebenso Mittagessen geht. Um 12, wenn es bei Ihnen passt?«, sagte ich leicht genervt, mit Marvin im Rücken.

»12 Uhr hört sich ganz nach Mittagessen an.«

Frech sind wir gar nicht, dachte ich mir.

»Gut, dann erwarte ich Sie zum Vorstellungsgespräch um Punkt 12 bei meiner Sekretärin.«

»Wieso denn bei Ihrer Sekretärin?«, fragte sie irritiert nach.

»Wenn ich sage, dass Sie sich um 12 Uhr bei meiner Sekretärin einfinden sollen, dann ist das nicht diskussionswürdig.«

Sie erschrak kein bisschen und ging instinktiv einen Schritt auf mich zu, so dass wir jetzt ganz dicht vor einander standen. Ihr Blick war geheimnisvoll und irgendetwas hatte sie an sich, das mich faszinierte.

»Sind Sie eigentlich immer so?«, flüsterte sie mir entgegen. Ich bekam keinen Ton raus und schluckte nur.

»Dann um Punkt 12 bei Ihrer Sekretärin, ich freu mich.« Sie drehte sich auf dem Absatz um und lief zur Tür.

»Einen Moment noch bitte!«, rief ich ihr noch hinterher, als ich mich wieder gesammelt hatte. »Sie wissen aber schon, dass Sie hier in einer Werbeagentur arbeiten wollen. Ich bitte Sie daher, sich entsprechend zu kleiden. Das wäre dann alles. Danke!«

Ohne mit der Wimper zu zucken, erwiderte sie selbstbewusst: »Zurzeit arbeite ich aber noch nicht für Sie und daher denke ich mal, das ist allein meine Entscheidung.«

Ich sah ihr kopfschüttelnd hinterher, bis mich Marvin von hinten an den Schultern packte. »Siehst du, ist doch gar nicht so schlimm gewesen. Jetzt werde mal locker und entspann dich!«

»Ich soll mich entspannen? Wie denn?! Die ist ganz schön frech, deine Emilia Maier. Das kann ja heiter werden. Als hätte ich nicht schon genug Probleme. Die kann nach dem Mittagessen ganz schnell wieder das Weite suchen.«

»Sie ist nicht meine Emilia Maier«, gab Marvin grinsend zurück.

»So, die Vorstellung ist beendet. Ich darf Sie bitten, sich wieder auf das Wesentliche zu konzentrieren.«

Nachdem wieder Ruhe eingekehrt war, konnte ich das Meeting ohne weitere Zwischenfälle fortführen. »Und vergessen Sie bitte nicht den erwähnten Abgabetermin für Ihre Recherchen. Ich werde keinen Aufschub dulden!«, rief ich zum Abschluss in die Runde.

## 7. Kapitel

Um Punkt 12 Uhr klopfte es an meiner Tür. Ich richtete nur meine Augen vom Schreibtisch auf und starrte ins Leere. Na, wenn das die Bewerberin ist, könnte sie wenigstens schon mal die Uhrzeit lesen, dachte ich.

»Herein!«, rief ich mit kräftiger Stimme.

»Ihr 12-Uhr-Termin, Frau Maier ist da«, teilte Frau Cooper lächelnd mit.

Frau Maier betrat den Raum und ging ohne zu zögern direkt zu meinem Schreibtisch. Sie stand grinsend vor mir und die Sonne schien ihr ins Gesicht, so dass ihre zahlreichen Sommersprossen noch mehr hervortraten.

»Ich freu mich, Frau Marquardt! Können wir gleich los?«

Ich stand auf, drehte mich zur Fensterfront und starrte auf die Elbe.

»Habe ich etwas Falsches gesagt, Frau Marquardt?« Ihre durchaus angenehme Stimme klang wie Musik in meinen Ohren.

»Nein, wir können gehen«, antwortete ich mit energischem Ton, als ich mich zu ihr umdrehte. Sie wich mir nicht aus, so dass ich Mühe hatte, an ihr vorbeizukommen, ohne dass wir zusammenstießen. Ich versuchte krampfhaft, ihr nicht in die Augen zu sehen, griff nach meiner Handtasche sowie meinem Handy und ging mit ihr zum Parkplatz. Wir fuhren ein paar Straßen weiter, zu einem kleinen französischen Restaurant, in dem Robert und ich früher sehr oft zusammen zu Mittag gegessen hatten. Ja, lange war es her. Wir ließen uns vom Kellner einen Tisch zuweisen und bestellten etwas von der Tageskarte. Nachdem die Getränke serviert wurden und ich Frau Maier eine Weile beobachtet hatte, versuchte ich, ein nicht ganz so förmliches Gespräch anzufangen.

»Also, Frau Maier«, fragte ich, »Sie haben Interesse in meiner Firma zu arbeiten. Was haben Sie denn bisher so gemacht?«

Sie stellte ihr Glas beiseite und fing an zu reden.

»Ich bin nicht gerne zur Schule gegangen, aber meine Mutter wollte unbedingt, dass ich einen ordentlichen Schulabschluss in der Tasche habe. Ist ja auch nicht verkehrt. Sagt einem jeder zumindest. Aber ich wollte gleich das wahre Leben kennenlernen und nicht jahrelang die Schulbank drücken. Ich weiß, ich habe bisher nicht viel Durchhaltevermögen bewiesen, aber ich kann es schaffen. In Ihrer Firma könnte ich es wirklich schaffen.«

Kurze Stille kehrte ein.

»Zu meiner Mutter habe ich keinen Kontakt mehr, umso fester muss ich auf eigenen Beinen stehen.«

Bevor ich etwas erwidern konnte, begann sie weiterzusprechen.

»Ich weiß ja nicht, was Herr Hover Ihnen erzählt hat, aber ich kann auch ganz anders sein. Gewissenhaft, zielstrebig, ehrgeizig und ich kann auch sehr gut im Team arbeiten und ich mache wirklich jede Arbeit, die Sie mir zuteilen, Frau Marquardt. Wirklich jede, ich bin mir für nichts zu schade.« Sie blickte auf ihren Teller, den ihr der Kellner zwischenzeitlich serviert hatte und dann zu den anderen Gästen, die im Raum saßen. Als sie mich wieder ansah, bemerkte ich Tränen in ihren Augen. Ich hatte zumindest den Eindruck oder war es vielleicht das Licht über unserem Tisch?

»Ich brauche diesen Job, Frau Marquardt, ich brauche ihn wirklich sehr.«

Ihre Augenbrauen spielten etwas verlegen mit ihren Gesichtszügen, wohingegen ihre Sommersprossen leuchteten.

»Wenn ich dann auch mal was sagen dürfte«, wand ich ein, nachdem sie ohne Pause losgeredet hatte, wie es sich noch nie einer in meiner Gegenwart getraut hatte und schon gar nicht bei einem Vorstellungsgespräch. »Sie interessieren mich«, sagte ich mit seitlichem Blick zu ihr.

Ihre Augen wurden groß und bevor sie wieder anfangen konnte, zu sprechen, hielt ich die Hand hoch, um sie daran zu hindern. »Trotzdem«, fuhr ich weiter fort, »möchte ich Ihre Bewerbungsunterlagen morgen auf meinem Schreibtisch vorfinden.«

»Warum?«, fragte sie verständnislos.

»Damit ich weiß, mit wem ich es zu tun habe?«, hob ich meine Stimme und sah sie eindringlich an.

»Aber Sie haben mich doch jetzt kennengelernt«, widersprach sie.

»Morgen auf meinem Schreibtisch bitte!«

Sie nickte kurz und schob sich die Ärmel ihres Shirts nach oben, nachdem sie sich mehrmals Luft ins Gesicht geblasen hatte.

»Ganz schön warm hier drin«, sagte sie leicht verunsichert. Ich blickte auf ihre Unterarme und sah zwei große blaue Flecke.

»Was haben Sie denn da gemacht?«, fragte ich etwas besorgt. Sie starrte auf ihre Arme und schob die Ärmel eilig wieder zurück.

»Ach, gar nichts. Ich bin etwas tollpatschig. Nicht weiter tragisch.«

Nachdem sie den Raum weiter inspiziert hatte, beugte sie sich über den Tisch zu mir herüber und flüsterte so leise, dass ich sie erst gar nicht verstand.

»Was haben Sie gesagt?«, fragte ich noch mal nach.

»Ist es sehr unverschämt, wenn ich noch einen Nachtisch bestelle? Die Dame am Nachbartisch hat so einen leckeren Pudding vor sich stehen, den sie so genüsslich löffelt.«

»Was möchten Sie?«

»So einen Pudding bestellen«, schwärmte sie.

»Natürlich können Sie sich einen Pudding bestellen, Frau Maier«, sagte ich mit gerunzelter Stirn und meine Augen mussten überdimensional groß ausgesehen haben.

»Muss ich mein Essen selbst bezahlen?«, fragte sie mich mit ernster Stimme.

»Frau Maier«, erklärte ich, »natürlich nicht. Sie sind selbstverständlich mein Gast!«

»Igor!«, rief ich dem Kellner zu, »bitte noch die Crème brûlée für die junge Dame hier.«

»Sehr gerne, Frau Marquardt«, bestätigte mir der Kellner meine Bestellung.

Ich spielte mit dem Stiel meines Weinglases und verkniff mir ein Grinsen. Sie war total eingeschüchtert. Zum Glück wurde der Nachtisch prompt an den Tisch gebracht und sie aß ihn mit purem Genuss. Ich wandte meinen Blick von ihr ab, da ich den Eindruck hatte, dass es ihr unangenehm war.

Meine Gedanken wurden von meinem klingelnden Handy unterbrochen.

Marvin teilte mir mit, dass Robert ganz plötzlich einen dringenden Termin reinbekommen hätte. Er wäre daher die nächsten drei Tage unterwegs und Susan Hauck würde er mitnehmen. Ich dachte, mich verhört zu haben. Das konnte doch nicht sein Ernst sein! Ich brauchte Susan in Hamburg! Warum nahm er sie immer mit auf die Geschäftsreisen? Steckte vielleicht doch mehr dahinter, als ich auszusprechen vermochte? Um Robert an seinem Vorhaben zu hindern, entschied ich mich, sofort zur Agentur zu fahren.

»Frau Maier, es tut mir leid, aber ich muss gehen. Ein Problem in der Firma.«

»Soll ich mitkommen?«, fragte sie ganz selbstverständlich. »Nein, Sie können in Ruhe fertig essen, die Rechnung wird an die Firma geschickt. Ich danke Ihnen für den interessanten Mittag und erwarte Ihre Unterlagen morgen.«

Sie schaute mich hoffnungsvoll an. Ich drehte mich um und verließ mit einer Handbewegung zum Kellner das Restaurant.

## 8. Kapitel

»Ist er noch da?«, rief ich Marvin bereits im Eingangsbereich zu.

»Nein, er ist mit ihr vor etwa fünf Minuten abgefahren.«

»Seit wann nimmt der Chef die Mitarbeiter bei der Hand, kannst du mir das bitte mal erklären?«

Fragend stand ich vor Marvin, der seinen Blick auf den Boden richtete.

»Und sein Handy hat er auch ausgeschaltet. Ich fasse es nicht. Wie unverschämt kann man eigentlich sein?!«

Als ich schon fast an Marvin vorbeigelaufen war, fragte er nach meinem Date mit Frau Maier.

»Ja«, sagte ich, »es ist erfolgversprechend und es war etwas Besonderes. Sie ist etwas Besonderes.«

Verlegen richtete ich meinen Blick auf die Angestellten, die von der Mittagspause wieder an ihre Arbeitsplätze gingen.

»Es war etwas Besonderes und sie ist etwas Besonderes?«, wiederholte Marvin fragend. »Hoppla, du wirst doch nicht Emilia Maier einstellen wollen?« Er legte den Arm um mich und grinste. »War meine Idee doch gar nicht so schlecht«, spottete er.

»Moment mal, entschieden ist noch gar nichts. Ich erwarte morgen ihre Bewerbungsunterlagen, dann sehen wir weiter.«

Ich ging zum Fahrstuhl und fuhr in den vierten Stock direkt zu meinem Büro, wo mir Frau Cooper bereits den mittäglichen Tee serviert hatte. Ich schloss die Tür und ließ das Mittagessen Revue passieren. Die blauen Flecken auf ihren Armen waren schon außergewöhnlich groß gewesen. Aber sie hätte sie wohl kaum gezeigt, wenn sie etwas zu verbergen hätte. Ich versuchte den Rest des Tages in gewohnter Routine zu bewältigen, führte verschiedene Telefonate und arbeitete die Liste ab, die mir Robert aufgetragen hatte. Auch das übernahm ich mal wieder ohne große Einwände. Wo er sich jetzt wohl aufhielt?

Meine Gedanken wurden erneut durch mein Handy unterbrochen. Auf dem Display erschien der Name »Robert.«

Ungehalten nahm ich das Gespräch entgegen: »Ja?«

»Hallo, mein Liebling! Du, entschuldige bitte, dass ich vorhin so Hals über Kopf davongefahren bin, aber ich hatte einen dringenden Termin reinbekommen. Ich werde die nächsten Tage auf Föhr sein und von dort aus arbeiten. Das wird wohl in deinem Interesse sein.«

»Auf Föhr bist du? Warum denn das und was ist das für ein dringender Termin?«

»Du ich habe ganz schlechten Empfang, mein Liebling, ich melde mich wieder bei dir. Mach dir keine Sorgen! Ich küsse dich.«

Das Gespräch war beendet.

Ich knallte mein Handy auf den Schreibtisch und drehte mich zum Fenster. Durch meine Wut überhörte ich wohl das Klopfen an meiner Tür.

»Frau Marquardt, dürfte ich ...«, rief es von der Tür aus, als ich unterbrach. »Jetzt nicht Frau Cooper! Nicht jetzt! Gehen Sie bitte!«, schrie ich ohne Vorwarnung los. Erschrocken schloss sie die Tür. Ich ließ meinen Kopf ans Fenster fallen und rutschte langsam in die Hocke. In der Magengegend verspürte ich ein Ziehen und schlagartig wurde mir schwarz vor Augen. Als ich wieder zu mir kam, lag ich auf dem Rücken und Tränen liefen mir über das Gesicht. So hilflos hatte ich mich noch nie gefühlt. Mir fehlte so sehr eine Vertraute, die für mich da war, mit der ich über alles reden konnte. Ich spürte, dass Robert mir etwas verheimlichte. Ich wusste nur nicht genau was. Oder ich wollte es nicht wahrhaben. Plötzlich ging die Bürotür auf.

»Um Gottes willen, Alexandra! Was ist passiert?«, fragte Marvin besorgt. Umständlich versuchte ich mich aufzurichten. Er griff nach meiner Hand und half mir.

»Mensch, was ist denn passiert? Du hast ja geweint!«, beäugte er mich skeptisch.

Ich schob ihn von mir weg und setzte mich auf meinen Bürostuhl. »Es ist alles in Ordnung, Marvin. Ich hatte mich nur kurzzeitig nicht im Griff. Es ist alles gut«, versuchte, ich ihn zu beruhigen.

»Alles gut?«, wiederholte er skeptisch. »Alexandra, du gehst jetzt bitte nach Hause und legst dich hin! Das geht so nicht weiter.«

»Ich kann mich jetzt nicht hinlegen, du weißt doch was hier los ist und Robert kümmert sich auch wieder um nichts. Sogar den Pressetermin muss ich für ihn wahrnehmen. Er macht wirklich gar nichts mehr und vertreibt sich die Zeit nur noch mit anderen Dingen. Lass mich jetzt bitte allein!«

Ich schnaufte hörbar aus. »Du brauchst dir wirklich keine Sorgen zu machen. Es geht mir wieder gut«, flüsterte ich Marvin zu. Widerwillig verließ er das Büro.

Ich arbeitete an diesem Tag noch bis tief in die Nacht und fuhr dann gegen halb zwei in der Früh nach Hause. Wenn man das ein Zuhause überhaupt noch nennen konnte. Die Leere dort nahm mich sofort gefangen. Ich legte mich mit meinen Klamotten ins Bett und konnte einfach nicht einschlafen.

Hatte Robert nicht vor ein paar Monaten Schlafmittel verschrieben bekommen, weil er, wegen was auch immer, in keinen Schlaf mehr gefunden hatte? Ich stand schwerfällig auf und ging ins Badezimmer, öffnete das Schränkchen und die Tabletten fielen mir direkt ins Auge.

Laut Packungsbeilage würde eine vor dem Schlafengehen reichen. Bei schweren Fällen maximal zwei Tabletten. Weil ich keine Lust dazu hatte, noch groß zu experimentieren, nahm ich mit einem großen Schluck Wasser gleich zwei und ging zurück ins Bett. Mir wurde plötzlich ganz heiß, aber mir war egal, ob ich jetzt draufgehen würde oder nicht. Es würde sowieso niemandem auffallen.

Piep, piep. Piep, piep. Piep, piep. Piep, piep.

Ich wurde durch ein Klingeln aus dem Schlaf gerissen. Es dauerte, bis ich realisierte, dass es von meinem Handy kam. Nach einem kurzen Moment ertastete ich es auf dem Nachttisch.

»Ja«, krächzte ich. »Ja, Marquardt hier«, meldete ich mich noch mal.

»Alexandra, wo bist du?«, rief es auf der anderen Seite der Leitung.

»Wie, wo bin ich?«, wiederholte ich die unverständlichen Sätze.

»Bist du in Ordnung? Hast du mal auf die Uhr geschaut?«

Erst jetzt erkannte ich die Stimme. Marvin! Ich schreckte hoch und suchte mit meinem Blick den Wecker. Halb elf!! Oh, mein Gott, das durfte nicht wahr sein. Das war mir noch nie passiert!

»Marvin, gib mir eine halbe Stunde. Ja? Es ist alles in Ordnung. Ich bin gleich da.«

Entsetzt beendete ich das Gespräch und setzte

mich an die Bettkante. Ich griff mir an die Stirn, die so sehr schmerzte, dass ich kaum die Augen aufhalten konnte. Alles drehte sich. Es half nichts. Ich musste mich jetzt zusammenreißen. Die Schlaftabletten hatten es wirklich in sich. Ich ging unter die Dusche, zog mich danach rasch an und machte mich auf den Weg zur Agentur.

Dort angekommen, begrüßte mich Frau Cooper, die gerade die Post am Empfang abholte. »Guten Morgen, Frau Marquardt«, rief sie mir freudestrahlend zu. »Heute schon so früh auswärts einen Termin gehabt? Ich hatte in Ihrem Kalender gar keinen eingetragen«, stellte sie verwundert fest.

»Guten Morgen, Frau Cooper. Ja, ich hatte einen unvorhersehbaren wichtigen Termin wahrnehmen müssen, aber jetzt bin ich ja da. Schönen Tag für Sie!«

»Für Sie auch, Frau Marquardt!«

Wie konnte diese Frau immer nur so gut gelaunt sein? Ich fühlte mich so elend, dass ich mich am liebsten auf der Toilette eingeschlossen hätte. An meinem Büro angekommen, lief mir auch schon ganz aufgeregt Marvin entgegen. »Mensch, da bist du ja endlich!«

»Soweit ich weiß, ist das hier meine Agentur und ich kann kommen und gehen, wann es mir passt! Verstanden?«, erklärte ich genervt.

»Natürlich darfst du das«, sagte er verständnisvoll. »Aber entschuldige bitte, dass ich mir Sorgen mache, wenn eine gewisse Frau Marquardt, die ich sehr gut kenne, um halb elf nicht im Büro ist und auch keinen Auswärtstermin hat.«

Er sah mich ernst an und folgte mir in mein Büro.

»Ich habe bis halb zwei heute früh gearbeitet und konnte dann nicht einschlafen. Da habe ich halt mal Schlaftabletten genommen. Ich konnte ja nicht wissen, dass die einen fast ins Jenseits befördern.«

Marvin lief um meinen Schreibtisch herum und packte mich am Arm. »Du hast was gemacht?«, fragte er sichtlich irritiert nach.

»Ich habe Schlaftabletten genommen. Na und, was ist schon dabei? Das macht doch jeder mal.»

»Bitte?«, beäugte er mich skeptisch. »Ich hör wohl nicht richtig. Alexandra, das geht so nicht weiter. Entweder du redest mit Robert oder ich tue es!«

»Nein, das wirst du nicht machen! Das ist meine Angelegenheit!»

Ich setzte mich auf den Stuhl und blickte auf meinen Schreibtisch. Auf dem Berg Akten, die mir Frau Cooper bereits zurechtgelegt hatte, lag ein Schnellhefter.

Verwundert nahm ich ihn zur Hand.

»Das sind die Bewerbungsunterlagen, die du haben wolltest.«

Ich sah ihn fragend an.

»Die Bewerbungsunterlagen von Emilia Maier? Schon vergessen in deinem Wahn?«

»Nicht in diesem Ton, Marvin!«

»Doch, genau in diesem Ton, Alexandra! Es geht so nicht weiter. Ändere endlich etwas in deinem Leben!«

Was denn für ein Leben? Dann war sie also tatsächlich gekommen, um mir die Unterlagen vorbeizubringen. Ich stützte mein Gesicht auf meiner Hand ab und blätterte die Bewerbungsunterlagen oberflächlich durch. Anschließend klappte ich die Mappe zu und sah zu Marvin, der seinen Blick auf die Elbe gerichtet hatte.

»Sie ist eingestellt«, sagte ich mit fester Stimme.

»Bitte?«

»Sie ist eingestellt«, wiederholte ich.

Marvin drehte sich zu mir um.

»Bist du dir ganz sicher, dass du das heute in deinem Zustand alleine entscheiden kannst?«

»Es reicht, Marvin! Geh jetzt bitte! Sagst du Frau Maier Bescheid oder soll ich?«

»Mach du das. Du bist der Boss.«

Gereizt verließ er mein Büro.

Von Kopfschmerzen und überkommender Müdigkeit geplagt, machte ich mich über meine Akten her, die keinen Aufschub duldeten. Robert war auch weiterhin nicht zu erreichen. Wenn er in unserem Haus auf Föhr war, dann konnte er sich dort wenigstens nützlich machen.

Ich stand auf und ging ins Vorzimmer zu Frau Cooper. Sie war gerade dabei vom Datenträger Briefe zu verfassen. Daher konnte sie mich auch nicht hören, als ich von hinten an sie herantrat. Ich tippte sie leicht auf die Schulter und sie nahm sofort ihre Ohrstöpsel heraus.

»Frau Marquardt, was kann ich für Sie tun?«, fragte sie mit ihrer immer wiederkehrenden Freundlichkeit.

»Können Sie bitte Emilia Maier schriftlich mitteilen, dass sie ab nächsten Ersten bei uns eingestellt ist und ihr den Vertrag zukommen lassen? Wegen des Gehalts wäre noch ein persönliches Gespräch von Nöten. Machen Sie bitte alle Unterlagen fertig und legen Sie es mir zur Unterschrift vor. Bitte heute noch. Vielen Dank, Frau Cooper!«

Sie nickte und legte das Diktiergerät auf die Seite. Als ich bereits auf dem Weg zu meiner Bürotür war, hielt ich inne und drehte mich noch mal zu ihr um.

»Was wollten Sie eigentlich gestern von mir, als ich Sie so unsanft aus meinem Büro vertrieben habe?«

Frau Cooper lächelte leicht verunsichert. »Ach,

nichts weiter, Frau Marquardt. Hat sich schon erledigt. Alles in bester Ordnung.«

Ich nickte zufrieden, ging in mein Zimmer und schloss die Tür hinter mir zu. Wenigstens bei Frau Cooper hatte ich keinen Fehler begangen. Zumindest dachte ich das in diesem Moment.

## 9. Kapitel

An diesem Abend wurde es wieder später, als mir lieb war, aber zuhause wartete ja sowieso niemand. Also, warum dann die Eile? Ich ging auf der Autofahrt in Gedanken noch mal die Zahlen und die eingereichten Texte meiner Mitarbeiter durch. Von einigen war ich durchaus begeistert. Manchen hätte ich solch eine gute Leistung gar nicht zugetraut. Meine Zuversicht wuchs wieder. Wir mussten es einfach schaffen, das wäre der Durchbruch.

Zuhause angekommen, ließ ich mir seit Langem mal wieder ein Bad ein. Ich hatte zu meinem letzten Geburtstag einen herrlichen Badeschaum von Marvin geschenkt bekommen. Eine weiße Flasche mit einem großen Stück Schokolade und einem kleineren Stück Karamell war darauf abgebildet. Man hätte glatt hineinbeißen können. Ich ließ die dunkle Soße ins fließende Wasser einlaufen. Wie das duftete! Hier und da ein paar Teelichter aufgestellt und ein gutes Glas Rotwein durfte auch nicht fehlen.

Bei leiser Musik schwelgte ich in Erinnerungen. Wie es damals war, als ich Robert kennengelernt hatte und wie wir die Agentur übernommen hatten. Aller Anfangsschwierigkeiten zum Trotz haben wir alles perfekt gemeistert. Naja, wir wäre übertrieben gewesen. Das Meiste war doch an mir hängen geblieben. Was würden eigentlich die Männer ohne uns Frauen machen?

Ich schloss die Augen und musste sofort wieder an Emilia Maier denken. Ich wusste nicht warum, aber sie löste etwas in mir aus. Nach einer guten Stunde kuschelte ich mich in meinen grauen Bademantel mit großen, weißen Punkten. Auch ein

Lieblingsstück, das ich mir gegönnt hatte. Eigentlich hatte ich ihn mir von Robert gewünscht. Er fand die Ausgabe aber verschwenderisch und lud mich stattdessen ins Restaurant ein. Er meinte, so hätten wir schließlich beide gemeinsam etwas davon. Nachdem ich die Wollsocken übergestreift hatte, machte ich es mir auf der Couch bequem. Kurze Zeit darauf klingelte mein Handy.

»Robert«, zeigte das Display an. »Hallo?!«, begrüßte ich ihn monoton.

»Guten Abend, mein Liebling! Wie geht es dir? Ich hoffe, du machst dir einen schönen Abend, auch wenn ich nicht da bin?« Stille kehrte ein. »Bist du noch dran?«, fragte Robert auf der anderen Seite.

»Ja, ich bin noch dran. Was gibt es denn, dass du mich so spät noch anrufen musst?«

»Sehnsucht, mein Liebling.«

Ich konnte diese Worte einfach nicht mehr für voll nehmen und verdrehte die Augen. Ich griff mir an die Stirn und suchte eine Möglichkeit, das Gespräch zu beenden, als es plötzlich bei Robert an der Tür klingelte.

»Erwartest du noch jemanden?«, fragte ich überrascht.

»Nein, natürlich nicht. Da kann sich nur einer in der Tür geirrt haben. Ich mach dann mal Schluss, mein Liebling. Ich liebe dich und halte es kaum aus, endlich wieder bei dir sein zu können.«

Dann beendete er das Gespräch, ohne dass ich noch etwas dazu sagen konnte.

Ich legte das Handy beiseite und grübelte. Wer um diese Zeit klingelte bei uns auf Föhr an der Tür? Sollte ich ihn noch mal anrufen? Besser nicht, sonst hieß es wieder, ich würde ihm misstrauen. Seltsam war es aber schon. Ich leerte mein Weinglas bis auf den letzten

Tropfen und machte mich auf den Weg Richtung Schlafzimmer. Es war Vollmond und ich wälzte mich hin und her. Ich schob die Schublade meines Nachttisches auf und kramte zwei Tabletten des Schlafmittels hervor. Mit einem großen Schluck Wasser schüttete ich das Medikament hinunter und glitt nach kürzester Zeit in einen tiefen Schlaf. Glücklicherweise hatte ich mir dieses Mal vorher den Wecker gestellt, so dass ich pünktlich um halb sieben aus dem Schlaf gerissen wurde. Ich tastete nach ihm und drückte das schrille Geräusch aus. Langsam schlug ich die Augen auf und starrte an die Schlafzimmerdecke.

Schwerfällig richtete ich mich auf und bemerkte jetzt erst meine extremen Kopfschmerzen. Mir wurde ganz heiß und schlagartig verspürte ich starke Bauchkrämpfe. Ich drückte mit beiden Händen dagegen und merkte, wie der Gallensaft gefährlich langsam die Speiseröhre heraufkroch. Von einer Sekunde auf die andere wurde mir so schrecklich übel, dass ich mir die Hand vor den Mund hielt und fluchtartig im Badezimmer verschwand.

Kopfüber hing ich über der Toilette und es kam alles aus mir heraus. Das Elend, die verpestete Luft, die falschen Worte, die falschen Menschen, die ich um mich hatte, mein Leben. Mein schrecklich, eintöniges Leben, das niemand mit mir tauschen wollte. Nicht mal für einen Tag. Und ich war in diesem Leben gefangen. Ich wischte mir den Mund mit Toilettenpapier ab und zog mich aus.

Unter der Dusche ließ ich das Wasser an. Anfangs verfolgte ich noch die einzelnen Wassertropfen, die an meinem Körper hinunterglitten. Erst als meine Haut bereits anfing zu schrumpeln, stieg ich aus der Dusche.

Ich zog mich im Umkleidezimmer an und machte

mich in kürzester Zeit auf den Weg zur Agentur. Heute war ein herrlicher Herbsttag, und die Sonne lugte schon um die Straßenecke hervor.

Um nicht zu vielen Menschen zu begegnen, entschied ich mich heute für den Hintereingang. Es musste ja nicht gleich jeder sehen, dass ich wieder mal unpässlich war. In meinem Büro angekommen, ging ich meine Termine für heute durch. Neben dem Computer stand mein Tee auf einem Stövchen, das Frau Cooper mitgebracht hatte, da sie der Meinung war, dass ich vor lauter Arbeit das Trinken vergesse und der Tee kalt dann nur noch halb so gut schmecken würde. Frau Cooper, die treue Seele meines Hauses. Wie schön, dass sie da war. Vielleicht sollte ich ihr das mal sagen. Aber nicht heute.

Mein Blick blieb an einem der Termine hängen: *14 Uhr Frau Maier im Haus – Gehaltsvorstellung besprechen!*

Ich konnte mich wirklich nicht über Frau Cooper beklagen. Auch diese Angelegenheit hatte sie prompt umgesetzt. Und, dass Emilia kam, ließ mich meine Sorgen ein klein wenig vergessen. Ich stutzte. Emilia? Frau Maier kommt um 14 Uhr, Alexandra, sagte ich mir. Lass dich hier zu nichts verleiten. Denke an die Zukunft der Firma. Nur das zählt, nur das!

Ich ging über den Flur an den Büros vorbei. Einige Türen standen offen, einige waren geschlossen. Ich schaute in die offenen Räume und grüßte die Mitarbeiter. Als ich an dem Büro von Susan Hauck und Anja Bensheimer vorbeikam, blieb ich stehen und öffnete die Tür nach einem kurzen Anklopfen. »Guten Morgen, Anja!«

»Guten Morgen, Frau Marquardt!«, gab sie prompt und freundlich zurück.

»Susan sollte meinen Mann doch nur für zwei Tage

auf die Geschäftsreise begleiten. Wo ist sie jetzt?«

»Sie hat sich den Rest der Woche krankgemeldet. Die Krankmeldung liegt bereits in der Personalabteilung«, erklärte sie mir.

»So, so, krank«, sagte ich kurz. Meine Augen flogen über den Schreibtisch von Susan. Er war sehr aufgeräumt. Sie hinterließ keine Spuren, wie man so schön sagte. »An den nächsten Abgabetermin denken Sie, Anja?«

»Ja, selbstverständlich, Frau Marquardt. Gar kein Problem.«

»Schön«, sagte ich und verließ mit erneutem Blick zu Susans leerem Arbeitsplatz den Raum. Als die Tür ins Schloss fiel, hielt ich einen kurzen Moment inne. Den Rest der Woche krankgeschrieben. Nach der Geschäftsreise, auf die sie Robert begleitete. Und er war auf Föhr! Ich sah auf und konnte Marvin am unteren Ende des Ganges sehen. Der machte nur eine grüßende Handbewegung und bog in Richtung Kaffeeküche ab. Ich folgte ihm.

»Hey, Marvin, wie geht es dir?«

»Gut, danke der Nachfrage und selbst?«

Ich konnte ihm nicht in die Augen schauen, da er damit beschäftigt war, seine Kaffeetasse zu suchen.

»Mir geht es soweit ganz gut. Emilia Maier kommt um 14 Uhr vorbei, dann besprechen wir noch ihre Gehaltsvorstellung. Wusstest du, dass Susan krankgeschrieben ist?«

»Nein«, antwortete Marvin mit einer Hand auf der Arbeitsfläche der kleinen Küche aufgestützt. Mehr sagte er nicht.

»Hey, sei nicht mehr sauer auf mich. Bitte, Marvin! Mir ist alles über den Kopf gewachsen und mir ging es wirklich elend. Dass ausgerechnet du dann alles abbekommst, wollte ich nicht. Es tut mir leid.«

Ich sah ihn mit traurigen Augen an. Er erwiderte meinen Blick, atmete tief durch und nickte.

»Entschuldigung angenommen.«

»Danke«, flüsterte ich ihm ins Ohr und wir nahmen uns in den Arm.

Mir fiel ein Stein vom Herzen, dass zwischen uns wieder alles in Ordnung war. Um ihn nicht gleich wieder entbehren zu müssen, verabredeten wir uns für 18 Uhr, um eine anstehende Präsentation durchzugehen. Seine Meinung war mir immer extrem wichtig.

Gelöst ging ich in mein Büro zurück. Leider hatte sich an meinem Schreibtisch nicht viel getan, die Arbeit stapelte sich und ich musste unbedingt heute die Zahlen für die Wirtschaftsprüfer fertigstellen. Mein Terminkalender im Computer zeigte mir eine Änderung an.

*14 Uhr – Frau Maier im Haus – Gehaltsvorstellung besprechen – TERMIN WURDE ABGESAGT; NEUER TERMIN STEHT NOCH AUS!*

Warum das denn? Ich stand auf und ging zielstrebig ins Vorzimmer zu Frau Cooper. Aber sie war nicht da. Mein Blick auf die Uhr verriet, dass wir inzwischen Mittag hatten und sie vermutlich eine Kleinigkeit essen gegangen war. Ich legte ihr daher einen Zettel auf den Schreibtisch: BITTE SOFORT MELDEN WEGEN FRAU MAIER!!, schrieb ich in Großbuchstaben drauf. Genervt ging ich an meinen Platz zurück.

Hunger hatte ich irgendwie keinen, also arbeitete ich die Mittagszeit durch und versuchte mich auf die Arbeit zu konzentrieren, was mir sehr schwerfiel. Mir kamen ständig diese Gedanken in den Kopf. Warum hatte sie abgesagt, warum bloß?

Als ich wieder auf die Uhr sah, war es bereits kurz

vor zwei und Frau Cooper war bisher nicht bei mir erschienen oder hatte sich überhaupt in irgendeiner Weise gemeldet. Das passte so gar nicht zu ihr. Ich ging zur Tür und musste feststellen, dass sie noch nicht wieder an ihren Platz zurückgekehrt war. Plötzlich tauchte Anja im Vorzimmer auf und erschrak förmlich, als sie mich sah.

»Oh, Frau Marquardt, zu Ihnen wollte ich gerade.«

»Ich wüsste nicht, dass wir einen Termin hätten, Anja.«

»Wir haben auch keinen Termin«, erwiderte sie. »Ich soll Ihnen von Frau Cooper ausrichten, dass es ihr nicht gut geht und sie deshalb schon nach Hause gegangen ist.«

Ich drehte mich um und ging auf sie zu. »Wissen Sie eigentlich, wie spät es ist, Anja? Wir haben jetzt fast zwei Uhr! Frau Cooper ist seit halb zwölf nicht mehr im Haus! Sie ist meine Sekretärin und ich erfahre zweieinhalb Stunden später, dass es ihr nicht gut geht und sie bereits nach Hause gegangen ist? Um zwei Uhr? Ist das jetzt wirklich ihr Ernst, Anja?«

Sie lief rot an und ihre Augen füllten sich mit Tränen. Ich war außer mir und rang um Fassung.

»Gehen Sie! Gehen Sie einfach raus! Und vergessen Sie nicht, die liegen gebliebene Arbeit von Susan mitzumachen!«, rief ich ihr noch hinterher.

»Was ist denn hier los?«

Marvin starrte mich fragend an.

»Nichts, wie immer. Nichts ist los!«, antwortete ich schnaubend. Ich war kurz vorm Explodieren.

»Hey!«, schüttelte mich Marvin an den Armen. »Was ist denn passiert?«

Ich versuchte so ruhig wie möglich Marvin von den Vorkommnissen zu berichten, was mir ziemlich schwer fiel. Bereits während meiner Unterredung konnte ich an seiner Haltung erkennen, dass er mich nicht verstand.

»Und das hat dich jetzt so aus der Fassung gebracht?«

»Marvin, das hier ist ein Vorzimmer! Es geht um meine Sekretärin! Soll ich den Posten auch noch übernehmen? Hier laufen alle Fäden zusammen. Ohne Frau Cooper ist das fast unmöglich!«

Fassungslos sah ich ihn an.

»Das Telefon muss besetzt sein«, fuhr ich fort.

»Ich kann den Apparat erst mal auf mich umstellen.«

»Sehr witzig, Marvin.«

»Warum denn?«, fragte er leicht gereizt. »Es macht mir nichts aus.«

»Und, wenn du in Besprechungen bist, dann lässt du es klingeln und die Post und die Termine und die ganze Korrespondenz mache ich selbst, oder wie hast du dir das so vorgestellt?« Fragend sah ich ihn an.

»Mann, mach doch nicht immer gleich eine Mücke zum Elefanten!«, warf er mir vor.

Nachdem er das Telefon auf seinen Apparat umgestellt hatte, drehte er sich auf dem Absatz um und lief zur Tür.

»Was soll ich mit halb gelösten Problemen?«, rief ich ihm hinterher.

Er winkte nur ab und ging weiter. Ich ließ mich auf den Stuhl von Frau Cooper fallen und starrte auf das Display des Telefons. 14 Anrufe in Abwesenheit. Ich hätte durchdrehen können. Nachdem ich das Telefon auf meinen Apparat zurückgestellt hatte, ging ich wieder an meinen Platz, griff nach meinem Handy und rief Robert an. Er musste kommen, es ging einfach nicht anders. Ich konnte das jetzt nicht auch noch übernehmen. Als ich die Kurzwahltaste betätigt hatte, dauerte es einen kleinen Moment und ohne Freizeichen ertönte die Mailbox.

»Robert? Ich bin's. Bitte ruf mich SOFORT an, wenn du das hier abhörst! Es brennt jetzt wirklich. Danke.«

Dann legte ich auf. Warum Frau Maier unseren Termin abgesagt hatte, entzog sich noch immer meiner Kenntnis. Ich durchsuchte im Computer unsere Adressdatei nach ihr und wurde direkt fündig. Emilia Maier, Wallgraben 46, Hamburg-Harburg. Ich schrieb mir die Straße auf und wollte direkt los, als mir der 18 Uhr-Termin mit Marvin einfiel.

Da ich sowieso noch jede Menge zu tun hatte, blieb ich und hielt den Termin schließlich ein. Unser Gespräch wurde kurzzeitig durch ein Telefonat unterbrochen. Frau Cooper teilte mit, dass sie für die nächsten drei Wochen krankgeschrieben sein würde. Sie hatte eine ansteckende Magengeschichte, bei der es noch abzuklären galt, ob es sich um etwas Schlimmeres handeln könnte. Ich wünschte ihr gute Besserung und beendete das Gespräch mit einem kräftigen Schlucken. Mein Hals wurde extrem trocken und ich verspürte erneut ein Ziehen in der Magengegend. Nachdem ich danach noch ein paar Telefonate geführt hatte, klingelte mein Handy.

»Robert?«, nahm ich das Gespräch entgegen, als ich sein Name auf dem Display sah.

»Ja, mein Liebling, was ist denn passiert? Du hast dich nicht gut angehört.«

»Du musst sofort zurückkommen! Frau Cooper hat sich krankgemeldet und das für die nächsten drei Wochen! Du musst kommen, ich schaffe das hier nicht alleine.«

»Aber Liebling, du wirst dir doch nicht die Blöße geben wollen und behaupten, dass du die Arbeiten einer Tippse nicht übernehmen kannst. Was fällt denn da schon groß an? Und außerdem, wir haben genügend Mitarbeiter. Du musst besser delegieren, mein Liebling.«

Ich war entsetzt. Ich drehte mich auf meinem Bürostuhl zur Fensterfront um und atmete tief durch.

»Robert!«, sagte ich in einem außergewöhnlichen ruhigen Ton. »Du packst jetzt deine Sachen und kommst sofort zurück! Hast du mich verstanden?«

»Du glaubst ernsthaft, wenn du pfeifst, dann komme ich angerannt? Nein, Alexandra, die Suppe löffelst du schön selbst aus. Du hättest mit deiner Sekretärin, und die Betonung liegt auf *deiner* Sekretärin, vielleicht mal mehr sprechen sollen. Dann hättest du gleich mitbekommen, ob es ihr gut geht oder nicht. Soweit ich mich erinnern kann, durfte ich Frau Cooper bisher nicht für meine Belange einspannen.«

»Welche Belange, Robert?« Ich rang um Fassung. »Soll sie vielleicht deine Golftermine klarmachen, oder was?«

Ich war außer mir.

»Auch, wenn ich es wollte, ich kann nicht kommen. Morgen habe ich einen wichtigen Termin, den kann ich beim besten Willen nicht verschieben. Ich melde mich bei dir, wenn ich dir sagen kann, wann ich zurückkomme. Mach's gut!«

Dann legte er einfach auf. Ich nahm das Handy vom Ohr und starrte auf das Display. Das Gespräch war tatsächlich beendet. Hatte ich wirklich mit meinem Ehemann gesprochen? Was war hier eigentlich los? Was war los mit mir? Was war los mit uns? Gab es überhaupt noch ein uns? Ich stand vor dem Fenster und sah auf die vielen Menschen hinunter, die wieder mal ihren Feierabend genossen.

Weil ich mich so ausgebrannt fühlte, wollte ich direkt nach Hause fahren. Doch in letzter Minute überlegte ich es mir anders und fuhr zum Wallgraben 46. Dort angekommen, stellte ich mein Auto auf dem Parkplatz ab und ging zum Hauseingang. Mir war gar nicht bewusst, dass es sich hier um eine heruntergekommene Wohngegend handelte. Irgendwie ängstigte mich diese Umgebung. Aber jetzt war ich mal hier und entschied mich auch zu bleiben. Ich suchte auf den etlichen Klingelknöpfen, die teils kaum lesbar waren, nach dem Namen Maier. Vergeblich. Das einzige Schild, das mir auffiel, war *T. Quist und E. M..* Weil ich es nicht unversucht lassen wollte, drückte ich auf den Knopf und wartete. Nichts passierte. Ich drückte erneut, dieses Mal fester. Die Gegensprechanlage raschelte.

»Ja?«, hörte ich eine krächzende Stimme.

»Hallo, sind Sie es, Frau Maier?«, fragte ich nach.

»Frau Marquardt? Was machen Sie denn hier?«

Ich merkte an ihrem Ton, dass ihr der Überfall nicht recht war.

»Es tut mir leid, Frau Maier, aber ich war etwas irritiert, dass Sie unseren Termin heute abgesagt haben. Wollen Sie mir das erklären?« Einen Moment lang war es still in der Leitung.

»Ich komme kurz runter, warten Sie bitte!«, sagte sie leise. »Ok«, gab ich zurück. Ich trat aus dem Flur vor die Haustür zurück und betrachtete das Haus von außen. Wie schlimm musste es sein, dort wohnen zu müssen? Ich blickte auf die Straße und konnte ein paar betrunkene Männer sehen, die sich im Zickzack vorwärts bewegten. Kaputte Glasflaschen lagen auf dem Boden und die Mülltonnen waren offenbar schon länger nicht geleert worden.

Emilia, wo wohnst du hier?!

Der Wind wurde etwas stärker, so dass ich mir den Kragen meiner Jacke nach oben stellte. Meine trüben Gedanken wurden durch das Öffnen der Tür unterbrochen und Frau Maier trat heraus.

»Kommen Sie, Frau Marquardt! Wir gehen in den Seiteneingang, dort ist es windgeschützter.«

Das ließ ich mir nicht zwei Mal sagen, nachdem ich schon etwas durchgefroren war.

»Also«, fing ich an, »warum sind Sie heute nicht gekommen? Haben Sie es sich anders überlegt?«, fragte ich interessiert nach.

Sie schaute auf den Boden und betrachtete die leere demolierte Bierdose, die vor ihren Füßen lag.

»Ich konnte heute einfach nicht. Fragen Sie mich bitte nicht. Es ist mir schon schwer genug gefallen Ihnen abzusagen. »

»Aber Sie möchten noch für mich arbeiten, Frau Maier?«

»Ja, sehr gerne«, sagte sie mit großen Augen. Ihre Sommersprossen schienen im Abendlicht zu schimmern. »Korrigieren Sie mich bitte, aber Sie sind doch zurzeit arbeitslos, oder?«

»Ja, das ist richtig«, murmelte sie.

»Ich habe seit heute ein weiteres Problem in der Firma. Frau Cooper, meine Sekretärin, fällt für die nächsten drei Wochen aus und ich weiß ehrlich gesagt nicht, wie ich das ohne sie bewerkstelligen soll. Ich habe bereits morgen wichtige und unaufschiebbare Auswärtstermine. Können Sie sich vorstellen, für mich Sekretärin zu spielen? Ich bezahle Sie selbstverständlich gut und den Arbeitsvertrag können wir dann auch noch danach besprechen. Was meinen Sie dazu?« Erwartungsvoll sah ich sie an.

»Ja, mach ich«, sagte sie einfach so, als wäre es das Normalste der Welt.

»Wirklich? Da fällt mir echt ein Stein vom Herzen. Melden Sie sich bitte morgen um 9 Uhr am Empfang! Frau Bensheimer wird Sie dort abholen und Ihnen alles zeigen. Ich bin morgen den ganzen Vormittag unterwegs und werde es vermutlich erst gegen 14 Uhr ins Büro schaffen.« Für alle Fälle reichte ich ihr noch meine Visitenkarte, damit sie mich auch telefonisch erreichen konnte. Ich bedankte mich mit einer sanften Berührung an ihrer Schulter.

»Sie helfen mir wirklich sehr, Frau Maier.«

»Kein Problem, mache ich gerne. Dann bis morgen, Frau Marquardt.«

Sie lief zum Hauseingang und bevor sie reinging, drehte sie sich noch mal zu mir um und winkte. Lächelnd winkte ich zurück und fuhr direkt nach Hause.

## 10. Kapitel

Heute war ich früher als gewöhnlich unterwegs, da ich schon um 9 Uhr einen Termin in der Nähe von Elmshorn hatte. Die Straßen waren wieder überfüllt und mein Navigationsgerät leitete mich ständig von der Autobahn runter, um die Staus zu umfahren.

Vor den letzten 20 km signalisierte mir mein Handy eine SMS. Ich fuhr an den Straßenrand und sah auf das Display: »1 Nachricht von Unbekannt.« Ich starrte auf das Handy und öffnete die Nachricht: *„Guten Morgen, Frau Marquardt, ich wünsche Ihnen einen angenehmen Tag und fahren Sie bitte vorsichtig. Liebe Grüße Emilia Maier."* Ich stutzte und las die SMS noch mal.

Hatte ich diese Nachricht wirklich bekommen? Ich verfolgte durch die Fensterscheibe die vielen Autos, die an mir vorbeifuhren. Vorne kam ein Traktor mit einer Ladung Strohrundballen angefahren. Der Duft von Stroh erinnerte mich immer an die unzähligen Urlaube die ich als Kind auf einem Bauernhof verbracht hatte. Ich ließ die Fensterscheibe ganz nach unten und zog die gute Landluft ein. Wehmütig sah ich dem vorbeifahrenden Traktor hinterher bis ich ihn im Innenspiegel nicht mehr sehen konnte.

Mein Blick auf die Uhr verriet mir, dass ich schon spät dran war. Ich setzte den Blinker und fuhr die Landstraße weiter bis zur nächsten Kreuzung. Ständig kam mir diese SMS in den Kopf. Wie konnte ich mich so davon aus dem Konzept bringen lassen? Ich wusste gar nicht, wie ich mich verhalten sollte, daher ignorierte ich die Nachricht. Zumindest nach außen.

Der Termin auf dem Gestüt Thormählen, bei dem wir über die neue Plakatierung der Reithallenbande für die bevorstehende Hengstfohlenschau gesprochen hatten, verlief ohne Probleme und ich machte mich von dort aus direkt auf zum nächsten. Die Präsentationen meiner Mitarbeiter in der Aktentasche ließen mich stolz zum nächsten Kunden fahren. Auch dort verlief alles ohne größere Zwischenfälle. Auswärtstermine waren für mich immer eine gelungene Abwechslung. Endlich mal etwas anderes sehen zu können und nicht ständig parat für alles und jeden sein zu müssen.

Gegen halb drei erreichte ich die Agentur und fuhr mit dem Fahrstuhl in den vierten Stock. Da ich die schwere Mappe mit den Präsentationsunterlagen gleich aus dem Auto mitgenommen hatte, lief ich auf direktem Weg in mein Büro und glaubte nicht, was ich dort sah. Ich schloss die Tür hinter mir und ließ meine Aktentasche samt den Präsentationsunterlagen auf den Boden fallen. Meine Jacke legte ich über einen der Besprechungsstühle, die um den runden Tisch gereiht waren. Ich dachte, ich hätte mich in der Tür geirrt. Mein Schreibtisch stand in Richtung der Fensterfronten. Vom Bürostuhl hatte man jetzt einen ungestörten Blick auf die Elbe. Der Besprechungstisch war mit weißen Rosen, Schneebeeren und Nelken in einer Vase dekoriert. Und auf dem Sideboard stand eine Schale mit Äpfeln und Orangen. Auf meinem Schreibtisch duftete bereits mein warm gestellter Tee und eine Flasche Wasser stand auf einem kleinen silbernen Tablett daneben. Ich lief vorsichtig zu meinem Schreibtisch und fand die bereits gefertigte Korrespondenz vom heutigen Tage vor. Ich glaubte nicht, was ich hier sah. Meine Gedanken wurden durch Stimmen im Vorzimmer unterbrochen.

Kurz darauf kam Marvin herein. »Was ist denn hier passiert?«, fragte er irritiert. Ich stütze meine Ellenbogen auf, faltete meine Hände unter meinem Kinn

zusammen und schaute ihn mit großen Augen an.
»Das war ja wohl kaum deine Idee«, stand Marvin lachend im Raum. Ich flunkerte ihn an und dachte mir nur, du kannst mir mal den Buckel runterrutschen.

»Nein, das war nicht meine Idee«, gab ich knapp zurück. »Aber du wirst mir bestimmt sagen können, ob Frau Maier solche Anwandlungen hat.«

»Könnte schon sein«, grinste er mir entgegen.

Erneut vernahm ich Stimmen im Vorzimmer und glaubte Robert zu hören. Bevor ich aufstehen konnte um nachzusehen, wurde die Zwischentür geöffnet. »Guten Tag, mein Liebling! Wie sehr habe ich dich vermisst. Komm, lass dich drücken.« Überschwänglich küsste er mich mehrmals ins Gesicht und drückte mich so sehr, dass mir fast die Luft wegblieb. Ich stand auf und wich instinktiv einen Schritt zurück. »Ach, hallo Marvin. Alles ok?«, fragte er höflicherweise nach.

»Bei mir schon«, gab Marvin zurück. Ich stutze und schaute die beiden irritiert an. Wusste Marvin mehr als ich?

»Also, diese Frau Maier aus dem Vorzimmer, das ist jetzt ein schlechter Scherz. Wir hatten uns doch geeinigt, dass wir zurzeit keine neuen Mitarbeiter einstellen und Frau Cooper fällt ja schließlich nur ein paar Wochen aus.«

»Was willst du damit sagen, Robert?«, fragte ich erstaunt nach.

»Ich habe Frau Maier gesagt, dass wir sie nicht brauchen und sie bitte ihre Sachen packen soll.«

»Du hast was, bitte? Ohne das mit mir abzusprechen?«

»Entschuldige mal Liebling, aber mir gehört auch ein Teil dieser Firma.«

»Ja, Robert, aber die Mehranteile habe ich und ich

bin es langsam leid, mich ständig vor dir zu rechtfertigen!« Ich ging mit großen Schritten ins Vorzimmer und sah Frau Maier weinend am Schreibtisch sitzen.

»Frau Maier! Entschuldigen Sie bitte, dass ich Sie noch nicht begrüßt habe, aber hier geht mal wieder alles drunter und drüber. Sie bleiben natürlich und bitte keine Krokodilstränen wegen meines Mannes. Ich habe Sie eingestellt und ich entscheide, ob Sie gehen. Machen Sie jetzt Feierabend und kommen Sie bitte morgen wieder um 9 Uhr!»

Bevor ich weiterreden konnte, stand mir Robert in den Fersen. »Das ist jetzt nicht dein Ernst, Alexandra!«, brachte er mir in einem unsachlichen Ton entgegen. »Frau Maier geht!«

»Frau Maier bleibt und das ist das letzte Wort dazu. Du verkennst deine Position, Robert!«

Ich verließ das Vorzimmer und schlug die Zwischentür hinter mir zu. Marvin sah mich mit großen Augen an. Ich lehnte mich mit dem Rücken gegen die Tür und rang mal wieder um Fassung. Ein leichter Schubser signalisierte mir, dass Robert hereinwollte. Ich trat gerade so viel zur Seite, dass er seinen Kopf hereinstrecken konnte.

»Ich werde morgen nicht im Büro sein, ich habe meinen Golftag und danach gehe ich noch Essen. Es könnte also durchaus spät werden. Warte nicht auf mich!« Danach zog er seinen Kopf aus dem Spalt und schloss die Tür. Ich war am Schreibtisch angekommen, griff nach dem Kugelschreiber und schmiss ihn mit voller Wucht gegen die Fensterfront.

»Das geht so echt nicht weiter, Alexandra. Du musst endlich die Reißleine ziehen!«

»Ich kann einfach nicht mehr, Marvin. Ich kann nicht mehr.«

»Na ja, vielleicht kann Emilia Maier ja eine Unterstützung für dich sein.«

Ja, Emilia, dachte ich, sie könnte mir wirklich guttun, wenn ich sie auch lassen würde. Ich habe mit Sicherheit die Veränderungen in meinem Büro ihr zu verdanken und vor lauter Ärger mit Robert konnte ich mich bei ihr weder für die nette SMS noch für die Verschönerungen in meinem Büro erkenntlich zeigen. Robert hatte den umgestellten Schreibtisch überhaupt nicht bemerkt. Typisch, für ihn. Wenigstens war es Marvin aufgefallen.

»Weißt du eigentlich, dass Emilia Maier im Wallgraben in Harburg wohnt? Die Gegend macht mir Angst«, sagte ich zu Marvin.

»Ja, das weiß ich, aber was willst du machen, wenn du kein Geld verdienst.«

»Sie scheint dort aber nicht alleine zu leben. Auf dem Klingelknopf stand noch der Name T. Quist.«

»Das ist ihr Freund«, sagte Marvin etwas verkniffen. »Er geht keiner Arbeit nach, trinkt reichlich Alkohol und hin und wieder rutscht ihm mal die Hand aus.«

»Bitte? Was redest du denn da?« Besorgt sah ich Marvin an, der sich erhoben hatte und zum Fenster lief. »Bei ihrem Vorstellungsgespräch hatte ich sie auf zwei blaue Flecke an ihren Armen angesprochen. Sie ist nicht darauf eingegangen.«

»Dann lass sie in Ruhe, Alexandra! Sie wird sich dir öffnen, wenn sie das will.«

»Aber sie kann doch unmöglich bei diesem Mann bleiben, das kann doch keine Liebe sein!«

»Liebst du Robert denn noch?«

»Was hat das denn jetzt mit Robert und mir zu tun, Marvin?« Er verließ kopfschüttelnd mein Büro und ich sah ihm verständnislos hinterher. Verstehe einer die Männer. Ich arbeitete noch bis spät in die Nacht, bis mich irgendwann mein Handy unterbrach. Eine neue Nachricht von Unbekannt: „*Hallo Frau Marquardt, vielen Dank, dass Sie mir eine Chance geben. Ich wünsche Ihnen eine gute Nacht. Liebe Grüße Emilia Maier.*"

Ich legte das Handy beiseite und schaute auf die beleuchtete Elbe hinaus. Das konnte ich ja jetzt, vermutlich dank Frau Maier, direkt aufblickend von meinem Schreibtisch aus. »Eine gute Nacht wünsche ich Ihnen«, wiederholte ich ein paarmal ihre Wörter in meinem Kopf. Auch diese SMS konnte ich nicht erwidern. Ich war mit der Situation überfordert. Einerseits fühlte ich mich geschmeichelt, dass sie immer an mich dachte, aber auf der anderen Seite konnte ich mir nicht vorstellen, dass daraus eine Freundschaft entstehen könnte. Sie war siebzehn Jahre jünger als ich und vor allem meine Mitarbeiterin. Aber wenn ich in mein Innerstes hinein hörte, dann wollte ich den Kontakt zu ihr. Vielleicht überwog bei mir die Angst, dass ich sie wieder verlieren könnte, weil ich die Zeit für eine intensive Freundschaft nicht aufbringen konnte.

Weil meine Augen von der vielen Bildschirmarbeit anfingen zu brennen, packte ich meine Sachen um endlich in den Feierabend aufzubrechen.

## 11. Kapitel

Es gingen zwei Wochen ins Land und der Herbst hatte Einzug gehalten. Ich machte mich auch an diesem Morgen als Erste im Bad fertig, da Robert mal wieder sehr spät, oder besser gesagt, eher sehr früh nach Hause gekommen war. Man konnte ja schon froh sein, wenn er die Nächte überhaupt zu Hause verbrachte.

Ich band mir meine dunkelblonden Haare zusammen und lächelte in mein Spiegelbild. Irgendwie ging es mir von Tag zu Tag ein kleines bisschen besser, da Emilia in meiner Agentur arbeitete. Allerdings machte ich mir auch etwas Sorgen. Frau Cooper würde voraussichtlich die nächsten Tage wieder zurückkommen und ich brauchte, zum Trotz von Robert, eine neue Aufgabe für Emilia.

Ich machte mich auf den Weg in die Agentur. Aber heute mit einem Umweg zu meinem Konditor, dem besten in Hamburg, wie ich fand. Ich wollte Emilia Maier überraschen und ihr ein besonders leckeres Tortenstück mitbringen. Mit der kostbaren Fracht an Bord fuhr ich auf den Parkplatz meiner Firma. Ich stieg aus und ging direkt in das Vorzimmer, wo Frau Maier bereits voll beschäftigt war. Sie hatte in kürzester Zeit diesen Arbeitsplatz in den Griff bekommen. »Guten Morgen, Frau Marquardt!«, sprang sie freudestrahlend von ihrem Stuhl auf.

»Bleiben Sie bitte sitzen, Frau Maier!«, brachte ich ihr lächelnd entgegen. »Ich wünsche Ihnen auch einen schönen guten Morgen. Heute war ich mal so frei und habe Ihnen ein besonderes Stück Torte meines Lieblingskonditors mitgebracht. Ich hoffe, Sie essen so eine Kalorienbombe?« Erwartungsvoll sah ich sie an.

Sie starrte auf die Schachtel und fuhr den Namen mit dem Zeigefinger ab. »Ein Stück vom Himmel« stand auf der Verpackung. Sie sah mich mit feuchten Augen an und lächelte schwerfällig.

»Vielen Dank, Frau Marquardt! Ich laufe oft dort vorbei und bestaune voller Neid die Warenauslage und das traumhaft schön dekorierte Schaufenster. Dort fühlt man sich wirklich wie im Himmel.»

»Dann sind Sie schon in den Genuss gekommen?«, fragte ich neugierig nach. Ihr Blick ging zum Fenster und wieder zurück zu der Verpackung, die sie immer noch streichelte.

»Nein, das kann ich mir nicht leisten.« Vorsichtig sah sie mich an, bevor sie sich wieder hinsetzte und mich anlächelte. »Ich werde jedes Stück wie Zucker-kristall auf meiner Zunge zergehen lassen und mein Glück kaum fassen, ein Stück vom Himmel abgebissen zu haben.«

Ich sah sie an und war erst mal sprachlos, dass man so für ein Stück Torte schwärmen konnte. Auf dem Weg zu meiner Bürotür hielt ich inne und drehte mich noch mal zu ihr um.

»Frau Maier, ich bin es eigentlich gewohnt, meine jüngeren Mitarbeiter beim Vornamen zu nennen. Ha-ben Sie damit irgendein Problem?«, fragte ich höflich nach.

»Nein, Alexandra, damit habe ich überhaupt gar kein Problem«, grinste sie mich an.

»Frech sind wir gar nicht«, erwiderte ich und lä-chelte zurück. Ich arbeitete ohne Unterbrechung bis zur Mittagszeit und erst reichlich spät fiel mir auf, dass ich heute von meinem Computer noch an keinen Ter-min erinnert wurde. Irritiert rief ich meinen elektroni-schen Terminkalender auf und glaubte nicht, was ich dort sah: 9 Uhr bis 12 Uhr interne Besprechung. Ich stand auf und ging ins Vorzimmer. »Emilia?«, sprach ich sie von hinten an.

»Ja?«, fragte sie lächelnd und drehte sich zu mir um.

Ich blieb in der Tür stehen und hielt mich am Türrahmen fest. »Ich habe von 9 bis 12 Uhr eine interne Besprechung?«

»Entschuldige bitte, aber ich wollte einfach nur, dass du endlich mal ungestört arbeiten kannst und nicht ständig überall parat stehen musst. So konnte dir ja auch keiner einen Termin einstellen. Ich finde, das sollten wir öfters machen.«

»Ach, beim du sind wir jetzt auch angekommen?«, sah ich sie fragend an.

»Ja, ich denke schon. Du darfst mich auch gerne duzen«, grinste sie verlegen. Sie stand auf und stellte sich ganz dicht vor mich. Sie war einen halben Kopf kleiner als ich, aber auch nur dank ihrer hohen Schuhe. Ihre Augen hatten etwas Geheimnisvolles und ihre Sommersprossen, die mir immer wieder direkt ins Auge fielen, leuchteten alle um die Wette.

»Hättest du Lust heute Abend mit mir etwas trinken zu gehen?« Verwundert sah ich Emilia an.

»Warum sollte ich das tun?« Ich merkte an ihrer Haltung, dass sie durch meine Antwort verunsichert war und daher versuchte ich noch mal auf ihre Frage einzugehen. »Ehrlich gesagt, bin ich es nicht gewohnt privaten Kontakt zu meinen Mitarbeitern zu haben.« Ohne ein weiteres Wort drehte sie sich um und nahm an ihrem Schreibtisch Platz. Irritiert schloss ich die Bürotür. Wieder musste ich feststellen, dass meine Antwort nicht der Wahrheit entsprochen hatte. Natürlich konnte ich mit ihr etwas trinken gehen, aber ich hatte Angst. Angst vor einer möglichen Veränderung in meinem Leben. Konnte daraus wirklich eine Freundschaft entstehen oder war es doch eher die Sorge um sie, dass ihr etwas zustoßen könnte? Ich wusste ja nicht, was sich bei ihr zuhause abspielte. Ob ihr Freund sie wirklich schlug? Zugegeben, über ihre Beziehung machte ich mir tatsächlich viele Gedanken. Aber so ein Thema konnte ich schlecht zwischen Tür und Angel ansprechen. Ihre Gesellschaft war mir nie unangenehm oder gar lästig. Trotzdem wollte ich die nötige Distanz zu ihr wahren. Sie war eine meiner Mitarbeiterinnen. Nicht mehr, aber auch nicht weniger.

Um diese Gedanken beiseite zu schieben, machte ich mich wieder über meine Aktenberge her. Ich nahm am Nachmittag noch einige Termine wahr und stimmte mich mit Emilia ab, wie einzelne Schritte im Unternehmen zu erledigen waren.

Kurz vor Feierabend lief ich Richtung Kaffeeküche. Auf dem Weg dorthin bekam ich ein Gespräch zwischen Susan und Anja mit. Ich blieb stehen und verfolgte die Unterredung. »Es war so schön gewesen, Anja. Er ist ganz anders, wenn er sich fallen lassen kann. Endlich mal Zeit nur für uns zwei. Ich habe es so genossen.«

»Und, wie geht es jetzt mit euch weiter?«, fragte Anja interessiert nach. »Du kannst dich ja nicht jedes Mal krankschreiben lassen!«

»Nein, natürlich nicht. Mir wird schon was einfallen. Ansonsten verbinde ich mein Date einfach mit einer Geschäftsreise.«

»Nicht dumm, meine Liebe, nicht dumm«, sagte Anja lachend.

Ich ging irritiert weiter und glaubte mich verhört

zu haben. Sie war also doch nicht krank gewesen. Hatte ich also richtig vermutet. Statt in die Kaffeeküche abzubiegen, ging ich auf direktem Weg in die Personalabteilung. »Frau Marquardt, was führt Sie zu mir?«, entgegnete mir Frau Schön.

»Ich möchte die Krankmeldung von Frau Hauck sehen.«

»Von Frau Hauck? Die Krankmeldung ist schon bearbeitet, die muss ich mir erst aus dem Ordner holen. Eine Sekunde bitte.« Ich nickte, setzte mich auf die Schreibtischkante und überflog die dort liegenden Unterlagen. Mir fiel der Arbeitsvertrag von Emilia ins Auge. Ich blätterte ihn durch und überflog die erfassten Daten. Als ich ihn zurücklegen wollte, schlug ich noch mal die Seite mit der Kontoverbindung auf. Kontoinhaber: Tom Quist. Das glaubte ich jetzt nicht. Das Gehalt lief auf das Konto von ihrem Freund? Ich hörte Frau Schön zurückkommen. Sie hielt mir die Krankmeldung entgegen und sah mich irritiert an, als sie den Arbeitsvertrag in meinen Händen sah. »Ist etwas nicht in Ordnung, Frau Marquardt?«

»Warum läuft das Gehalt von Emilia Maier auf das Konto eines Tom Quist?«

»Das weiß ich nicht, Frau Marquardt. Aber da kann ich mich ja nicht einmischen.«

»Das wird umgehend geändert. Der Vertrag wird neu erstellt und die Kontodaten von Frau Maier werden hier eingetragen«, fuhr ich fort. »Besprechen Sie das mit ihr gleich morgen früh.«

»Ja, Frau Marquardt, wenn Sie das so wünschen, natürlich.«

»Da wir heute bereits den 26. haben, stoppen Sie bitte diese Überweisung. Das Gehalt für den nächsten Monat erhält Frau Maier von mir bar ausgezahlt. Ich erwarte das Gehalt pünktlich am 1. zu meinen Händen.«

»Natürlich.«

»Und, wenn es irgendwelche Änderungen bezüglich Frau Maier gibt, egal welcher Art, informieren Sie mich bitte sofort. Kann ich mich auf Sie verlassen, Frau Schön?«

»Selbstverständlich, Frau Marquardt, selbstverständlich.« Sie nickte und gab mir die kopierte Krankmeldung von Susan Hauck. Ich wünschte einen schönen Feierabend und ging zurück in mein Büro. An meinem Platz angekommen, tippte ich die Kürzel der Erkrankung ins Internet, um rauszufinden, ob es sich wirklich um eine Magenverstimmung gehandelt hatte. Das Internet bestätigte mir dies.

Ich legte mich in meinem Stuhl zurück und schaute auf die Elbe hinaus. In meiner Firma stimmte etwas nicht. Mein Handy signalisierte mir eine neue Nachricht. Von Emilia? Nein, diesmal von Robert: »*Wann kommst du, Liebling?*«

Weiter stand dort nichts. »*Gleich*«, tippte ich in mein Handy und schickte die SMS ab. Als ich die Einfahrt zu meinem Haus passierte, piepste mein Handy erneut. Eine Nachricht von Unbekannt. »*Kann ich dich kurz anrufen? LG Emilia*«, stand auf dem Display. »*Ja, kannst du*«, schrieb ich direkt zurück. Es dauerte keine Minute, da klingelte mein Handy. »Ja, Emilia?«

»Hallo, Alexandra, ich mache mir etwas Sorgen. Frau Cooper kommt doch vermutlich die nächsten Tage zurück und ich weiß ja nicht, ob ich dann noch gebraucht werde. Und du bist morgen für den Rest der Woche in London und ich weiß nicht, ob dein Mann mich dann aus der Firma wirft.«

»Stopp, Emilia! Niemand wirft dich aus meiner Firma. Und Robert schon dreimal nicht. Er hat dazu gar keine Handhabe. Außerdem stehst du doch unter Vertrag. So einfach geht das dann auch nicht.«

»Aber ich bin noch in der Probezeit«, unterbrach sie mich.

»Ja, und? Du brauchst dir wirklich keine Gedanken zu machen, ich finde schon eine Aufgabe, die dich ausfüllt.»

»Ich meine ja nur, weil ich so kurz erst bei euch bin und ich einfach Angst vor der Zukunft habe.«

»Sag bitte nicht bei euch, Emilia, bitte nicht. Du bist bei mir und das ist gut so. Ich mag dich. Und ich werde nicht so dumm sein und das bisschen Leben, das ich dank dir die letzten Wochen wahrnehmen durfte, wieder aufgeben.« Es war kurz ruhig in der Leitung.

»Danke, Alexandra, dass du mir eine Chance gibst.«

»Aber über deinen Arbeitsvertrag wird Frau Schön morgen noch mal mit dir sprechen müssen«, sagte ich ihr abschließend.

»Warum das denn?«, fragte sie erschrocken nach.

»Kontoinhaber Tom Quist? Das kann nicht dein Ernst sein, Emilia.«

»Es ist alles in Ordnung, wirklich.«

»Nein, Emilia, ist es nicht. Das Gehalt geht nicht auf eine Kontoverbindung von deinem Freund!«

»Doch, bitte, das ist alles richtig so. Ich bekomme Ärger, wenn ich das ändere«, sagte sie ängstlich.

»Emilia, was ist los bei dir? Bitte sag mir, wenn ich dir helfen kann.« Ich merkte immer mehr, dass sie mir etwas verschwieg und sie kein Vertrauen zu mir hatte.

»Nein, ich will nicht, dass du dich da einmischst. Du musst morgen nach London und wir sehen uns daher wahrscheinlich erst nächste Woche wieder. Pass auf dich auf, ja?« Ihre Stimme klang so zerbrechlich.

»Emilia, du musst dir um mich keine Sorgen machen. Mir passiert schon nichts. Ich mache mir eher Sorgen um dich. Bitte sei ehrlich zu mir!« Die Situation war vollkommen neu für mich. Hatte sich die vergangenen Jahre jemand um mich Sorgen gemacht? Ich wüsste nicht. Zumindest hatte ich es nicht wahrgenommen.

»Versprichst du mir jetzt, dass du auf dich aufpasst?«, unterbrach sie meine Gedanken.

»Ja, ich verspreche es dir.«

»Und, rufst du mich an, wenn du gelandet bist?«

»Ja, auch das mache ich«, beruhigte ich sie.

»Wo bist du eigentlich?«

»Ich stehe schon die ganze Zeit vor meinem Haus. Du hinderst mich gerade daran, einen Abend mal mit meinem Mann zu verbringen. Was ist eigentlich aus dem Tortenstück geworden? Hat es dir geschmeckt?«

»Es war purer Genuss und den Rest habe ich mir eingefroren«, sagte sie leise.

»Eingefroren!«, wiederholte ich. »Wir hätten auch ein neues Stück Torte kaufen können?«

»Nein, alles gut, Alexandra! Schlaf gut!«

»Du auch, Emilia.«  Ich starrte in mein beleuchtetes Haus und sah Robert auf der Couch liegen. Etwas müde vom Tag, stieg ich aus meinem Auto und schloss die Haustür auf.

»Robert?« Im Wohnzimmer war er nicht mehr.

»Liebling, bist du es?«, hörte ich ihn aus der Küche rufen. Ich lief hinüber und stellte mich in den Türrahmen.

»Hast du jemand anderes erwartet?«, fragte ich irritiert.

Er blieb am Herd stehen und rührte in einem Topf.

»Natürlich nicht, mein Liebling.«

Ich blieb auf Abstand und ließ meine Aktentasche auf den Boden fallen. Noch betäubt von dem Telefongespräch mit Emilia sah ich zu ihm über den Mittelarbeitsblock hinüber. Er schenkte mir keine Beachtung. Ich hatte mit meinem Kreislauf zu kämpfen, der anfing mir einen Streich zu spielen. Ich fixierte Robert.

»Ich will Sex mit dir«, sagte ich leise aber bestimmt.

Er richtete sich auf und legte den Löffel beiseite.

»Du willst was, mein Liebling?«

»Ich will Sex mit dir.«

»Hier, in der Küche?«, fragte er mit hochgezogenen Augenbrauen nach.

»Ja, hier und jetzt. Für was habe ich den edlen Mittelarbeitsblock sonst gekauft?«

Er kam zu mir rüber und ehe ich mich versah, öffnete er die Knopfreihe an meiner Hose. Ich versuchte, meine Schuhe selbstständig von den Füßen zu streifen und stieg aus der Hose. Stark erregt riss ich ihm sein Hemd auf, so dass die Knöpfe gegen den Kühlschrank flogen. Er griff unter meinen Po und zog mir den Slip nach unten. Ich begann ihn wild zu küssen und musste vor lauter Erregung ständig nach Luft ringen. Er hob mich an und setzte mich unsanft auf dem Mittelarbeitsblock ab. Die Höhe war wie gemacht für eine wilde und erregte Zwischenmahlzeit. Er presste sich dicht an mich. Seine Unterhose strich er energisch nach unten, so dass er komplett nackt vor mir stand. Auch meinen BH riss er mir wild vom Körper. Er fing an meine Brüste zu kneten, dass es fast schmerzte und dann drang er tief in mich ein. Ich kam und konnte meine Laute nicht unterdrücken. Auch er war merklich erregt. Er schob sich keuchend unsanft in ständigen starken Bewegungen in mich ein.

Ich fuhr mit meinen Händen über seinen verschwitzten Rücken und war so ganz nah an ihm dran. Als er zurückzog, verspürte ich einen schrecklich starken Schmerz, der mich aufschreien ließ. »Was ist los?«, fragte er.

»Hör auf! Ich weiß nicht, warum es so wehgetan hat. Es tut mir leid, aber ich muss erst mal ins Bad.« Verständnislos sah er mir hinterher, als ich mich noch mal zu ihm umsah.

Im Bad angekommen, sah ich in den Spiegel und musste feststellen, dass ich elend aussah. Seit Monaten hatten wir nicht mehr miteinander geschlafen und jetzt das. Warum hatte ich solche Schmerzen? Weil ich mich zum Schluss so sehr verkrampft hatte? Ich wusste es nicht. So hatte ich mir das jedenfalls nicht vorgestellt. Ich setzte mich auf den Hocker und war in mich gekehrt.

Wieder musste ich an Emilia denken. Was sie jetzt wohl gerade machte? Um das Gedankenkarussell zu stoppen, zog ich mir etwas über und ging direkt ins Wohnzimmer, wo Robert es sich wieder auf der Couch gemütlich gemacht hatte.

»Was ist mit Essen?«, fragte ich vorsichtig nach.

»Was für Essen?«

»Du hast doch vorhin etwas gekocht oder nicht?«, fragte ich bemüht freundlich.

»Mir ist der Appetit vergangen und sag jetzt bloß nicht, du verstehst mich nicht!« Er stand auf und ging an mir vorbei. »Was wird das jetzt hier, Robert?« Er nahm sich seine Jacke, zog sich seine Schuhe an und drehte sich zu mir um.

»Ich muss hier raus. Schönen Abend noch.« Dann ging er zur Tür und war weg.

## 12. Kapitel

Mein Flugzeug nach London hob pünktlich ab. Dort angekommen, checkte ich erst mal im Hotel ein. Eines stand fest. Ich hatte zwar nicht wirklich ein zu Hause, aber in Hotels hielt ich mich noch viel weniger gerne auf. Für die nächsten vier Tage war dies aus geschäftlicher Sicht aber nicht vermeidbar. Die Firma Connect GmbH hatte mich zu einem Pitch gebucht. Man wollte für die Zweigniederlassung in London einen vollumfänglichen Marketingauftritt von Corporate Identity über Web, Print und Fotographie ausgearbeitet haben. Bevor ich meine Unterlagen sichtete, kramte ich mein Handy hervor und schickte Emilia die versprochene SMS. Danach machte ich mich auf den Weg zu meinem Auslandsmeeting. Die Besprechung dauerte ganze vier Stunden und ich war aufgrund der Fremdsprache, die ich doch nicht so oft brauchte, ziemlich fertig.

Bevor ich mich auf meinem Zimmer etwas frisch machte, ließ ich mir noch vom hauseigenen Restaurant eine Kleinigkeit servieren. Eine halbe Stunde später ging es zum nächsten Termin in die Stadt. Ich war so froh, als es Abend war. Dieses Meeting war die Hölle gewesen und ich hatte ernsthaft mit den Teilnehmern zu kämpfen. Ob ich diesen Kampf gewonnen hatte, blieb noch in Erfahrung zu bringen. Ich holte mein Handy aus der Tasche und scrollte durch das Display. Vier entgangene Anrufe. Zwei Anrufe vom Apparat von Frau Cooper. Das wird wohl Emilia gewesen sein. Ein Anruf von Marvin und ein Anruf von meinem Wirtschaftsprüfer, Herrn Arnsdorf. Von Robert natürlich nichts. Ich drückte die Kurz-wahltaste, in der Hoffnung ihn an den Apparat zu bekommen. Vergeblich.

Nach zweimaligem Klingeln sprang wieder die Mail-box an. Weil es mir zu blöd war, legte ich einfach auf.

Müde und total erledigt ging ich ohne Abendessen auf mein Zimmer, streifte mir die Schuhe ab und legte mich quer auf das breite Bett. Dieses Hotel würde ich definitiv wieder buchen. Die Suite war in einem hellen Ton gestrichen und das Bad komplett aus Marmor. Und der Blick aus dem Fenster war gigantisch. Die Aussicht auf die beleuchtete Tower Bridge war die Ent-schädigung für einen anstrengenden Tag. Sollte ich E-milia noch eine SMS schreiben? Besser nicht. Völlig er-schöpft schlief ich direkt ein.

Am nächsten Morgen, gleich nach dem Frühstück mit Croissant, Marmelade, Obstsalat und einer großen Tasse Kaffee telefonierte ich meine gestrigen entgange-nen Anrufe ab. Zuerst wählte ich den Apparat von Fr. Cooper an, leider vergeblich. Danach versuchte ich Marvin zu erreichen, der nicht sprechen konnte, da er zu einem Meeting unterwegs war, weswegen wir un-ser Telefonat auf abends verlegt hatten. Herrn Arns-dorf habe ich direkt erreichen können, der allerdings keine erfreuliche Nachricht hatte. Ihm fehlten die Zah-len aus dem letzten Quartal! Ich hatte eigentlich Emilia darum gebeten, ihm die Unterlagen zu mailen. Herrn Arnsdorf musste ich versprechen, die Unterlagen schnellstmöglich beizubringen. Ich zögerte nicht lange und wählte erneut die Nummer von Frau Cooper. Nach kurzem Warten nahm man auf der anderen Seite mein Gespräch entgegen. »Frau Marquardt! Einen wunderschönen guten Morgen wünsche ich Ihnen.«

Ich hatte zwei Mal hinhören müssen. Das war de-finitiv nicht die Stimme von Emilia, sondern die von Frau Cooper.

Ich versuchte, mir die Enttäuschung nicht anmerken zu lassen. »Guten Morgen Frau Cooper, schön Sie zu hören. Ich gehe davon aus, es geht Ihnen wieder gut und Sie sind wieder voller Eifer dabei?«

»Ja, Frau Marquardt, alles bestens.«

»Schön«, sagte ich knapp. »Herr Arnsdorf hat mich eben darauf aufmerksam gemacht, dass die versprochenen Zahlen aus dem letzten Quartal nicht vorliegen. Wissen Sie etwas davon?«

»Äh, kleinen Moment bitte, Frau Marquardt.« Es raschelte in der Leitung und nach kurzem Warten konnte mir Frau Cooper bestätigen, dass sie die Zahlen in der nächsten halben Stunde an Herrn Arnsdorf übermitteln würde. Ich war etwas irritiert, deshalb fragte ich direkt nach. »Warum sind die Zahlen noch nicht abgegeben worden und wo ist überhaupt Frau Maier?« Wieder wurde es still in der Leitung.

»Ja, Frau Maier hat mir das mit den Zahlen gesagt, aber ich musste ja erst mal das ganze Chaos hier sichten. Ich werde es gleich erledigen, Frau Marquardt.«

»Und wo ist Frau Maier nun?«, wiederholte ich meine Frage.

»Sie sitzt bei Frau Hauck und Frau Bensheimer. Anordnung von Ihrem Mann.«

»Bitte was?«, fragte ich schockiert nach. »Was macht sie dort?«

»Ihr Mann hat sie damit beauftragt, die alten Werbeprospekte zu vernichten. Keine schöne Arbeit, aber einer muss sie ja schließlich machen und die Damen Hauck und Bensheimer haben alle Hände voll zu tun mit der bevorstehenden Präsentation.« Ich versuchte, ganz ruhig zu bleiben, bedankte mich bei Frau Cooper und beendete das Gespräch.

Ich wählte die Handynummer von Emilia. »Der Teilnehmer ist vorübergehend nicht erreichbar«, schallte mir entgegen. Also rief ich direkt auf dem Apparat von Susan an. Es klingelte nur kurz bis sie das Gespräch entgegengenommen hatte. »Frau Marquardt, guten Morgen!«

»Guten Morgen, Susan! Ich möchte Frau Maier sprechen.«

»Die ist im Moment sehr beschäftigt, Frau Marquardt.«

Ich stockte zunächst und atmete tief durch. »Susan, ich gebe Ihnen jetzt einen guten Rat. Sie geben mir augenblicklich Frau Maier an den Hörer oder Sie bekommen eine Abmahnung. Das wäre dann die zweite. Haben Sie mich verstanden?«

»Ja, natürlich, ich dachte nur« - ich unterbrach sie.

»Sie sollen ausnahmsweise mal nicht denken, sondern das machen, was ich Ihnen sage!«, brachte ich ihr gereizt entgegen. Es wurde kurz still in der Leitung.

»Ja?«, kam es leise aus dem Hörer.

»Emilia, es tut mir schrecklich leid, was sich bei dir gerade abspielt. Ich wurde darüber nicht in Kenntnis gesetzt. Das ist selbstverständlich nicht deine Arbeit. Wenn du möchtest, kannst du dir den Rest der Woche Urlaub nehmen bis ich zurück bin und das vor Ort geklärt habe.«

»Nein, nein, mach dir bitte keine Gedanken«, sagte sie vorsichtig.

»Du kannst nicht frei sprechen wegen der beiden Damen?«

»Mmhh«, kam es nur leise aus ihr heraus.

»Schick sie bitte aus dem Zimmer.«

»Was soll ich? Das kann ich nicht.«

»Dann gib bitte den Hörer an Frau Hauck weiter.« Es raschelte wieder in der Leitung und Susan meldete sich. Ich bat sie und Frau Bensheimer das Zimmer kurzzeitig zu verlassen, um mit Emilia ungestört sprechen zu können.

Sie reichte daraufhin den Hörer an Emilia und man konnte im Hintergrund vernehmen, dass die beiden Damen den Raum verlassen. »Was ist denn genau passiert?«, fragte ich besorgt.

»Dein Mann kam gleich gestern Morgen zu mir und hat mir unverblümt mitgeteilt, dass meine Stunden hier gezählt wären und ich nur noch zuarbeiten dürfte. Das wäre mit dir abgesprochen.« In ihrer Stimme lag Angst, so viel Angst, dass ich es bis zu mir spüren konnte. »Emilia, du glaubst jetzt aber nicht, dass ich so einem Blödsinn zugestimmt habe, oder?«

»Nein, nicht wirklich.«

»Hör zu, ich bin schon spät dran und muss jetzt los. Vermutlich bin ich erst heute Abend wieder telefonisch erreichbar. Das Handy ist aber an. Falls irgendetwas ist, schick mir bitte eine kurze SMS. Ich werde dich dann schnellst möglich anrufen. Ok?«

»Mmhh«, sagte sie leise.

»Ich muss jetzt auflegen. Bitte vertrau mir, ich kümmere mich darum. «

»Du fehlst mir und ich bin froh, wenn du wieder zurück bist«, antwortete sie leise.

Wieder einmal konnte ich es nicht fassen, was sich während meiner Abwesenheit dort zugetragen hatte. Robert, dieser Mistkerl! Ich musste mich jetzt auf das Meeting konzentrieren. Davon hing so viel ab. Auf Empfehlung war ich für eine Akquise bei einem der dreißig größten Industrie- und Handelsunternehmen gebucht. Hierbei ging es um einen größeren Millionenbetrag. Aber ganz ohne Gedanken an Emilia würde ich den Tag wohl nicht hinter mich bringen können. Ich nahm meine Aktentasche und ging in die Empfangshalle, wo man mich bereits erwartete.

13. Kapitel

Trotz aller Schwierigkeiten war ich froh, endlich wieder zu Hause zu sein. Die Geschäftsreise hatte es wirklich in sich gehabt. Voller Tatendrang fuhr ich in die Agentur und ging zuerst bei Marvin vorbei.

»Guten Morgen, mein Lieber!«, begrüßte ich ihn überschwänglich.

»Hey, guten Morgen, Alexandra! Schön, dass du wieder da bist. Wie ist es gelaufen?«

»Irgendwie habe ich kein gutes Gefühl, aber vielleicht täusche ich mich auch und wir bekommen den Zuschlag«, lächelte ich ihn an. »Und bei dir? Gibt es was Neues?«

»Nicht wirklich«, sagte Marvin und runzelte die Stirn. »Aber?«, fragte ich nach.

»Dass Emilia mit ihrer jetzigen Arbeit unterfordert ist, hast du ja bereits mitbekommen. Robert hat sich förmlich einen Spaß daraus gemacht, Emilia vorzuführen. Was hast du denn jetzt mit ihr vor?«

»Ich weiß es noch nicht, Marvin, aber ich lasse mir etwas einfallen, auf jeden Fall. Emilia gebe ich nicht mehr her, da wäre ich ja schön blöd«, lachte ich ihn an. »Und um dich zu zitieren, muss ich ja schließlich das Personal aufstocken.«

Emilia bedeutete mir sehr viel. Ohne sie fühlte sich mein Leben viel leerer an. War sie mir womöglich der Trost für meinen unerfüllten Kinderwunsch? Ich brauchte sie. Hatte ich sie gesucht und gefunden? Das wäre doch jetzt zu einfach gewesen. Meine Gedanken wurden von Marvin unterbrochen, der meinen Blick suchte. »Heute Abend schon was vor?«

»Du willst mich jetzt aber nicht zum Essen einladen, meine liebe Alexandra?«

»Warum nicht? Ich hätte mal wieder Lust ins Seehof zu gehen«, lächelte ich ihn zaghaft an.

»Ok, ich bin dabei und hole dich um 20 Uhr ab.«

Ich drehte mich um und ging den Gang entlang in Richtung meines Büros. Als ich am Zimmer Hauck und Bensheimer vorbeikam und den Kopf hineinstreckte, war leider niemand da.

Mein Terminkalender war leider mehr als voll. Die tolle Idee ein paar Stunden am Tag einfach für eine Besprechung zu belegen, die es überhaupt nicht gab, war gestorben, seit Frau Cooper wieder im Haus war. So musste ich von einem Termin zum nächsten hetzen.

Zurück in meinem Büro angekommen, bekam ich endlich mal wieder meinen Mann zu Gesicht. »Ach, Robert, gibt es dich auch noch?«

»Guten Tag, mein Liebling. Wie ist es in London gelaufen?«

»Das hätte ich dir gerne früher berichtet, wenn du mal an dein Handy gegangen wärst. Aber Fehlanzeige.«

»Ich bin eben ein vielbeschäftigter Mann«, grinste er und ließ sich auf einen der Besprechungsstühle fallen.

»Das soll wohl ein Witz sein. Was willst du von mir?«

»Ich möchte dir einen Vorschlag machen. Du hast ja selbst gesagt, dass wir dieses Jahr volle Leistung bringen müssen, um das Ruder herumzureißen. Frau Cooper ist nicht mehr die Jüngste und eventuell fällt sie jetzt öfters aus.«

»Komm zum Punkt, Robert!«, fauchte ich ihn an. Ich hatte mich zwischenzeitlich seitlich auf den Besprechungstisch gesetzt und folgte seinen Sätzen.

»Ich finde, es ist an der Zeit, dass auch mir eine Sekretärin zusteht. Schließlich bin ich hier ja auch wer.«

»Vergiss es! Denk erst gar nicht drüber nach.«

»Nein, Alexandra, das werde ich nicht vergessen. Im Vorzimmer steht sogar schon ein freier Schreibtisch. Warum nicht Nägel mit Köpfen machen?«, grinste er mich frech an.

»Ich habe bereits andere Pläne«, entgegnete ich. Schwerfällig ging ich zum Fenster und starrte in die Weite. Es zogen schwarze Wolken auf, die uns mit Sicherheit jede Menge Regen bescheren würden und das nicht nur draußen. Ich fühlte mich auch wie in einer Schlechtwetterphase. Der Regen prasselte nur so auf mich herab.

»Du hast immer andere Pläne, mein Liebling, aber jetzt werde ich diese Entscheidung fällen. Das kann ich auch ohne dich.« Ich biss mir auf die Zunge und hätte vor Zorn platzen können. Mir blieb wohl tatsächlich nichts anderes übrig, als es erst mal hinzunehmen.

»Und, an wen hast du da so gedacht?«, fragte ich ihn, als ich mich wieder vom Fenster weggedreht hatte. Er stand auf und stellte sich ganz dicht vor mich.

»Ich denke, Frau Hauck wird ihre Sache gut machen. Sie ist die perfekte Besetzung für mich.«

Ich sah ihn kurz eindringlich an und knallte ihm eine! Er blieb fassungslos stehen. Ich nahm meine Tasche und meinen Mantel und ging zur Tür. Dort stand Emilia, die alles mit angesehen haben musste.

»Emilia, kann ich etwas für dich tun?«, fragte ich erschrocken nach. Als ich ihren Arm berührte, zog sie ihn weg und ohne ein Wort drehte sie sich um und lief davon. »Emilia? Emilia? Bitte warte!«

Ich blieb auf dem leeren Gang zurück und lehnte mich gegen die Wand. Robert kam in meine Richtung, lief aber wortlos an mir vorbei, die Hände in den Hosentaschen vergraben.

»Habt ihr es in meinem Haus auf Föhr getrieben?«, fragte ich leise. Mein Hals war total trocken und ich musste mehrmals schlucken. »Ob ihr es in meinem Haus auf Föhr getrieben habt, will ich wissen!«, schrie ich los. Aber er reagierte nicht. Ich sah ihm noch hinterher, bis er um die Ecke gebogen war.

Aufgelöst eilte ich zu Marvin ins Büro. Leider war er schon weg, das Zimmer war leer. Ich rang um Fassung und kämpfte gegen meine aufkommenden Tränen an. Mit geschlossenen Augen holte ich tief Luft, als müsste ich die nächsten fünf Minuten unter Wasser bleiben und lief los. Der Fahrstuhl brachte mich ins Erdgeschoss. Ohne aufzusehen, ging ich am Empfang vorbei und stieg auf dem bereits gut geleerten Parkplatz in mein Auto. Ohne Ziel und ohne jede Hoffnung fuhr ich los.

Nach kurzer Zeit blieb ich am Straßenrand stehen und stellte den Motor ab. Ich starrte in die Dunkelheit. Mehrere Autos fuhren vorbei. Die Rücklichter sah ich nur noch verschwommen. Mir liefen die Tränen übers Gesicht. Mein Brustkorb schmerzte bei jedem Atemzug und ich versuchte mich zu beruhigen, was mir jedoch nicht gelang. Mein Kopf pochte so sehr, dass ich ihn aufs Lenkrad fallen ließ. Ich schlug mehrmals mit meiner Faust auf die Armatur.

Was hatte ich bloß falsch gemacht? »Was?«, schrie ich. Es half nichts. Verzweifelt kramte ich in meiner Tasche mein Handy heraus. Ein Anruf in Abwesenheit. Vielleicht Emilia?

Meine Hoffnung verflog, als ich sah, dass Marvin es versucht hatte. Meine Uhr verriet mir, dass wir bereits seit 15 Minuten verabredet waren. Nachdem ich die Kurzwahltaste betätigt hatte, hörte ich Marvin bereits nach zweimaligem Läuten.

»Hey, Alexandra, wo bist du denn?«

Um mir nichts anmerken zu lassen, versuchte ich so ruhig wie möglich zu bleiben. »Es tut mir leid, Marvin, aber ich habe furchtbare Kopfschmerzen und mich schon hingelegt. Entschuldige bitte, dass ich dir nicht abgesagt habe.«

»Oh je, das tut mir leid. Dann erhol dich mal gut und wir sehen uns hoffentlich morgen«, sagte Marvin verständnisvoll.

»Ja, bestimmt. Dann bis morgen und dir trotzdem noch einen schönen Abend!«

Nach kurzer Zeit bog ich in die Hofeinfahrt meines Grundstücks und musste feststellen, dass Robert nicht da war, zumindest war das Haus unbeleuchtet.

Ob er tatsächlich bei Susan war? Ich wollte mir das gar nicht ausmalen. Im Dunkeln lief ich durch den Flur die Treppe hinauf. Mein direkter Weg führte mich ins Schlafzimmer, wo ich alle Klamotten ablegte und ins Bad ging. Mit eiskaltem Wasser kühlte ich mein Gesicht. Meine Augen brannten fürchterlich. Völlig fertig schlurfte ich ins Schlafzimmer zurück und legte mich auf mein Bett.

Bevor mir die Augen zufielen, klingelte erneut mein Handy. Es war Emilia. »Hey, schön, dass du dich meldest. Warum bist du vorhin weggelaufen?«, fragte ich vorsichtig nach.

»Rutscht dir öfters die Hand aus?«

Erschrocken stand ich von der Bettkante auf und versuchte erst mal zu realisieren, was ich gehört hatte.

»Nein, Emilia, selbstverständlich nicht. Interpretiere hier jetzt nichts rein! Das ist natürlich sonst nicht meine Art, mich zu äußern.« Es wurde still in der Leitung, bis Emilia wieder das Wort ergriff.

»Kann ich kurz vorbeikommen?«, fragte sie zu meiner Verwunderung.

Da ich nicht wieder auf Distanz gehen wollte, stimmte ich kurzerhand zu. Eine dreiviertel Stunde später klingelte es an meiner Haustür und ich musste mir eingestehen, wie sehr ich mich innerlich darüber freute, dass sie vorbeigekommen war.

Wir machten es uns auf der Couch bequem, nachdem Emilia die Umgebung mit neugierigen Blicken inspiziert hatte.

»Was führt dich zu mir? Hast du Probleme in der Agentur?«, fragte ich interessiert nach.

Sie lehnte sich zurück und zog die Knie an. Eine Antwort bekam ich allerdings keine.

»Also, was verschafft mir nun die Ehre?«, fragte ich erneut.

»Warum gehst du davon aus, dass ich Probleme haben könnte? Wir könnten doch mal zur Abwechslung über deine sprechen, findest du nicht?«, konterte sie.

Ich runzelte die Stirn und verstand nicht, was sie von mir wollte. Sah sie mir vielleicht an, dass ich vorhin geweint hatte? Das hätte mir gerade noch gefehlt.

»Emilia, sag mir doch einfach, was du möchtest, dann können wir das Ganze abkürzen!« Sie schüttelte den Kopf und sah mich mit ihren großen Augen an.

»Was ist denn jetzt? Redest du noch oder soll ich mir den Rest denken?«, setzte ich genervt nach.

»Was glaubst du eigentlich, warum Marvin mich in deine Agentur geholt hat?«

Ich musste lachen und ließ mich ebenfalls nach hinten in die Couch fallen. »Du wirst es mir bestimmt gleich verraten, Emilia.«

Ihr Blick wurde ernst und ich überlegte, ob sie vielleicht von Marvin mehr wusste, als mir lieb war.

»Marvin wollte, dass ich dich wieder ins Leben zurückhole«, antwortete sie prompt, »oder glaubst du ernsthaft, um dich mit deinen Worten zu zitieren, dass ich die Zeit nach Feierabend mit meiner Vorgesetzten verbringen möchte?«

Ich war irritiert von ihrer Aussage und wusste erst gar nicht, wie ich reagieren sollte. Um nicht verlegen zu wirken, rutschte ich zur Couchkante vor und stützte die Arme auf meinen Oberschenkeln ab.

»Emilia, ich weiß nicht, was Marvin dir erzählt hat, aber ich habe keine Probleme und wenn, dann würde ich sie mit Sicherheit nicht mit dir besprechen, ok?« Dass ich mich ausgerechnet vor ihr öffnen sollte, nervte mich gewaltig.

»Gut, dann kann ich ja wieder gehen.« Ich folgte ihr Richtung Haustür und hielt sie an der Schulter fest.

»Emilia, bitte bleib doch noch!« Sie lehnte sich gegen die Tür und schaute mich traurig an.

»Wenn du über deine Probleme redest, dann bleibe ich.« Mein Blick war auf den Boden gerichtet. Ich schnaufte hörbar aus.

»Alles, was ich dir heute Abend sage, bleibt in diesen vier Wänden. Darüber rede ich nur einmal und dann nie wieder. Missbrauche mein Vertrauen nicht, Emilia! Das ist alles, um was ich dich bitte.« Sie nickte stumm und folgte mir zurück auf die Couch.

Innerlich war ich hin und her gerissen, weil ich Angst hatte, dass sie mich nicht versteht. Trotzdem war der Wunsch stärker, dass ich in ihr vielleicht eine Freundin finden könnte. Trotz unseres Altersunterschiedes. Emilia setzte sich im Schneidersitz vor mich und ich fing an, meine verdrängte Vergangenheit hervorzuholen.

»Leider bin auch ich nicht fehlerfrei und musste vor sieben Jahren eine herbe Enttäuschung einstecken. Ich hatte sehr viel in der Agentur zu tun. Robert vergnügte sich schon damals lieber auf dem Golfplatz, als dass er an meiner Seite gewesen wäre. Durch Zufall bekam ich mit, dass er sich immer öfters mit einer anderen Frau getroffen hatte. Da ich es nicht wahrhaben wollte, vergrub ich mich noch mehr in die Arbeit und versuchte mir darüber keine weiteren Gedanken zu machen. Ich sprach Robert noch nicht mal darauf an. Marvin und ich waren zu einem Event nach Hannover eingeladen und der Abend klang feuchtfröhlich aus. Wir waren beide sehr betrunken. Ich weiß nicht mehr, wie das passieren konnte. Bisher hatte ich mich immer unter Kontrolle, aber bei Marvin konnte ich schon mal schwach werden. In dieser einen Nacht habe ich Robert mit Marvin betrogen. Erschrocken über mich selbst, verschwand ich früh morgens heimlich aus dem Hotelzimmer und fuhr alleine nach Hamburg zurück. Marvin verlor bis heute kein Wort über diese Nacht.«

»Aber das kann doch mal passieren, dass man etwas macht, was man anschließend bereut. Das ist doch kein Weltuntergang«, versuchte Emilia verständnisvoll zu reagieren. Mein Blick ging zurück auf meine Beine, die ich inzwischen übergeschlagen hatte. Nervös spielte ich mit dem Ring an meiner Hand. Emilia legte ihre Hand auf meine. »Und, was ist dann passiert?«, fragte sie vorsichtig nach.

»Es kam noch schlimmer. Zwei Monate später musste ich feststellen, dass ich schwanger war.« Eine Gänsehaut überzog meinen ganzen Körper, als ich es vor Emilia aussprach. Krampfhaft kämpfte ich gegen aufsteigende Tränen an. Es fiel mir doch schwerer darüber zu sprechen, als ich angenommen hatte.

»Aber wo ist dein Kind, Alexandra?« Emilia sah mich erschrocken an. Mein Mund wurde immer trockener, so dass ich ständig schlucken musste. Um ihrem Blick ausweichen zu können, stand ich auf und stellte mich ans Fenster.

»Es gibt kein Kind, Emilia. Ich habe versagt. Das ist auch der Grund, warum ich mich in die Arbeit stürze und niemand mehr an mich heranlasse. Ich habe das Geschehene ganz weit verdrängt und nur noch nach vorne geschaut.«

Emilia war mir inzwischen ans Fenster gefolgt und drehte mich langsam zu sich um. »Was ist mit deinem Kind passiert?«, wiederholte sie vorsichtig ihre Frage.

Mit festem Blick sah ich ihr in die Augen und drückte sie an mich. Meine Tränen liefen jetzt unaufhaltsam über mein Gesicht, bevor ich antworten konnte.

»Ich habe abgetrieben«, flüsterte ich ihr ins Ohr. Sie drückte sich von mir weg und suchte meinen Blick. Verunsichert biss ich mir auf die Unterlippe und wischte die restlichen Tränen vom Gesicht.

»Warum hast du das getan? Wieso hat Marvin dir nicht geholfen?« Verständnislos sah sie mich an.

»Marvin weiß nichts davon und das bleibt auch so, hörst du Emilia?« Ich umfasste ihre Arme und sah sie eindringlich an.

»Das kann nicht dein Ernst sein, Alexandra! Warum machst du das mit dir alleine aus?« Ihre Betroffenheit stand ihr ins Gesicht geschrieben.

Ich wusste, warum ich mit niemand darüber sprechen wollte und jetzt hatte es ausgerechnet Emilia getroffen. Sie konnte mich nicht auffangen. Sie wandte ihren Blick von mir ab und lief in schnellen Schritten zur Haustür.

»Vergiss nicht, was du mir versprochen hast, Emilia! Kein Wort, zu niemand! Kann ich mich auf dich verlassen?«

»Dass du das in Frage stellst!« Kopfschüttelnd verließ sie das Haus und ich blieb mit meinem Schmerz alleine zurück. Meine Gedanken kreisten mehrere Stunden. Um endlich einschlafen zu können, entschied ich mich erneut Tabletten zu nehmen. Ich kramte die Packung aus der Nachttischschublade heraus und nahm zwei Tabletten ein. Kurze Zeit später fiel ich in den Schlaf.

## 14. Kapitel

Am Morgen hätte ich mir gewünscht, nicht wieder diesen Tabletten verfallen gewesen zu sein. Aber es ließ sich nicht rückgängig machen. Ich setzte mich auf den Bettrand und hielt mir den Kopf. Wenigstens war mir diesmal nicht übel. Aber gegen die Kopfschmerzen half vielleicht eine kalte Dusche.

Nachdem ich mich angezogen hatte, fuhr ich, wie eigentlich jeden Morgen, direkt in die Agentur. Dort angekommen, sah ich Roberts Auto auf dem Parkplatz. Wie konnte das denn sein? Zu Hause war er über Nacht nicht gewesen.

Ich fuhr mit dem Fahrstuhl in den vierten Stock und ging direkt ins Vorzimmer. »Guten Morgen, Frau Marquardt! Ihr Tee steht bereits auf Ihrem Schreibtisch«, begrüßte mich Frau Cooper überschwänglich.

»Guten Morgen!«, gab ich kleinlaut zurück. Sie sah mich mit großen Augen an und schaute zu dem zweiten Schreibtisch hinüber, der seit längerer Zeit leer stand. Ich schaute ebenfalls hinüber und musste feststellen, dass sich hier doch tatsächlich schon jemand häuslich einrichtete. Ich schloss die Augen und holte tief Luft. »Frau Cooper? Wären Sie bitte so nett und würden alle Mitarbeiter für 10 Uhr einbestellen? Ich möchte ein Meeting abhalten.«

»Selbstverständlich, Frau Marquardt. Wird gleich erledigt.« Kurz vor der Besprechung kam Marvin in mein Büro und erkundigte sich nach meiner Verfassung. »Du siehst aber gar nicht gut aus, Alexandra. Robert?«

Ich nickte nur und verschränkte die Arme vor der Brust. »Wir müssen, Marvin, die anderen warten mit

Sicherheit schon.« Der Fahrstuhl fuhr uns in den ersten Stock und ich hörte beim Aussteigen, dass sich die Mitarbeiter bereits versammelt hatten.

»Guten Morgen!«, warf ich mit energischem Ton in die Runde. Als ich zu meinem Stuhl lief, sah ich Robert, dicht daneben Susan, die mich anlächelte.

»Guten Morgen, mein Liebling!«, begrüßte mich Robert so, als wäre nichts gewesen und gab mir einen Kuss auf die Wange. Ich hätte mich diesem Kuss am liebsten entzogen, aber ich wollte die Mitarbeiter nicht verunsichern. Ich sah in die Runde und entdeckte Emilia, die mich allerdings keines Blickes würdigte. Professionell wie ich war, versuchte ich mich zu konzentrieren, schaute zu Marvin, der links von mir saß und begann mit dem Meeting.

Nachdem ich bereits eine Stunde die Mitarbeiter über meine Geschäftsreise nach London unterrichtet und mich nach den vorbereiteten Präsentationen erkundigt hatte, machte ich eine kurze Pause, die wohl missverstanden wurde.

»Stopp! Wir sind noch nicht fertig!«, holte ich die Mitarbeiter wieder zurück, die bereits aufgesprungen waren. Ich schaute jeden einzelnen von ihnen an. Bei Emilia verweilte ich länger, aber sie entzog sich wieder meinem Blick.

»Es wird eine Veränderung bei uns im Haus geben.« Großes Raunen ging durch den Raum. »Mein Mann hat Ihnen etwas zu verkünden.« Ich lehnte mich im Stuhl zurück und gab mit einer Handbewegung Robert den Vortritt. Marvin sah mich irritiert an und Robert war sehr überrascht, dass er jetzt das Wort hatte. Er räusperte sich und stand auf.

»Meine lieben Mitarbeiterinnen und Mitarbeiter. Wie Sie ja bereits gemerkt haben, herrscht ein eisiger

Wind in unserer Agentur. Wir haben alle viel zu tun und müssen uns neuen Aufgaben stellen. Das bleibt leider nicht aus.«

»Komm zum Punkt, Robert!«, sagte ich leise und funkelte ihn böse an. Marvin stieß mich von der Seite an und zog die Schultern hoch. Ich merkte, es missfiel ihm, dass er vorab nicht von der Neuigkeit in Kenntnis gesetzt worden war.

»Also«, sprach Robert weiter, »machen wir es kurz. Auch ich bin, neben meiner wundervollen Frau Alexandra natürlich, ein Teil der Geschäftsleitung und werde ebenfalls ab sofort eine Sekretärin haben.« Ich konnte nur noch die Augen verrollen und verschränkte die Arme vor der Brust.

»Der ein oder andere wird sich sicherlich schon denken können, wer das ist«, grinste Robert in die Runde. Ich sah ihn mit großen Augen an und schüttelte den Kopf. Mein Blick schweifte zu Emilia, die ich endlich mit meinen Augen festhalten konnte. »Also, machen wir es kurz. Frau Susan Hauck wird ab sofort in das Vorzimmer bei Frau Cooper einziehen und ausschließlich für mich tätig sein. Das wäre dann alles.« Robert sah noch mal in die Runde, bevor er sich wieder setzte.

Die Mitarbeiter hatten teilweise den Mund offen, einige sahen mich entsetzt an. Ich hatte den Verdacht, dass man hier mehr wusste als ich. Emilia sackte in sich zusammen und Marvin verschränkte die Arme und prustete laut los.

»Sie können dann wieder an Ihre Arbeit gehen, vielen Dank«, verabschiedete ich die Mitarbeiter, klappte meinen Timer zu und verließ den Raum. Marvin folgte mir direkt in mein Büro und schmiss die Tür zu. »Alexandra, warum hast du das nicht verhindern können?«, tönte er durch den Raum.

»Nicht so laut, Marvin! Wie er bereits sagte, er ist ein Teil der Geschäftsleitung. Was soll ich bitte machen? Sag es mir und ich mache es!«

»Du willst jetzt jeden Tag zusehen, wie sich die beiden vor deinen Augen - wie soll ich mich ausdrücken, - beäugen?« Ich sah Marvin entsetzt an.

»Du wusstest es?« Ich setzte mich auf meinen Stuhl und starrte auf meinen Computer. Ich war fassungslos.

Marvin drehte den Stuhl zu sich um und sah mir fest in die Augen. »Alle wissen es, genauso wie du. Nur du hast die Augen vor der Realität verschlossen! Du kannst dir doch so etwas nicht in deiner eigenen Agentur bieten lassen. Nicht du! Du bist so stark, du hast so viel Durchsetzungsvermögen. Warum nicht bei deinem eigenen Mann? Warum?«

»Ich weiß es nicht. Ich bin vermutlich ausgebrannt.«

»Du solltest mal wieder zu deinem Haus auf Föhr fahren und dich ein paar Tage ausruhen.«

»Das ist jetzt wirklich kein passender Moment, um sich auszuruhen oder willst du, dass Susan sich hier noch komplett ausbreitet?«

»Wenn du demnächst im Krankenhaus landen willst, dann musst du nur so weitermachen. Und was hast du jetzt eigentlich mit Emilia vor?«

Ich schob Marvin von mir weg, stand auf und lief in die Mitte des Raumes.

»Ich weiß es ehrlich gesagt noch nicht. Sie ist im Moment auch nicht gut auf mich zu sprechen.«

»Warum?«, fragte Marvin. Ich lief zur Wand, lehnte mich mit dem Rücken dagegen und starrte zum Fenster hinaus. »Sie hat den Streit zwischen Robert und mir mitbekommen, als er mir verkündet hat, dass er

Susan zu seiner Sekretärin machen will.«

»Ja und?«, wiederholte Marvin seine Frage.

»Ja, und als ich ihm eine gescheuert habe, das hat sie auch mitbekommen.«

»Du hast was gemacht? Ihm eine gescheuert? Das hätte ich dir gar nicht zugetraut. Respekt!«, grinste er mich an. »Ich entdecke ganz neue Seiten an dir.«

»Sehr witzig, Marvin.« Ich steckte meine Hände in meine Hosentaschen und atmete schwer aus. »Ich mag nicht mehr, verstehst du mich?« Er sah mich besorgt an.

»Du solltest wirklich ein paar Tage abschalten. Fahr nach Föhr und lass mal die Seele baumeln!« Das war vielleicht keine so schlechte Idee. Arbeiten könnte ich auch von dort aus. Und Emilia könnte mitkommen.

## 15. Kapitel

Nach einer kurzen und teils auch schlaflosen Nacht bin ich noch früher als sonst ins Büro gefahren. Ich wollte unbedingt die wichtigsten Auswärtstermine noch erledigen, um mich für ein paar Tage ausklinken zu können. Mein Terminkalender verriet mir allerdings, dass das keine gute Idee war. Um endlich Abstand zu bekommen, musste ich Robert einige Termine übergeben, auch wenn es mir sehr schwerfiel. Ich erhob mich von meinem Stuhl und öffnete die Tür zum Vorzimmer.

»Frau Cooper, guten Morgen! Geben Sie mir bitte Bescheid, wenn mein Mann im Haus ist. Ich möchte ihn sprechen«, sagte ich mit ruhiger aber bestimmter Stimme.

»Guten Morgen, Frau Marquardt! Selbstverständlich«, entgegnete sie mir. Sie rückte ihre Brille zurecht und drehte sich wieder zum Computer. Mein Blick ging zum Schreibtisch gegenüber, der noch nicht weiter eingerichtet worden war. »Frau Cooper! Und sagen Sie bitte Frau Maier Bescheid, dass ich sie um 9.30 Uhr sprechen möchte. Danke.«

Sie nickte und ich ging zurück an meinen Schreibtisch. Kurz darauf klingelte mein Handy. »Ja, Robert?«, fragte ich knapp. »Guten Morgen, mein Liebling. Ich hoffe, du hast gut geschlafen?«

»Was willst du?«, giftete ich zurück.

»Ich wollte dir nur sagen, dass ich die nächsten drei Tage nicht in die Agentur kommen werde. Ich habe auswärtige Termine.« Bevor er weitersprechen konnte, unterbrach ich ihn.

»Welche auswärtigen Termine, bitte? Das wüsste ich aber.« Es blieb kurz ruhig in der Leitung.

»Alexandra, ich muss dich nun wirklich nicht über jeden Termin informieren. Und übrigens, Frau Hauck wird mich dort hinbegleiten. Nur, dass du dich nicht wunderst, dass sie nicht im Haus ist. Schönen Tag noch!« Dann beendete er das Gespräch. Ich knallte das Handy auf den Schreibtisch und ging zum Fenster. Vielleicht sollte ich mich einfach mal hinunterstürzen, damit das hier alles ein Ende hatte. Da ich in meine Gedanken versunken war, hatte ich vermutlich das Klopfen an meiner Tür überhört. Ich vernahm Schritte im Büro. Ohne hinzusehen, schrie ich ohne Vorwarnung und ohne zu wissen, wer es war: »RAUS! JETZT NICHT! Ich will meine Ruhe haben!« Die Tür wurde ohne ein Kommentar geschlossen und ich war wieder allein. Allein mit meinem Kummer, mit meinem Schmerz. Ich hatte Angst, die ich mir nicht nach außen hin anmerken lassen wollte. Frau Marquardt, die starke Person mit Durchsetzungsvermögen. Ich griff mir an die Stirn und legte meinen Kopf gegen die kalte Scheibe. Wie so oft ermahnte ich mich, professionell zu sein. Mich nicht von meinem Weg abbringen zu lassen. Es gelang mir immer weniger.

Nachdem ich mich etwas gesammelt hatte, arbeitete ich an diesem Tag noch wie eine Blöde, versuchte alle Termine zu bewältigen, hatte eine Telefonkonferenz nach der anderen, als mir plötzlich auffiel, dass Emilia nicht vorbeigekommen war. Ich ging ins Vorzimmer zu Frau Cooper. Sie war gerade dabei eine Apfelsine in kleine Stücke zu schneiden und erschrak förmlich, als sie mich bemerkte. Man könnte meinen, sie hätte Angst vor mir.

»Frau Cooper, haben Sie den Termin mit Frau Maier vergessen?«

»Nein, Frau Maier war hier.«

»Ja, und weiter?«, frage ich ungehalten nach.

»Sie hatte bei Ihnen angeklopft, aber Sie waren, wie soll ich sagen, im Moment gerade nicht zu sprechen.« Sie wandte ihre Augen von mir ab und sah zu ihrem Apfelsinenteller. Nein, das durfte nicht wahr sein! Ich ging ohne ein weiteres Wort in mein Büro zurück und schlug die Tür hinter mir zu. Ich wählte die Rufnummer von Anja.

»Frau Marquardt, schönen guten Tag, was kann ich für Sie tun?«, fragte sie höflich.

»Frau Maier, bitte!«, gab ich knapp zurück.

»Frau Maier ist nicht da.«

»Wie, sie ist nicht da?«, fragte ich nach.

»Sie ist um 11 Uhr nach Hause gegangen. Es ging ihr nicht gut.« Ich schluckte.

»Danke, Anja. Schönen Nachmittag noch.« Dann legte ich auf. Verdammter Mist! Hoffentlich war ich daran nicht schuld. Ich bearbeitete meine letzten Mails dieses Tages und ging dann früher als gewöhnlich. Weil mir der Vorfall keine Ruhe ließ und ich wissen wollte, wie es Emilia ging, fuhr ich nach Harburg und konnte direkt vor dem Haus einen Parkplatz ergattern. Als ich vor der Eingangstür stand, kam gerade jemand raus und hielt mir die Tür auf, so dass ich direkt hineingehen konnte. Der Flur war sehr dunkel und es roch muffig. Ich stieg drei Etagen die Treppe hinauf. Einen Fahrstuhl gab es hier nicht. An der Wohnungstür angekommen, klingelte ich ein Mal. Ich hörte Geräusche, aber die Tür blieb verschlossen. Da ich nicht so schnell aufgeben wollte, klingelte ich noch ein weiteres Mal. Nach kurzer Zeit wurde mir geöffnet.

»Ja, was wollen Sie bitte?« Ich erschrak und trat einen Schritt zurück. Vor mir stand ein gut aussehender Mann. Man musste allerdings genauer hinschauen, um das zu erkennen. Er war nur mit einem Unterhemd und Boxershorts bekleidet. In der rechten Hand hielt er eine Bierflasche und mit der anderen stützte er sich am Türrahmen ab. Sein Bart verriet, dass er sich schon mehrere Tage nicht mehr rasiert hatte. Seine Augen waren mit dunklen Ringen untermalt. »Ich wollte zu Emilia. Ist sie da?«

»Was wollen Sie denn von Emilia?«, fragte er mit leicht unklarer Aussprache.

»Ich wüsste nicht, was Sie das angeht«, entgegnete ich ihm.

Er musterte mich von oben bis unten und setzte die Bierflasche an. »Ach nee. Sind Sie die schickimicki Braut aus der Agentur, die meiner Kleinen einen Job vermittelt hat? Nicht schlecht, Frau Marquardt. Dich würde ich auch gern mal flachlegen.« Er fing an zu schwanken und ehe ich mich versah, ergriff ich die Möglichkeit die Tür aufzustoßen.

»So nicht, mein Freund!«, fauchte ich ihn an.

»Hey, raus aus meiner Wohnung!« Er packte mich am Arm und wollte mich zum Gehen zwingen. Zum Glück wichen seine Kräfte aufgrund des Alkoholkonsums und ich konnte ohne Probleme durch die Wohnung laufen.

»Emilia? Emilia, bist du da?«, rief ich durch die Räume.

»Wer hat denn gesagt, dass sie zu Hause ist, du blöde Kuh!«, rief er mir hinter her. Nachdem ich mich selbst davon überzeugen konnte, zwängte ich mich in dem engen Flur an ihm vorbei und suchte das Weite. Im Auto sortierte ich erst mal meine Gedanken: Emilia brauchte dringend Hilfe. Sie konnte unmöglich bei diesem Mann bleiben.

Ich legte meinen Kopf auf das Lenkrad. Jetzt hatte ich das nächste Problem und wieder musste ich feststellen, dass es mir nicht gleichgültig war, wo sie sich aufhielt. Ich fuhr erschrocken im Sitz hoch. Aber wo ist sie eigentlich, wenn sie nicht hier war? Ich startete den Motor und blickte in jede Straße hinein, aber ich konnte aufgrund der bereits eingetretenen Dunkelheit nicht mehr viel erkennen. Als ich mein Auto zu Hause abgestellt hatte, klingelte mein Handy. Ich war wie elektrisiert und kramte verzweifelt danach in meiner Handtasche. Auf dem Display erschien der Name Marvin.

»Hey, Marvin«, sagte ich mit belegter Stimme.

»Hey, Alexandra! Fährst du jetzt morgen nach Föhr? Wie ich mitbekommen habe, ist Robert die nächsten Tage auch nicht in der Agentur und, wenn du möchtest, kann ich deine wichtigsten Termine übernehmen.« Ich sagte erst mal gar nichts. Zu sehr war ich noch mit Emilia beschäftigt. »Alexandra?«, fragte Marvin besorgt nach. »Ist alles in Ordnung?«

»Ich weiß nicht, ob ich nach Föhr fahre. Mir geht es nicht so gut. Ich komme gerade von Emilia oder besser gesagt von ihrem Freund. Der ist total betrunken und von Emilia war weit und breit nichts zu sehen.«

»Misch dich da nicht ein!«, sagte Marvin sehr bestimmt. »Wenn sie reden will«, - ich unterbrach ihn.

»Ja, ja ich weiß, dann kommt sie schon von selbst. Mir macht dieser Tom aber Angst. Das ist doch kein Umgang für sie.«

»Alexandra, bitte. Fährst du jetzt morgen oder nicht?«, wiederholte Marvin seine Frage.

»Ich wollte Emilia eigentlich mitnehmen«, sagte ich kleinlaut.

»Wieso das denn? Brauchst du sie dort?«

»Ja, verdammt noch mal. Sie tut mir halt gut. Was

ist denn schon dabei? Du bist ein Mann, du verstehst das nicht.«

»Ja, natürlich«, gab er genervt zurück, »also, du bist dann morgen in der Agentur?«

»Nein, ich werde fahren. Aber nur bis Donnerstag. Freitag bin ich wieder vor Ort. Beruhigt?«, fragte ich nach.

»Was heißt hier beruhigt? Ich gehe mal stark davon aus, dass du auch von dort aus arbeiten wirst. Was anderes kennst du ja nicht mehr. Also, dann bis Freitag, Alexandra.«

»Tschüss, Marvin und pass gut auf meine Agentur auf!«

## 16. Kapitel

Früh am Morgen machte ich mich direkt auf den Weg nach Wyk auf Föhr. Sieben Monate war es jetzt her, dass ich das letzte Mal dort gewesen war. Eigentlich war das nicht so geplant, aber Robert hatte ja auch nie Zeit. So ging ein Monat um wie der andere. Die halbe Nacht musste ich über meine Begegnung mit dem Freund von Emilia nachdenken. So konnte sie doch nicht leben wollen. Ich machte mir ernsthaft Sorgen. Nachdem ich sie auf dem Handy immer noch nicht hatte erreichen können, wählte ich auf einem Rastplatz die Nummer von Frau Cooper. »Guten Morgen, Frau Marquardt!«, schallte es mir direkt entgegen. Ihre gute Laune blieb mir auch heute nicht verborgen.

»Guten Morgen, Frau Cooper, ich wollte nur wissen, ob Frau Maier im Hause ist. Können Sie bitte mal nachschauen, ob sie im System angemeldet ist?«

»Ja, Frau Marquardt, sie ist angemeldet.« Mir fiel ein Stein vom Herzen. »Richten Sie ihr bitte aus, dass ich bis Donnerstag auf Föhr bin und erst wieder am Freitag in die Agentur komme. Vielen Dank.« Dann legte ich direkt auf.

Ohne größere Staus konnte ich die Fähre in Dagebüll rechtzeitig erreichen und da ich so früh losgefahren war, war ich bereits um 11 Uhr auf der Insel. Ein paar Tage nur für mich. Irgendwie schön, auch, wenn ich Emilia gerne dabeigehabt hätte. Ich bog in die Gmelinstraße ein und fuhr direkt auf das Grundstück. Meine Haushälterin, Frau Blume, hatte wohl vergessen, das Tor zu schließen. So konnte ich ohne Mühe direkt vor die Garage fahren. Ich stellte den Motor ab und brachte erst mal meine Tasche rein.

Die Herbstsonne war schon am Start und es roch herrlich nach Nordsee. Bevor ich zum Strand gehen würde, wollte ich mich erst mal etwas frisch machen. Ich lief in den ersten Stock zum Schlafzimmer. Das Bad war direkt daneben und ich genoss dort immer sehr den freien Blick auf das Meer. Als ich am Schlafzimmer vorbeiging, hielt ich erschrocken inne. Denn ich hörte ein leises Geräusch. Es klang eigentlich wie das sanfte Schnarchen von Robert. Aber das konnte ja nicht sein, er war ja geschäftlich mit Susan unterwegs.

Ich öffnete leise die Tür und erstarrte. Beklommen registrierte ich Robert und Susan in unserem Ehebett! Ich konnte meinen Blick nicht abwenden und stand wie festgefroren in der Tür. Ich trat einen Schritt zurück und schloss sie so leise, wie es nur irgendwie ging. Auf dem Weg nach unten kämpfte ich gegen meine aufkommenden Tränen an. Ich schnappte mir meine Sachen und lief so schnell es ging zu meinem Auto. Zum Glück konnte ich noch kurz vor Abfahrt der Fähre den letzten Platz bekommen. Ich wollte nur noch weg. Auf dem Festland angekommen, fuhr ich mehrere Kilometer, bis ich auf einem Rastplatz zum Stehen kam. Ich ließ meinen Tränen freien Lauf. Ja, ich hatte es gewusst. Ich hatte es wirklich gewusst, aber ich wollte es einfach nicht wahrhaben. Dieser Mistkerl hatte mich von Strich bis Faden verarscht. Und zur Krönung war er mit Susan in meinem Haus auf Föhr! Wie konnte ich nur so naiv sein?

Mit total verquollenen Augen suchte ich im Radio einen funktionierenden Sender. Mit diesen Klängen fuhr ich weiter über die Autobahn nach Hamburg. Meine Gedanken kreisten wieder um Emilia. Ich brauchte sie mehr denn je. Mit ihr war irgendwie alles anders. Ich fuhr an diesem Tag nicht mehr in die

Agentur, sondern informierte lediglich Marvin darüber, dass ich doch am nächsten Tag wieder da sein würde. Auf seine Nachfrage per SMS reagierte ich nicht. Ich wollte mich jetzt nicht erklären. Nicht schon wieder. Nur die Tabletten ließen mich in den Schlaf gleiten.

Noch immer wie betäubt schlug ich am nächsten Morgen die Augen auf und hoffte, dass ich das alles nur geträumt hatte. Dem war leider nicht so. Mein Leben war ein Scherbenhaufen. Ich starrte auf die Packung mit den Schlaftabletten. Wenn ich jetzt noch ein einziges Mal die Stärke aufbringen würde, die man an mir so schätzte, dann könnte ich es jetzt hinter mich bringen. Ich setzte mich auf die Bettkante und brach alle Tabletten aus dem Blister. 26 Stück. Erschrocken über mein Vorhaben, sah ich letztendlich doch davon ab. Schwerfällig stand ich auf und ging ins Bad. Mein Spiegelbild verriet mir, dass ich eine schlechte Nacht gehabt hatte und einen noch schlechteren Tag. Meine Augen waren dick geschwollen und noch leicht gerötet. Genauso wie meine Nase. Nach einer heißen Dusche machte ich mich auf den Weg in die Agentur. Ich wollte nicht aufgeben. Nicht jetzt.

Dort angekommen, musste ich mal wieder mit dem Hintereingang Vorlieb nehmen. »Alexandra, was ist passiert?«, rief Marvin mir entgegen, der bereits vor meinem Büro auf mich wartete. Ich schloss die Tür hinter mir und lehnte den Rücken an. »Es wird Veränderungen geben, Marvin.« Er sah mich erschrocken an. »Ich habe Robert mit Susan in meinem Haus auf Föhr erwischt. Sie haben von alledem nichts mitbekommen, weil sie noch geschlafen haben.»

»Deshalb bist du schon zurück? Du hast dich aus deinem eigenen Haus vertreiben lassen? Alexandra, unternimm jetzt endlich etwas«, sagte Marvin zornig.

»Was hätte ich denn tun sollen?«, fauchte ich zurück. »Ich war wie gelähmt, als ich die beiden entdeckt habe. Bitte gib eine Rundmail an alle Mitarbeiter raus, dass ich für 10 Uhr ein Meeting einberufe.«

»Alles klar, mach ich. Entscheide jetzt aber nicht voreilig!« Ich nickte und als Marvin den Raum verließ, schweifte mein Blick über die Elbe. Nachdem ich noch einzelne Telefonate geführt hatte, ging ich auf direktem Weg zum Besprechungszimmer. Die Mitarbeiter hatten sich bereits versammelt und sahen mich aufmerksam an. Ich erblickte Emilia und ging direkt auf sie zu. Alle Augen waren auf uns gerichtet. »Geht es dir gut?«, fragte ich besorgt. Sie sah so zerbrechlich aus.

»Wie soll es mir schon gehen?«

Ich umfasste ihre Handgelenke und ich sah, wie sich ihre Augen mit Tränen füllten. Sie zog ihre Hände weg und schaute seitlich zum Fenster hinaus.

»Können wir jetzt anfangen, Alexandra?«, rief es hinter mir. Marvin machte einen genervten und gleichzeitig gereizten Eindruck.

»Um 11 Uhr in meinem Büro?« Emilia sah mich nicht an, sondern nickte nur leicht mit dem Kopf. Ich drehte mich um und ging zu Marvin, der mir den Stuhl nach hinten zog, um mich setzen zu können.

»Meine lieben Mitarbeiterinnen und Mitarbeiter! Es wird einige Veränderungen in der Agentur geben. Erstens: Ab sofort gehen alle, und damit meine ich ausnahmslos alle Geschäftsvorfälle über meinen Schreibtisch. Kein Schriftstück verlässt ohne meine Unterschrift das Haus. Zweitens: Anweisungen von meinem Mann werden nicht ausgeführt, sondern sofort und ohne Umschweife an mich weitergeleitet. Drittens: Frau Hauck ist ab sofort freigestellt. Ich wünsche hierzu weder Nachfragen noch irgendwelche Spekulationen. Viertens: Frau Maier wechselt ins Vorzimmer und wird meine alleinige Sekretärin. Frau Cooper übernimmt die Aufgaben von Frau Hauck. Ich danke Ihnen. Sie können jetzt wieder an Ihre Arbeit gehen.« Ich stand auf und ging an einigen Mitarbeitern vorbei. Keiner machte auch nur eine winzige Regung. Selbst Marvin klebte fassungslos auf seinem Stuhl. Als ich auf der Höhe von Emilia angekommen war, stand sie auf.

»Ich mach das nicht«, flüsterte sie. Ich drehte mich zu ihr um und spürte die Blicke der anderen Mitarbeiter im Rücken.

»Bitte?«, fragte ich vorsichtig nach.

»Ich mach das nicht«, wiederholte sie sich. Ich stand dicht neben ihr und sprach so leise, wie ich konnte.

»Warum denn nicht?« Sie starrte aus dem Fenster, als würde es mich überhaupt nicht geben. Ich konnte mir in diesem Moment einfach nicht anders helfen. Die Situation war so verfahren und ich musste aufpassen, dass ich vor den anderen Mitarbeitern nicht dastand wie ein Idiot. Nicht jetzt. »Frau Maier! Ich bin Ihre Vorgesetzte und wenn ich Ihnen sage, dass Sie zukünftig im Vorzimmer sitzen, dann möchte ich damit keine Diskussion lostreten, sondern ich erwarte, dass Sie meine Anweisungen befolgen. Noch Fragen? Danke! Das wäre dann alles.« Sie sah mich erschrocken an und drängte sich an mir vorbei. Ich versuchte sie verzweifelt am Arm festzuhalten.

»Lass mich doch einfach in Ruhe!«, schrie sie mich unter Tränen an. Sie lief aus dem Zimmer und ich drückte mir meinen Terminkalender fest gegen die Brust, aus Angst, man könne meinen Herzschlag hören. Auch ich war erschrocken von mir selbst. So hätte ich nicht mit ihr reden dürfen. Was machte ich bloß für einen Mist? Ich hörte, wie die Mitarbeiter untereinander tuschelten.

»Seit wann darf denn ein Mitarbeiter Frau Marquardt duzen? Hat es so was schon mal gegeben?«

»Was läuft hier eigentlich und warum bekommt ausgerechnet Frau Maier diesen Posten?«

»Und Frau Cooper? Soll sie jetzt auf ihre alten Tage noch mal von vorne anfangen?« Gefühlte tausend Fragen prasselten auf mich ein. Die Mitarbeiter waren außer sich.

»Ruhe!«, schrie ich in die laute Menschenmenge. »Wenn jemand Kritik loswerden will, dann lassen Sie sich bitte einen Termin geben!«, gab ich mit der nötigen Haltung zurück.

»Wann wollen Sie denn die ganze Geschäftspost unterzeichnen? Sie sind doch jetzt schon nicht greifbar!«, rief mir ein weiterer Mitarbeiter zu. Ich reagierte darauf nicht mehr, sondern verließ mit Marvin im Rücken den Raum. Diesmal entschied ich mich, direkt über die Treppe zu meinem Büro zu gelangen. Marvin war mir dicht auf den Fersen und verfolgte mich bis in mein Büro. »Kannst du mir bitte mal sagen, was in dich gefahren ist, Alexandra? Du kannst doch nicht ohne vorherige Absprache solch gravierende Entscheidungen, noch dazu alleine, treffen.«

Weil ich nicht reagierte, packte er mich von hinten und drehte mich unsanft zu sich um. Er erschrak, als er mich weinen sah. »Mensch, mach dir doch mal Luft! Aber hör auf, auf Menschen loszugehen, die nichts für deine Probleme können!«

»Kannst du mich bitte mal in den Arm nehmen?«, bat ich ihn unter Tränen. Ohne zu zögern, schlang er seine Arme um mich und strich mir über den Rücken.

Ich ließ meinen Tränen freien Lauf und kam aus dem Schluchzen kaum noch raus. So viel hatte sich die letzten Monate angestaut. Marvin reichte mir ein Taschentuch und ich versuchte, mein verheultes Gesicht einigermaßen zu kaschieren.

»Kannst du mir mal bitte verraten, warum du dich mit Emilia duzt, das ist doch sonst nicht deine Art. Oder ist ihr das nur so rausgerutscht?«, fragte Marvin vorsichtig nach.

»Nein, es ist ihr nicht nur so rausgerutscht. Es hat sich einfach ergeben.« Ich sah Marvin verlegen an. »Muss ich mich jetzt schon rechtfertigen, bloß, weil ich eine meiner Mitarbeiterinnen duze?«, fragte ich trotzig.

»Mich wundert es nur, weil du nie einen Hehl daraus gemacht hast, dass du die nötige Distanz zu deinen Mitarbeitern willst.« Er beäugte mich skeptisch. »Und, wie soll es jetzt weitergehen? Willst du das wirklich alles umsetzen, was du da gerade im Meeting verkündet hast?«

Mein Blick auf den Computer verriet nichts Gutes. Seit dem Meeting 12 ungelesene Nachrichten. Als hätte ich nicht schon genug Arbeit.

»Ja, natürlich werde ich das umsetzen!«, gab ich genervt zurück. Er stand auf, ging zur Tür und drehte sich noch mal zu mir um. »Die Entscheidung, Emilia zu deiner Sekretärin zu machen, ist taktisch nicht besonders klug.«

»Ach so, und du meinst, das beurteilen zu können, Marvin?« Ohne etwas darauf zu sagen, ging er aus dem Büro und schloss die Tür hinter sich zu. Ich blieb alleine zurück.

## 17. Kapitel

Ich ging ins Vorzimmer und sah Frau Cooper zusammengekauert auf ihrem Bürostuhl sitzen. Sie putzte sich mehrmals mit einem Taschentuch die Nase. Ich lief um den Schreibtisch herum und setzte mich ihr gegenüber. »Frau Cooper, entschuldigen Sie bitte vorhin den Überfall. Ich hätte mit Ihnen reden müssen.« Ich machte eine kurze Pause. »Aber es sind unvorhergesehene Dinge passiert, die ich nicht dulden kann und auch nicht dulden will. Es gab hier die letzten Monate schon genug Unruhe. Ich will das nicht mehr. Sie werden sich mit Ihrer neuen Aufgabe bestimmt schnell vertraut machen und Anja Bensheimer wird Ihnen dabei helfen. Das werde ich ihr noch mal nahelegen. Sie brauchen sich also keine Gedanken zu machen.« Frau Cooper hob den Kopf und sah mich mit verheulten Augen an. »Gegen so ein junges Ding komme ich halt einfach nicht an«, flüsterte sie und fing direkt wieder an zu weinen.

»Nein, Frau Cooper«, versuchte ich sie zu beruhigen, »mir steht das Wasser bis zum Hals und ich benötige Frau Maier ganz dringend. Sie hat in der kurzen Zeit, seitdem sie hier ist, so viel verändert. Ich kann auf sie nicht verzichten.«

»Und Ihr Mann?«, fragte Frau Cooper vorsichtig nach.

»Mein Mann ist ein großes Problem, aber das ist in der Agentur ja kein Geheimnis. Wir werden kurz oder lang getrennte Wege gehen müssen, aber das ändert nichts an der Arbeit in der Agentur.«

»Werden Sie Entlassungen vornehmen, Frau Marquardt? Ich werde keine Anstellung mehr bekommen. Ich gehe auf die 60 zu.«

Sie tupfte sich weitere Tränen vom Gesicht.

»Nein, Frau Cooper, ich habe keine Entlassungen geplant.« Ich versuchte, sie etwas zu beruhigen und strich ihr über den Arm. Dann ging ich wieder in mein Büro und saß in mich gekehrt am Schreibtisch, als es an meiner Tür klopfte.

»Entschuldigung, Frau Marquardt, aber Frau Maier möchte sich krankmelden.« Ich runzelte die Stirn und stand von meinem Schreibtisch auf. »Ja, lassen Sie sie bitte rein! Danke, Frau Cooper.«

Emilia betrat den Raum und ich sah ihr an, dass es ihr wirklich nicht gut ging. »Emilia, was ist los?«, fragte ich besorgt.

»Was ist los mit dir?«, wich sie meiner Frage aus. Ich zuckte zurück und sah sie irritiert an.

»Warum fragst du das?«

Sie sah an mir vorbei und ich versuchte, ihren Blick einzufangen. »Hey, was ist denn?«, fragte ich erneut behutsam nach.

»Ich habe Magenschmerzen und möchte mich krankmelden. Kann ich nach Hause gehen?«

»Wieso hast du denn Magenschmerzen?«

»Ist doch egal.«

»Mir ist es aber nicht egal, Emilia! Sag mir jetzt bitte, was mit dir los ist.«

»Ich möchte mich nur krankmelden. Ist das jetzt so ein Problem für dich?« Sie sah mich zornig an und ihre Stimme zitterte.

»Kann ich dir irgendwie helfen?«, versuchte ich erneut auf sie zuzugehen.

»Ja, du kannst mich nach Hause gehen lassen.« Ich ging zum Schreibtisch, kramte in meiner Handtasche meinen Schlüssel hervor und hielt ihn Emilia entgegen.

»Was soll ich damit?«, fragte sie.

»Mir wäre es lieber, wenn du dich bei mir zu Hause hinlegen würdest. Nimm dir ein Taxi!«

»Warum?«, fragte sie irritiert. Ihre Augen füllten sich mit Tränen.

»Weil ich mir Sorgen um dich mache, Emilia!«

»Ich bin dir doch sonst auch egal!«, schrie sie ohne Vorwarnung los. Sie geriet total aus der Fassung. »Willst du auch wissen, warum? Du benimmst dich mir gegenüber wie eine Vorgesetzte! Ich dachte, nach unserem Gespräch in deinem Haus, als du mir von deinen Sorgen erzählt hast, könnten wir uns gegenseitig unterstützen. Aber du sagst mir nie, wenn es dir schlecht geht. Das erfahre ich nur von Marvin. Dein Mann betrügt dich und du machst das wieder mit dir alleine aus. Du fährst nach Föhr und ich weiß nichts davon. Du stehst bei mir vor der Haustür und sagst es mir nicht. Ich dachte, mit einer Verbündeten wie dir wird endlich alles gut. Scheiß doch auf den Altersunterschied!« Tränen liefen ihr übers Gesicht. Kurzerhand drehte sie sich zur Tür um. Ich packte sie von hinten an der Taille, um sie aufzuhalten. Sie schrie entsetzlich auf.

»Emi, was ist los?«, fragte ich schockiert nach. Sie krümmte sich vor Schmerzen und ging in die Hocke. Ich ging mit zu Boden und legte sie behutsam ab. Sie hielt sich immer und immer wieder den Bauch. Dabei verrutschte ihr Shirt, sodass es den Blick auf ihre nackte Haut freigab. Ich glaubte nicht, was ich da sah. Behutsam schob ich den Stoff noch etwas höher. Ihr Bauch war komplett in den unterschiedlichsten Farben gezeichnet.

»Was ist das, Emi?« Sie gab mir keine Antwort. »Frau Cooper?«, schrie ich durch die geschlossene Tür zum Vorzimmer.

»Ja, Frau Marquardt? Um Gottes willen, was ist denn passiert?«

»Rufen Sie bitte den Notarzt! Schnell!«

»Ja, selbstverständlich.« Sie rannte zum Schreibtisch und alarmierte den Krankenwagen.

»Emilia, es wird alles gut. Ich werde jetzt ab sofort auf dich aufpassen, ich verspreche es dir.« Ich streichelte ihren Kopf. Ihre Stirn war schweißnass und sie atmete ruhig in meinen Armen. »Ich brauche keinen Arzt«, murmelte sie vor sich hin.

»Doch, Süße, das geht jetzt nicht anders. Ich möchte, dass sich das ein Arzt anschaut.«

Die Zeit, bis die Sanitäter eintrafen, kam mir endlos lange vor. Immer wieder schossen mir Emilias Äußerungen durch den Kopf. Sie war so feinfühlig. Insgeheim schien sie zu hoffen, dass ich sie aufsuche, wenn es mir nicht gut ging. Schon immer hatte ich versucht, meine Probleme selbst zu regeln. Ich war so erzogen worden. Dass jetzt plötzlich jemand in meiner Umgebung war, der sich solche Gedanken um mich machte, war gänzlich neu für mich.

Meinen Gedanken wurden durch die Sanitäter unterbrochen, die  mit einer Liege hereinkamen. Marvin stand plötzlich auch im Zimmer und sah mich fragend an. Ich zuckte nur mit den Schultern und hoffte, dass meine Befürchtungen sich nicht bestätigten. Frau Cooper stand ebenfalls fassungslos in der Tür und alle starrten auf Emilia. Ich hatte sie so liebgewonnen und ausgerechnet für sie hatte ich die letzten Wochen keine Zeit. Mir wurde kurz übel und ich versuchte mich noch mit letzter Kraft auf einen der Besprechungsstühle zu setzen. Marvin kam mir zu Hilfe und sah mich besorgt an. »Was ist mit ihr?«, fragte ich den Notarzt über Marvin hinweg.

»Wir können innere Verletzungen nicht ausschließen. Wir müssen sie daher mit ins Krankenhaus nehmen, um dort weitere Untersuchungen zu veranlassen.«

»Ich will nicht ins Krankenhaus«, sagte Emilia leise.

»Wir werden ihr jetzt gleich etwas gegen die Schmerzen geben und sie ruhigstellen. Sie wird dann den Transport nicht mitbekommen. Alles Weitere klärt sich dann dort. Können Sie die Angehörigen verständigen?« Der Arzt sah mich an und erhoffte sich wohl eine aussagekräftige Antwort. Ich nickte nur und schaute zu Emi.

»In welches Krankenhaus bringen Sie sie denn? Ins AKA?«, fragte ich verzweifelt. Die Sanitäter nickten und brachten Emi zum Krankenwagen.

»Ich fahre dich«, sagte Marvin, der sich inzwischen direkt hinter mich gestellt hatte und mir beruhigend über die Oberarme strich. »In deinem Zustand lasse ich dich jetzt nicht ans Steuer.« Es war furchtbar, sie so hilflos zu sehen. Sie hatten ihr bereits das Beruhigungsmittel gespritzt, so dass sie allmählich wegdämmerte.

Marvin fuhr mich ins Krankenhaus und ich war froh, dass er an meiner Seite war. Es vergingen ganze zwei Stunden, bis endlich mal ein Arzt zu uns kam. »Was ist mit ihr?«, fragte ich besorgt nach.

»Sie sind eine Angehörige?«

»Nein, Frau Maier arbeitet in meiner Agentur.«

»Es tut mir leid, aber dann kann ich Ihnen über den Gesundheitszustand keine Auskunft geben.« Ich sah ihn erschrocken an und meine Augen füllten sich erneut mit Tränen. Bevor ich weiterreden konnte, mischte sich Marvin ein. »Bitte, Herr Doktor, wir machen uns wirklich große Sorgen um Frau Maier. Sie hat keinen Kontakt mehr zu ihren Eltern und ihr Freund ist alkoholabhängig. Es wäre daher sehr gut, wenn wir wüssten, wie es ihr geht.« Er sah uns mit großen Augen an und schaute dann den Gang hinunter.

»Da ich kurz vor der Pensionierung stehe«, räusperte er sich, »kann ich mir ja mal was erlauben. Also, Frau Maier geht es den Umständen entsprechend gut. Sie hat glücklicherweise nur starke Prellungen davongetragen, die allerdings sehr schmerzhaft sind. Ein Bauchtrauma konnten wir ausschließen.« Ich atmete schwer aus. »Kann ich zu ihr?«, fragte ich den Arzt.

»Nein, heute nicht mehr. Sie hat noch mal ein Schlafmittel bekommen und wird bis morgen Vormittag nicht ansprechbar sein. Sie können gerne morgen vorbeischauen.« Ich nickte verständnisvoll und ging mit Marvin zum Ausgang der Klinik. Bevor ich ins Auto einstieg, füllten sich meine Augen erneut mit Tränen und ich konnte sie nicht aufhalten. Marvin kam um das Auto herumgelaufen und versuchte mich zu trösten. »Sie bedeutet dir sehr viel, oder?« Ich nickte nur und trocknete mir mit der Handfläche die Tränen ab.

»Wenn das dieser Tom gewesen ist, ich zeig ihn an.«

»Alexandra, du hast keinerlei Beweise dafür. Bring Dich jetzt nicht noch in solch eine prekäre Situation. Du hast selbst genug Probleme«, erwiderte Marvin. Ich sah ihn traurig und verzweifelt an. »Du brauchst jetzt deine ganze Kraft für die Agentur. Außerdem, das wird schon wieder, bei Emilia. Sie ist hier in den allerbesten Händen.« Ich stieg ins Auto und Marvin fuhr mich nach Hause. Da ich von Emilias Zusammenbruch so fertig war, ging ich auf direktem Weg ins Schlafzimmer und machte das Radio an. Ich war noch viel zu aufgewühlt, um in den Schlaf zu finden. Weitere Tabletten mussten herhalten. Ich selbst war inzwischen viel zu schwach geworden, um mir noch selbst helfen zu können. In den letzten Wochen war in meinem Leben so viel passiert. Ich war total überwältigt von den ganzen Eindrücken und Gefühlen. Aber meine ganze Kraft floss in die Agentur. Wie sollte ich da noch die nötige Energie für solch eine Freundschaft aufbringen können? Ohne groß zu überlegen, schluckte ich die Tabletten und bekam kurz darauf nichts mehr mit.

## 18. Kapitel

Wie fast jeden Morgen erwachte ich mit Kopfschmerzen, sicher eine Nebenwirkung der Schlaftabletten. Ich raffte mich auf und machte mich im Bad fertig. Im Traum sah ich ständig Emilia vor mir. Ich brauche sie und ich würde alles unternehmen wollen, damit es ihr gut ging. Das versprach ich mir hier und jetzt, vor meinem eigenen Spiegelbild.

Als ich bereits auf dem Weg in die Agentur war, rief ich von meinem Handy aus erst mal Marvin an. »Guten Morgen, Alexandra. Wie geht es dir denn?«

»Guten Morgen, frag mich bitte nicht. Ich wollte dir auch nur kurz Bescheid geben, dass ich jetzt zu Emilia fahre und danach erst in die Agentur komme. Ich kann nicht genau sagen, wann das sein wird.«

»Du hast um 11 Uhr den wichtigen Termin mit den Herren von der Townhouse-Group, denkst du bitte daran?«

»Mist, die habe ich ja total vergessen.« Ich überlegte kurz und wollte mein Versprechen mir gegenüber wegen Emilia nicht schon gleich wieder brechen.

»Würde es dir etwas ausmachen, wenn du den Termin übernimmst?«, fragte ich vorsichtig nach.

»Nein, Alexandra, das kannst du jetzt von mir echt nicht verlangen. Da geht es um so viel. Ich setze mich doch nicht in die Nesseln!«

»Ich weiß aber nicht, ob ich es bis 11 Uhr schaffe«, gab ich ungehalten zurück.

»Du musst wissen, was wichtiger ist.«

»Danke, Marvin, aber das hilft mir jetzt nicht weiter. Kannst du mich bitte kurz anrufen, falls Robert oder Susan in der Agentur auftauchen?«

»Ja, klar, kann ich machen. Also, dann bis nachher.«

»Bis nachher, Marvin.« Dass die Straßen in Hamburg immer so überfüllt sein mussten. Ich kam teilweise nur im Schritttempo voran und nach einer guten halben Stunde war ich endlich auf dem Parkplatz der Asklepios Klinik angekommen. Mein Weg ging direkt zum Empfang. »Guten Morgen! Ich möchte zu Emilia Maier. Können Sie mir bitte die Zimmernummer sagen?«, fragte ich freundlich nach. Nach einem kurzen Blick in den Klinikcomputer teilte man mir mit, in welchem Stock und in welchem Zimmer des Hochhauses sie lag. Ich fuhr mit dem Fahrstuhl nach oben. Dort lief ich mehrere Türen ab, bis ich an Emilias Zimmertür angekommen war.

Ich atmete schwer aus und klopfte an. Sie meldete sich nicht. Vorsichtig machte ich die Tür einen Spalt auf und sah sie liegend im Bett. Leise betrat ich das Zimmer, da ich von der Tür aus nicht sehen konnte, ob sie schlief. Doch dann drehte sie den Kopf zu mir.

»Hallo, Emi, wie geht es dir?«, fragte ich vorsichtig nach. Sie sah mich nur an. Da ich behutsam vorgehen wollte, setzte ich mich aufs Bett und streichelte sanft ihren Arm. Auf dem Handrücken hatte sie eine Kanüle gelegt bekommen, die mit einem Infusionsschlauch verbunden war. Sie sah elend aus. »Und, wie geht es dir?«, gab sie ohne eine Antwort auf meine Frage zurück. Ich wusste erst gar nicht, wie ich darauf reagieren sollte.

»Wie soll es mir schon gehen, wenn du hier liegst?«, entgegnete ich leise. »Aber es geht hier nicht um mich.« Sie entzog mir ihren Arm und drehte ihren Kopf wieder auf die andere Seite Richtung Fenster. Ich atmete hörbar aus. Da ich merkte, dass ich so nicht weiterkommen würde, stand ich auf und ging zum Fenster. Mit den Händen in den Taschen verfolgte ich das Treiben auf dem Parkplatz. Mehrmals kam ein Krankenwagen mit einem neuen Patienten angefahren. Ich drehte mich zu Emilia um und sah, wie sie die Augen geschlossen hatte.

»Bist du müde? Soll ich wieder gehen?«

»Wie viel Uhr ist es denn?«, fragte Emilia zu meiner Verwunderung.

»Es ist kurz nach 10.«

»Du musst gehen, du hast wichtige Termine«, sagte sie ganz selbstverständlich. Ihre Stimme klang so zerbrechlich.

»Das ist doch jetzt total unwichtig, Emi.« Sie sah mich traurig an. Ich ging wieder zu ihrem Bett, kniete mich zu ihr runter und nahm ihre Hand. »Du bist jetzt wichtig«, sagte ich mit fester Überzeugung zu ihr. Unsere Blicke wurden unterbrochen durch das Klingeln meines Handys. Emilia stöhnte und zog ihre Hand zurück. »Ich mach es aus.«

»Geh schon ran, es wird wichtig sein!«, gab sie schwerfällig zurück. Ich kramte in meiner Tasche und sah, dass Frau Cooper anrief. Sie hatte anscheinend nichts anderes zu tun, als mich darüber in Kenntnis zu setzen, dass Susan sich ihren neuen Arbeitsplatz einrichtete. Das war auch so ein Unterschied zwischen ihr und Emilia. Sie hätte sich alleine zu helfen gewusst. Um das überflüssige Gespräch endlich beenden zu können, erklärte ich Frau Cooper, dass ich im Moment in einer anderen wichtigen Besprechung sei und mich demnächst auf den Weg machen würde. Ohne auf ein weiteres Wort von Frau Cooper zu warten, legte ich auf.

»Eine wichtige Besprechung«, murmelte Emilia

vor sich hin und strich sich die Bettdecke auf ihren angezogenen Beinen glatt. Ich ließ das Handy in die Tasche fallen und sah zu Emilia rüber.

»Was hätte ich denn sagen sollen?«, fragte ich rhetorischer Natur, »in der Agentur reden doch sowieso schon alle.« Sie sah mich an und bevor ich weiterreden konnte, wurden wir erneut durch mein Handy unterbrochen.

»Geh ran, Alexandra, du siehst doch, dass dort keiner ohne dich kann. Ich komme schon zurecht.« Sie sah zur Decke hoch, um ihre Tränen zu unterdrücken. Ich nahm vor lauter Verzweiflung das weitere Gespräch an, diesmal von Marvin.

»Ja, Marvin, was gibt es?«, fragte ich bemüht freundlich nach. Ich erschrak förmlich, als ich hörte, dass es schon so spät war und die Herren der Townhouse-Group bald eintreffen müssten. »Ja, ich habe die Uhrzeit im Blick, ich bin sofort da.« Völlig genervt legte ich auf und drehte mich zum Fenster um. Ich konnte Emilia jetzt nicht in die Augen sehen. Aufgestützt auf der Fensterbank, blies ich mir kühle Luft ins Gesicht.

»Geh jetzt, du siehst doch selbst, dass es nicht geht«, sagte Emilia leise.

Bevor ich etwas erwidern konnte, sprach sie weiter. »Und du kommst mich jetzt nicht mehr besuchen. Morgen werde ich entlassen. Fahr in die Agentur!«

Sie klang so abgeklärt, kein bisschen unsicher.

»Du bleibst aber bitte noch den Rest der Woche zu Hause, Emi. Hast du mich verstanden?«

»Nein, ich bin morgen auf jeden Fall wieder da«, ignorierte sie meine Anweisung.

»Emilia! Ich möchte dich nicht in der Agentur sehen, du brauchst noch Ruhe. Versprich mir das!«

»Ich kann mich nicht bei Tom ausruhen. Ich gehe morgen wieder ganz normal arbeiten«, erklärte sie.

»Du kannst gerne den Rest der Woche bei mir wohnen«, gab ich zurück.

»Warum? Damit die anderen in der Agentur noch mehr zu reden haben? Nein«, sagte sie leise, den Blick auf die Bettdecke gerichtet. »Ich komme schon zurecht.«

Mein Handy meldete sich erneut, aber diesmal ging ich nicht ran. Besorgt strich ich ihr über die Wange.

»Ich habe leider keine Besprechung mehr von 9-12 Uhr«, lächelte ich zaghaft. Sie erwiderte meinen Blick. »Wenn etwas ist, dann meldest du dich bitte bei mir, ok?«

Sie nickte und ich verließ schweren Herzens das Krankenhaus. In der Agentur angekommen, lief mir bereits Frau Cooper ganz aufgeregt entgegen. »Frau Marquardt! Endlich! Sie müssen sofort kommen! Frau Hauck breitet sich im ganzen Vorzimmer aus!«

»Frau Cooper, haben Sie das nicht zu verhindern gewusst?«, fragte ich nach, wo ich genau wusste, dass das überhaupt nicht ihr Ding war. Innerlich musste ich grinsen. Alexandra, du kannst so gemein sein. Ich ging ganz bewusst nicht durch das Vorzimmer, sondern zuerst in mein Büro. Dort legte ich meine Tasche sowie meinen Mantel ab und versuchte runterzukommen. Ich ließ in dem Moment alle Sorgen und Probleme hinter mir und ging zum Vorzimmer. Ich riss die Tür auf und sah Susan mit dem Rücken zu mir gewandt, wie sie versuchte, das Computerkabel hinter dem Schreibtisch zu verstauen. Frau Cooper verfolgte mich mit ihrem Blick und wusste offenbar nicht, ob sie bleiben oder jetzt besser gehen sollte. Ich ging direkt zu Susan und stellte mich hinter sie. Mit den Händen in den Hosentaschen beobachtete ich sie von hinten. Ich räusperte mich.

»Ach, Frau Cooper, können Sie mir bitte mal helfen? Ich komme hier irgendwie nicht klar«, kam es hinter dem Schreibtisch hervor. Ich zeigte Frau Cooper mit einer Handbewegung, dass sie sich nicht rühren sollte. Susan kam völlig zerzaust und genervt hinter dem Schreibtisch hervor und erschrak.

»Oh, Frau Marquardt! Stehen Sie schon lange da? Kann ich Ihnen irgendwie helfen?«, fragte sie nach. Mein Blick war wie eingemeißelt auf sie gerichtet. Ich ging zu ihr um den Schreibtisch herum und stellte mich ganz dicht vor sie. Sie war nur ungefähr drei Zentimeter kleiner als ich, was es durchaus einfacher machte, ihr direkt in die Augen zu schauen. Sie war sichtlich verunsichert. An ihrem Rock zupfend stand sie vor mir. Von Frau Cooper hörte man nicht mal mehr das kleinste Geräusch. Die Atmosphäre in diesem Zimmer war eiskalt. Ich hielt Susan einen Umschlag vors Gesicht. »Wissen Sie, was das ist, Susan?« Die Freude war ihr ins Gesicht geschrieben. »Eine Gehaltserhöhung, Frau Marquardt? Die habe ich mir aber auch verdient, nicht wahr?«

Sie richtete ihren Blick an Frau Cooper und dann wieder auf mich. »Nein, Susan. Das hier ist Ihre Kündigung. Sie packen jetzt augenblicklich Ihre Sachen und verlassen das Gebäude bis 12 Uhr. Danach haben Sie Hausverbot. Ihre Stechkarte geben Sie vorher noch in der Personalabteilung ab. Und sagen Sie jetzt bloß nicht, Sie verstehen nicht!«

Sie sah mich erschrocken an und rang nach Luft. »Nicht nur, dass Sie mit meinem Mann ein Verhältnis haben, Sie haben auch noch Zeitbetrug begangen.

Schäferstündchen und Restaurantbesuche über Geschäftsreisen abgerechnet, Susan? Nicht mit mir! Sie hören von meinen Anwälten und jetzt packen Sie Ihre Sachen!«

Ich drehte mich um und bevor ich mein Büro betreten konnte, hörte ich Susan hinter mir rufen. »Das werde ich erst noch mit Robert besprechen! Hier ist noch gar nichts geklärt, Frau Marquardt.«

Ich hielt mich am Türrahmen fest und drehte mich zu ihr um. »Mein Mann, Susan, hat hier nichts mehr ohne mich zu sagen. Schönen Tag noch!« Dann trat ich ins Büro und schloss die Tür hinter mir zu. Ich machte eine Siegesfaust und war total erleichtert, endlich eine Sorge weniger zu haben. Es klopfte ganz vorsichtig an meiner Tür.

»Ja, bitte!« Ich drehte mich um und sah Frau Cooper in der Tür stehen. »Frau Marquardt, das war ja bühnenreif! Meinen herzlichsten Glückwunsch zu dieser Entscheidung! Sie stehen halt Ihren Mann.« Sie schaute mich verlegen an. Lächelnd bedankte ich mich bei ihr.

»Sind die Herren von der Townhouse-Group inzwischen da?«, fragte ich.

»Die Herren haben vorhin angerufen und mitgeteilt, dass sie erst um 15 Uhr erscheinen werden. Es ist ihnen ein Termin dazwischengekommen.«

»Na, wunderbar, dann passt es ja.«

Ich nickte ihr zufrieden zu und machte mich über den Stapel Akten her, der seit gestern unberührt geblieben war.

19. Kapitel

Ich hätte so gerne mal wieder richtig Urlaub gemacht. Am liebsten in meinem Haus in Wyk auf Föhr.
Den Blick auf das Meer vermisste ich in Hamburg immer so sehr, da konnte die Elbe einfach nicht mithalten.
Ich musste innerlich über mich selbst schmunzeln. Für
heute hatte ich mir fest vorgenommen, dass ich als Erstes versuchen würde, Emilia zu erreichen. Den Vormittag wollte ich für wichtige Telefonate nutzen, falls Frau
Cooper mir noch Luft dafür ließ und mich nicht ein
Termin nach dem anderen jagen würde. Schließlich
musste ich noch die Tage, bis zu Emilias Rückkehr, mit
ihr zusammenarbeiten. Mittags war ich zum Lunch mit
Marvin verabredet. Das hörte sich vielversprechend
an. Ich stieg also voller Elan in mein Auto und fuhr in
die Agentur. »Einen schönen guten Morgen, Frau Marquardt. Ihr Tee steht bereits auf Ihrem Schreibtisch.«

»Guten Morgen, Frau Cooper! Vielen Dank. Ich
möchte heute Morgen nicht gestört werden.« Sie
nickte und eilte an ihren Schreibtisch. Ich ging in mein
Büro, holte mein Handy hervor, scrollte das Display
durch und suchte die Nummer von Emilia.

Kurz hatte ich Freizeichen, bis die Mailbox an-
sprang. Da ich keine Nachricht hinterlassen wollte, entschied ich mich, später bei ihr vorbeizufahren. Als ich
mich wieder meinen Akten zuwandte, konnte ich im
Vorzimmer Stimmen vernehmen. Ich stand auf, um
nachzusehen, wer es war. Ich traute meinen Augen
kaum, als ich Tom Quist bei Frau Cooper stehen sah.

»Entschuldigen Sie bitte, Frau Marquardt, aber dieser Herr hier lässt sich einfach nicht beruhigen.«

»Ist schon in Ordnung, Frau Cooper.« Mit einer
Handbewegung deutete ich Tom Quist den Weg in

mein Büro und er folgte wortlos.

Als ich die Tür geschlossen und ich mich meinem Schreibtisch zugewandt hatte, schnaufte ich hörbar aus, da ich auf dieses Gespräch so überhaupt keine Lust verspürte. Ich konnte ihn nicht ausstehen und was Emi an ihm fand, war mir schleierhaft. Ich drehte mich zur Fensterfront um und versuchte so ruhig wie möglich zu bleiben.

»Also, Herr Quist, was führt Sie zu mir?«

»Wo ist Emilia?«, schrie er mich direkt an. »Sie arbeitet doch für Sie, wo ist sie?«

»Junger Mann, ich bin weder taub noch blöd. Fahren Sie Ihren Ton runter, sonst haben Sie ganz schnell eine Anzeige an der Backe.« Er runzelte die Stirn, trat zu mir ans Fenster und wollte mich an der Schulter zu sich herumziehen. Ich schlug ihm auf den Arm. Wie aus dem Nichts hob er seine Hand und ich konnte in letzter Sekunde seinen Schlag in mein Gesicht abwehren. Ich blieb weiterhin ruhig und besonnen.

»Was für eine Anzeige, Frau Marquardt? Sie bluffen doch nur«, grinste er mich an. Ich konnte diesen Gesichtsausdruck nicht ausstehen. »Ich weiß nicht wo Emilia ist, sie hat sich krankgemeldet.«

»Aber zu Hause ist sie nicht«, erwiderte er.

»Woher soll ich wissen, wo sich Ihre Freundin aufhält!«, gab ich ungehalten zurück. Er war außer sich und ging in großen Schritten zur Tür. »Ach, Herr Quist?«, rief ich ihm hinterher, »einen Augenblick noch.« Ich vermied es, ihm entgegenzulaufen. »Wenn ich mitbekommen sollte, dass Sie Emilia gegenüber wieder handgreiflich geworden sind, dann haben Sie so schnell eine Anzeige an Ihrem Allerwertesten  kleben, so schnell können Sie nicht bis drei zählen. Haben Sie mich verstanden? Danke, das wäre dann alles.« Ich zeigte ihm erneut nur mit einer Handbewegung den Ausgang.

Er riss die Tür auf und lief ohne nach rechts und links zu schauen davon. Durch die offene Tür konnte ich Frau Cooper stehen sehen. Sie muss die Auseinandersetzung mitbekommen haben. Ihr schockiertes Gesicht sprach Bände.

»Hey, Alexandra! Wer war das denn eben?«, rief mir Marvin entgegen. Er schloss die Tür und nahm auf einem der Stühle Platz. »Das war Tom Quist. Emilias Freund«, sagte ich so gelassen wie möglich.

»Das war der Freund von Emilia? Wie kannst du da so ruhig bleiben?! Der sieht ja nicht gerade vertrauenerweckend aus.«

»Ach, Marvin, bitte! Du musst nicht glauben, dass ich ein freundliches Gespräch mit Herrn Quist geführt habe. Ich habe ihm unmissverständlich zu verstehen gegeben, dass ich meine Anwälte einschalte, wenn er Emilia gegenüber wieder handgreiflich wird. Der Typ muss weg und zwar ganz schnell. Wenn ich nur daran denke, dass Emilia bei diesem Menschen wohnt, wird mir ganz schlecht.«

»Du hast was? Was wollte er denn hier?«, fragte Marvin interessiert nach. »Er war auf der Suche nach Emilia.«

»Und? Hast du ihm nicht die Zimmernummer gegeben?«

»Sie ist doch gar nicht da!«, entgegnete ich gereizt.

»Wer sagt denn das? Sie sitzt doch bei Frau Bensheimer.« Verwundert sah mich Marvin an.

»Wie bitte?« Ich steckte die Kappe auf meinen Füllfederhalter und sprang auf.

»Wo willst du denn jetzt hin, Alexandra?«

Ohne ein Wort ging ich, so schnell ich konnte, zu Emilia. Ich riss die Tür auf und konnte sie tatsächlich bei Anja Bensheimer am Schreibtisch sehen. Anja sah mich mit großen Augen an und Emilia wandte ihren Blick von mir ab. »Hallo Frau Marquardt. Kann ich etwas für Sie tun?«, fragte Anja höflich.

»Lassen Sie mich bitte einen Moment mit Frau Maier allein!« Sie stand sofort auf und ging zur Tür hinaus. Ich trat um den Schreibtisch zu Emilia und zog sie am Arm hoch. »Was machst du hier, Emi?«

»Ich arbeite hier, schon vergessen?«

»Hatten wir nicht gestern darüber gesprochen, dass du dich den Rest der Woche noch ausruhst?«, sah ich sie besorgt an. Sie wandte sich von mir ab und ging auf die andere Seite des Raumes. Ich versuchte, mir meinen Schmerz ihres Entzugs nicht anmerken zu lassen. Unsere Blicke trafen sich. »Dein Freund war hier, Emilia. Deswegen bin ich eigentlich nur gekommen. Ich wollte, dass du das weißt.«

»Was, er war hier? Was wollte er?« Ihr stand die Angst ins Gesicht geschrieben. Ich ging auf sie zu, bis wir ganz dicht voreinander standen und da waren sie wieder diese Sommersprossen, die ich schon am ersten Tag, als sie in mein Meeting geplatzt war, bewundert hatte.

»Er hat dich gesucht. Nichts weiter.«

»Na, das würde ich so nicht sagen«, kam es plötzlich aus dem Hintergrund. Marvin war hereingekommen und setzte noch eins drauf. »Alexandra hat mit ihren Anwälten gedroht, wenn er dir gegenüber noch mal handgreiflich wird. Kannst dich bei ihr bedanken, Emilia.«

»Du hast was getan?«, fragte sie entsetzt.

»Emi, das kann doch nicht dein Ernst sein, dass das für dich normal ist! Dass dieser Kerl dich schlägt!«

Sie ließ sich gegen die Wand fallen, so wie ich es oft machte, wenn ich gelähmt vor Schmerz war. Ich umfasste ihre Armgelenke und wollte sie in den Arm nehmen. Sie stieß mich von sich weg und verließ den Raum.

»Emi, bitte, bleib hier! Ich habe es doch nur gut gemeint«, rief ich ihr hinterher. »Marvin! Danke! Musste das jetzt sein.«

»Jetzt komm mal wieder runter!«, konterte er zurück.

»Du verstehst das nicht«, sagte ich leise. Ich sah ihn zornig an und ging in mein Büro zurück.

Auf dem Weg dorthin blieb ich im Vorzimmer stehen und starrte auf den leeren Schreibtisch, der von Susan geräumt worden war. Wenigstens die war ich los. Als ich bei Frau Cooper am Platz vorbeiging, fiel mir ein, Emi hatte mir erzählt, sie wusste nicht, dass ich auf Föhr gewesen war.

»Frau Cooper?«, unterbrach ich ihre Computerarbeit. »Ja, bitte, Frau Marquardt?«

»Ich hatte Sie doch darum gebeten, dass Sie Frau Maier davon unterrichten sollten, dass ich für ein paar Tage auf Föhr bin. Hatten Sie ihr das ausgerichtet?« Frau Cooper senkte kurz den Kopf und sah mich dann betroffen an.

»Es ist mir wohl in der ganzen Hektik untergegangen. Es tut mir wirklich sehr leid, aber manchmal ist mir einfach alles zu viel.« Ich nickte nur und ging in mein Büro.

Da stand ich jetzt. Mit einer Sekretärin, die sich inzwischen die wichtigsten Dinge nicht behalten konnte, einem Ehemann, der mich betrog und hinterging und ohne Emilia. Ohne Emilia zu sein, war für mich mittlerweile das Schlimmste. Warum eigentlich? Was hatte sie an sich, dass mich so fesselte und so anzog? Ich kannte sie doch erst ein paar Wochen.

Nach kurzem Überlegen entschied ich mich dafür, heute früher als gewöhnlich zu gehen. Die letzten Tage hatten mir endgültig den Rest gegeben.

Als ich zu Hause die Tür aufschloss, wurde ich lediglich vom Brummen des Kühlschrankes und der tickenden Wanduhr begrüßt. Ich fühlte mich leer und ausgebrannt und wo Emilia jetzt war, wusste ich auch nicht. Ich machte mir schreckliche Vorwürfe. Was wenn dieser Tom Quist jetzt erst recht auf sie losging, weil ich ihm gedroht hatte? Ich versuchte abzuschalten und drehte das Radio auf volle Lautstärke. Aus dem Kühlschrank holte ich mir eine Flasche Weißwein und legte mich auf die Couch. Vor lauter seelischem Schmerz wusste ich mir nicht mehr anders zu helfen und griff erneut zu den Schlaftabletten. Ich nahm diesmal die doppelte Dosis und trank in schnellen Zügen die gesamte Flasche Wein. Teilweise lief mir die Flüssigkeit unkontrolliert am Kinn hinunter. In dem Moment war mir alles egal. Ich stand noch mal auf, um mir eine weitere Flasche zu holen. Doch das gelang mir nicht mehr. Ich fing an zu torkeln und fiel auf den Parkettboden. Dann spürte und hörte ich nichts mehr. Ich schwebte.

»Alexandra? Alexandra? Mensch, mach doch keinen Scheiß!«, hörte ich eine bekannte Stimme, bevor mir eiskaltes Wasser ins Gesicht gespritzt wurde.

»Aaaahhh!«, schrie ich ohne zu wissen, wo ich eigentlich war. »Alexandra, kannst du mich hören?«

»Marvin, was machst du in meinem Haus?«, murmelte ich undeutlich.

»Ich hab mir Sorgen gemacht, weil du so früh nach Hause gefahren bist und das war ja auch nicht unbegründet, wie ich sehen muss. Zum Glück weiß ich, wo der Ersatzschlüssel liegt.« Mein Kopf lag auf seinem Schoß und ich der Länge nach auf dem Badezimmerboden.

»Komm, stell dich auf, du musst die Tabletten rausbrechen.« Er beugte mich über die Toilette und versuchte mir den Finger in den Hals zu schieben. Ich wehrte mich mit letzter Kraft dagegen. Aber ich hatte gegen Marvin keine Chance. Ich verlor und der ganze Schwall Alkohol und den Rest der Tabletten spülte sich die Toilettenschüssel hinunter. Danach wischte ich mir mit einem Handtuch den Mund ab. Ich fühlte mich so ausgeliefert.

»So, ich schlage vor, du nimmst jetzt erst mal eine heiße Dusche und ich koche dir einen ganz starken Kaffee«, versuchte Marvin mich zu beruhigen.

»Ich will nur noch ins Bett«, erklärte ich und versuchte mich vom Badezimmer ins Schlafzimmer zu bewegen. Doch ich war zu schwach. Diesmal war es wohl zu viel gewesen.

»Dann leg dich jetzt erst mal im Wohnzimmer auf die Couch!« Ich konnte kaum widersprechen. Kurze Zeit später kam Marvin tatsächlich mit einem großen Becher Kaffee herein, der stark duftete. Er sammelte auf dem Couchtisch die Tabletten ein. »Sind das alle?«, fragte er mit runzelnder Stirn. Ich schaute ihn an und war innerlich so froh, dass er da war.

»Im Badezimmerschrank sind auch noch welche, glaube ich«, sagte ich kleinlaut.

»Du nimmst dieses Zeug nicht mehr! Hast du mich verstanden? Wenn ich nicht vorbeigekommen wäre, hätte dich niemand mehr retten können. Hör auf, dich selbst zu zerstören, dafür bist du doch viel zu klug.«

»Ich mache mir aber solche Vorwürfe wegen Emi.«

»Alexandra, bei allem Verständnis, aber das Interesse, das du Emilia entgegenbringst, ist mehr als übertrieben. Sie lebt in einer Partnerschaft und scheint dort auch bleiben zu wollen. Was muss es dich kümmern? Du machst dir doch sonst auch keinen Kopf um deine Mitarbeiter.«

»Sie tut mir halt gut. Seitdem sie da ist, ist irgendwie alles anders und teilweise auch erträglicher geworden.« Meine Stimme versagte. »Mit ihrer süßen und frechen Art stellt sie alles auf den Kopf.«

Marvin runzelte die Stirn. Dann erhob er sich, nahm die Tabletten und sah mich an, aber irgendwie anders als sonst. »Kann ich dich jetzt wieder alleine lassen, Alexandra?« Ich nickte.

»Danke, dass du gekommen bist«, sagte ich leise.

Er verabschiedete sich mit einem knappen Tschüss und schenkte mir keinen weiteren Blick. Ich hörte nur noch das Schloss, als es in die Tür fiel.

20. Kapitel

Nach einer unruhigen Nacht wachte ich am nächsten Morgen total fertig und teilweise noch etwas benommen auf. Hatte ich mich gestern Abend wirklich umbringen wollen? Allein der Gedanke daran machte mir Angst. Angst, die mein Leben nicht beherrschen sollte. Nachdem ich mich geduscht und angezogen hatte, fuhr ich in gewohnter Weise in die Agentur. Ich versuchte, mir nichts anmerken zu lassen und suchte eilig mein Büro auf.

»Guten Morgen, Frau Marquardt, ich hoffe, Sie hatten einen angenehmen Abend?«, fragte mich Frau Cooper freudestrahlend, als ich das Vorzimmer betrat.

»Guten Morgen, Frau Cooper. Ja, wie immer, alles in bester Ordnung.«

Mein Tee stand bereits auf meinem Schreibtisch und der Duft erinnerte mich an Föhr. Mein geliebtes Föhr. Manchmal würde ich am liebsten alles hinschmeißen und dort etwas Neues aufbauen. Wenn ich nur nicht immer mit allem alleine dastehen würde. Ich saß versunken an meinem Schreibtisch, als es an der Tür klopfte.

»Ja, bitte?«

»Guten Morgen, Alexandra! Hast du einen Moment Zeit?«

»Guten Morgen, Marvin, komm rein!« Er schloss die Tür und setzte sich auf einen der Stühle, die vor meinem Schreibtisch standen. Mir wurde ganz anders, wenn ich an gestern Abend dachte. Er hatte mich in meinem Elend aufgesammelt und womöglich vor dem Untergang bewahrt. Ich lehnte mich auf meinem Stuhl zurück und starrte auf meinen     Computer.

»Wie geht es dir? Kannst du heute überhaupt schon arbeiten?«, fragte er vorsichtig. Er wusste wie kein anderer, dass mich solche Fragen reizten und mich erniedrigt fühlen ließen. Ich atmete hörbar aus und sammelte mich.

»Ja, es geht schon wieder. Muss ja«, setzte ich noch hinterher, aber in einem leisen Ton, den man von mir mit Sicherheit nicht gewohnt war. Ich sah auf meinen elektronischen Terminkalender, der mir unmissverständlich mitteilte, dass mich ab 9.30 Uhr ein Termin nach dem anderen jagen würde. Warum bekam Frau Cooper das nicht hin, so wie es Emilia eingeführt hatte? Mir blieb bei dieser Termingestaltung überhaupt kein Freiraum mehr. Aber es war bekanntlich hoffnungslos, Frau Cooper dazu zu bewegen, die Termine besser zu koordinieren. Sie war halt schon vom älteren Schlag und war bei jedem noch so kleinen Verbesserungsvorschlag gekränkt. Aber sie war bis zu Emis Rückkehr meine Sekretärin und wenn ich Veränderungen wollte, musste sie diese auch umsetzen. Ich würde doch mal das Gespräch suchen müssen.

»Alexandra? Alexandra?«

»Oh, entschuldige, Marvin, ich war total in Gedanken. Hast du etwas gesagt?«, fragte ich höflich nach.

»Nein, aber ich mache mir Sorgen um dich. Schaffst du die Termine nachher oder soll ich dir den einen oder anderen abnehmen?«

Bevor ich antworten konnte, hörte ich Robert im Vorzimmer, der Frau Cooper in einem unfreundlichen Ton fragte, ob ich da wäre. Bevor ich mich versah, riss er die Tür auf und stürmte an meinen Schreibtisch. Ich hatte befürchtet, dass mir diese  Unterredung nicht erspart bleiben würde. Um nicht unterlegen zu wirken, stand ich auf und ging zum Fenster.

»Marvin, verlass bitte den Raum! Ich habe mit Alexandra zu reden«, warf er Marvin in einem unsachlichen Ton entgegen.

»Wer mein Büro verlässt und wer nicht, das entscheide immer noch ich, Robert! Marvin bleibt. Was willst du?«

»Was ich will? Du spinnst wohl! Nicht genug, dass du mich vor der ganzen Firma lächerlich machst, nein, jetzt kündigst du auch noch Frau Hauck, ohne das mit mir abzusprechen! Was glaubst du eigentlich, wen du vor dir hast?«, schrie er mich von der Seite an. Ich versuchte weiterhin, ganz ruhig zu bleiben, was mir sicher offenkundig schwerfiel. »Ich sage dir eins, Alexandra, diese Kündigung wird wieder rückgängig gemacht. Ich habe Frau Hauck bereits kontaktiert. Sie wird morgen wieder bei der Arbeit erscheinen.« Er schnaubte vor Zorn und mein Blick blieb weiterhin auf die Elbe gerichtet. »Sag mal, bist du taub?«, setzte er noch nach. »Ich rede mit dir. Du könntest mir ruhig mal antworten, statt nur aus dem Fenster zu starren!«

»Hey, Robert, jetzt komm mal runter!«, warf Marvin ein.

»Was mischst du dich da ein? Dieses Gespräch geht dich überhaupt nichts an«, erwiderte Robert. Marvin schüttelte den Kopf, als ich mich zu ihm umdrehte. »Was erwartest du eigentlich von mir, Alexandra?« Ich ging auf ihn zu und sah ihm direkt in die Augen.

»Von dir, Robert, erwarte ich gar nichts mehr. Die Schlüssel, bitte!«

»Was für Schlüssel?«, fragte er irritiert.

»Die Schlüssel vom Haus.« Er sah mich verwundert an.

»Tickst du noch richtig?«

»Was verstehst du daran nicht, wenn ich dich bitte,

mir die Schlüssel zu geben, oder muss ich deutlicher werden?« Ich funkelte ihn an und hätte ihm am liebsten eine geknallt. Sein Blick wanderte zu Marvin, als er seine Jackentaschen absuchte. Er holte ein Schlüsselbund heraus und löste tatsächlich den Haustürschlüssel aus dem Bund. Ich streckte ihm meine Hand entgegen. Energisch und zornig knallte er ihn auf den Schreibtisch. »Den anderen auch, bitte«, sagte ich in ruhigem Ton.

»Welchen anderen?«, fragte er schnippisch.

»Den Schlüssel vom Haus auf Föhr!«, gab ich bestimmt zur Antwort. Er runzelte die Stirn. Offenbar wurde ihm jetzt erst bewusst, was sich hier abspielte.

»Den habe ich nicht hier«, entgegnete er.

»Dann morgen auf meinem Schreibtisch. Wenn ich schon deine Affäre dulden muss, dann möchte ich wenigstens privat vor dir meine Ruhe haben.« Ich drehte mich von ihm weg und setzte mich wieder auf meinen Stuhl. Er sah mich bitterböse an, ging mit großen Schritten aus dem Zimmer und knallte die Tür hinter sich zu. Ich starrte ins Leere. Marvin stand auf und kam zu mir.

»Ich denke, das war ein erster, wichtiger Schritt, Alexandra.«

»Jetzt brauche ich erst mal einen Kaffee«, sagte ich leise.

»Was ist mit deinen Terminen? Kann ich dir was abnehmen?« Ich scrollte durch meinen Kalender und konnte tatsächlich zwei Termine an Marvin übergeben, so hätte ich wenigstens um 14 Uhr und um 17 Uhr jeweils eine halbe Stunde Pause. Ich bedankte mich bei ihm und ging in die Kaffeeküche. Dort erschrak ich. Denn Emilia stand am offenen Kühlschrank. Ich blieb stehen und schaute sie an. Sie drehte den Kopf zu mir, bevor sie sich dann wieder dem Innenleben des Kühlschrankes zuwandte. »Hallo, Emilia«, sagte ich vorsichtig in ihre Richtung.

»Hallo, Alexandra«, gab sie monoton zurück. Um keinen weiteren Fehler zu begehen, richtete ich meinen Blick auf den Kaffeeautomaten. Dieser fing an zu brummen und mein Kaffee lief dampfend in die Tasse. Währenddessen durchsuchte Emilia alle Oberschränke, vermutlich nach ihrer Kaffeetasse. Da sie nicht so groß war und heute auch keine hohen Absätze trug, hatte sie Probleme, die obersten Reihen nach der Tasse abzusuchen. Ich konnte nicht länger zusehen, wie sie sich abmühte.

»Kann ich dir helfen?«, fragte ich vorsichtig.

»Nein, geht schon«, erwiderte sie meine Frage.

»Aber du kommst doch da oben gar nicht ran. Jetzt lass dir doch bitte helfen«, versuchte ich es noch mal. Sie schob mich unsanft zur Seite.

»Wozu gibt es Stühle?«

»Um sich vielleicht das Genick zu brechen?«, brachte ich ihr verständnislos entgegen. Sie schnaufte genervt, als sie den Stuhl herbeiholte.

»Dramatisiere doch nicht immer alles so!« Verständnislos runzelte ich die Stirn.

»Wann dramatisiere ich denn bitte? Ich wollte dir nur helfen, nichts weiter!« Gereizt zog ich meine volle Kaffeetasse aus dem Automat heraus. Durch die ruckartige Bewegung schüttete ich mir einen Teil des heißen Kaffees über die Hand.

»Aauuuu!«, schrie ich vor Schmerzen auf und ging geistesgegenwärtig zum Waschbecken, um mir Wasser über die Hand laufen zu lassen.

»Scheiße!«, kam es aus Emilia heraus. »Kann ich dir helfen?«

»Nein, lass mich einfach in Ruhe, ok?« Mit der Hand noch unter dem Wasserstrahl erschien Frau Cooper in der Kaffeeküche. »Frau Marquardt, haben Sie den Termin mit den Herren aus München vergessen?«, rief sie mir aufgebracht entgegen.

»Nein, habe ich nicht, Frau Cooper! Sie sehen doch, dass ich gerade unpässlich bin. Bieten Sie den Herren etwas zu trinken an, ich komme gleich.« Mit großen Augen sah sie erst auf meine Hand, dann zu Emilia hinüber.

»Ach ja, und Frau Schön bittet kurzfristig um einen Termin. Es sei sehr dringend, hat sie gesagt.«

Ich hätte Frau Cooper in dem Moment am liebsten auf den Mond geschossen, versuchte aber, mir meine Laune nicht allzu sehr anmerken zu lassen. »Menschenskind! Dann machen Sie einen Termin mit ihr!« Ich war hörbar gereizt.

Sie nickte erschrocken und verließ die Kaffeeküche. Emilia sah mir zu, wie ich die Hand abtrocknete. »Was guckst du denn so?«, fragte ich ungehalten.

»Du hast wieder einen Termin nach dem anderen, was?«, fragte sie verständnislos nach und sah mich dabei mit ihren großen Augen an.

»Ja, einen Termin nach dem anderen. Dafür bin ich ja auch da«, erwiderte ich genervt. Ich legte das Handtuch zur Seite und drängelte mich schweren Herzens an Emilia vorbei. Meinen Kaffee hatte ich vor lauter Aufregung stehen lassen. Es war eh alles egal. Ich ging zurück in mein Büro, wo mich bereits die Herren aus München erwarteten.

21. Kapitel

Ich wurde weiter von einem Termin zum nächsten gejagt. Darüber musste ich mit Frau Cooper definitiv sprechen. Das ging doch auch anders, wie mir Emilia erst kürzlich bewiesen hatte. Es klopfte an meiner Tür.

»Herein!«, rief ich mit energischem Ton.

»Frau Marquardt! Frau Schön wäre dann hier.«

»Danke, Frau Cooper, schicken Sie sie bitte rein!« Frau Schön betrat den Raum und lief direkt zu einem der Stühle, die an meinem Schreibtisch standen. Ich stand auf und begrüßte sie freundlich. »Frau Schön, was führt Sie zu mir?«

»Also, Frau Marquardt, dieses Hin und Her mit Frau Hauck, das verstehe ich nicht. Wieso ist sie denn jetzt wieder eingestellt?« Bevor ich etwas sagen konnte, klingelte mein Telefon und ich sah, dass Frau Cooper mich sprechen wollte. Ungewöhnlich, wo sie doch wusste, dass ich gerade in einem Gespräch war.

»Sekunde, bitte«, sagte ich zu Frau Schön. »Frau Cooper, was gibt es denn? Sie wissen doch, dass ich in einem Gespräch bin«, entgegnete ich ihr. Während mir Frau Cooper mitteilte, dass Emilia mich dringend sprechen müsse, verfolgte ich Frau Schön mit meinen Augen, die sich im Raum umsah. Von allem genervt, reagierte ich schroff.

»Sie wissen doch, was hier heute los ist. Machen Sie einen Termin mit ihr. Das muss ich Ihnen doch nicht erklären.« Sie versuchte, erneut anzusetzen, als ich sie unterbrach.

»Frau Cooper, das interessiert mich jetzt reichlich wenig. Ich habe keine Zeit und möchte nicht mehr gestört werden.« Ohne auf ein weiteres Wort zu  warten, beendete ich das Gespräch. Als ich aufgelegt hatte, fiel mir auf, dass ich das eigentlich gar nicht so gemeint hatte. Natürlich interessierte es mich, wenn Emilia mich sprechen wollte. Allerdings war ich noch von unserem Zusammentreffen in der Kaffeeküche ziemlich angespannt. Ich sah Frau Schön an, die etwas zusammengekauert auf ihrem Stuhl saß. »Entschuldigen Sie bitte, Frau Schön, aber heute ist mal wieder der Tag aller Tage. Ich ...« Meine Bürotür wurde geöffnet und Frau Cooper kam hereingestürmt, blieb aber in der Mitte des Raumes stehen. Ich sah sie verwundert an und im Hintergrund konnte ich Emilia stehen sehen.

»Frau Marquardt!«, sagte sie, »ich lasse mich von Ihnen nicht wie eine dumme Schulgöre behandeln. Das lasse ich nicht zu«, rief sie mir aufgebracht entgegen.

»Ich gehe wohl besser«, sagte Frau Schön und stand auf.

»Nein, Sie bleiben, wir haben einen Termin.« Ich ging um meinen Schreibtisch herum zu Frau Cooper und wollte sie beruhigen. »Frau Cooper, das ist jetzt kein guter Zeitpunkt und ich weiß ehrlich gesagt auch nicht, was Sie so aus der Fassung gebracht hat. Sie wissen doch ganz genau, dass ich keine Störungen möchte, wenn ich in einem Termin bin, oder?«

»Aber ich ...«

»Nein, Frau Cooper. Nichts aber. Mein Terminkalender ist randvoll. Meinen ersten Termin hatte ich bereits heute Morgen um halb zehn und den letzten werde ich voraussichtlich um halb sieben haben, falls dieses Gespräch nicht noch länger gehen sollte. Verdammt noch mal«, sagte ich so leise, wie ich konnte.

Emilia stand immer noch im Vorzimmer und schüttelte nur den Kopf. Ich sah an Frau Cooper vorbei direkt zu ihr. »Was gibt es da mit dem Kopf zu schütteln, kannst du mir das bitte mal erklären?«, rief ich nun etwas lautstärker. Sie sah mich erschrocken und gleichzeitig erbost an. Sie stampfte mit einem Fuß auf den Boden und biss die Lippen aufeinander. Zwischen uns stand immer noch Frau Cooper und Frau Schön hatte wieder Platz genommen. Super, dachte ich voller Zynismus, so stelle ich mir ein Gespräch vor. Frau Cooper drehte sich um und ging zur Tür. »Frau Cooper?«, rief ich ihr hinterher. »Schauen Sie bitte nach, wann ich etwas Luft habe, dann können wir gerne darüber sprechen.«

Sie sah mich nur kurz an und verließ mit gesenktem Kopf den Raum. Ich drehte mich zu meinem Schreibtisch um und bevor ich mich setzen konnte, kam Emilia ins Zimmer gestürmt.

»Entschuldigung, Frau Schön«, sagte sie mit zitternder Stimme, »aber ich muss kurz was loswerden.« Ich sah sie mit runzelnder Stirn an und spürte, dass diese Begegnung nicht gut ausgehen würde. Emilia stand ganz dicht vor mir und ich versuchte krampfhaft, über sie hinweg zu sehen.

»Da du die nächsten Tage und vermutlich auch die nächsten Wochen komplett ausgebucht bist, kann ich wohl kaum einen Termin mit dir ausmachen, weil mein Anliegen duldet keinen Aufschub.«

Ich versuchte immer noch ihrem Blick auszuweichen. Es wurde still im Raum, selbst von Frau Schön ging kein Geräusch mehr aus. Das Einzige, was ich wahrnehmen konnte, war mein Herzschlag und mein beschleunigter Atem.

»Nur so viel. Ich kündige! Fristlos und unwiderruflich und versuche mich bloß nicht davon abzuhalten. Ich nehme meinen Resturlaub und meine Überstunden und dann ist übermorgen mein letzter Arbeitstag. Ich will nicht mehr!« Ich senkte leicht meinen

Kopf, gerade so viel, dass ich ihr in die Augen sehen konnte. Meine Unterlippe bebte. Trotz mehrmaligem Blinzeln konnte ich meine Tränen nur schwer unterdrücken. Durch die Nase versuchte ich, die so dringend benötigte Luft einziehen zu können, die mein Mund nicht aufnehmen konnte. Ich atmete schwer und brachte keinen Ton raus. Sie drehte sich um und wünschte Frau Schön noch einen angenehmen Tag, bevor sie den Raum verließ. Ich war fassungslos und nicht in der Lage, mich zu regen.

»Ich gehe jetzt mal besser«, sagte Frau Schön vorsichtig in meine Richtung. Nachdem sie die Bürotür geschlossen hatte, machte ich zwei kleine Schritte rückwärts, um meinen Schreibtisch ertasten zu können. Ich musste mehrmals schwer schlucken und versuchte blind auf meinen Stuhl zu kommen. Wie in Trance gelang es mir, Platz zu nehmen. Ich lehnte mich nach vorne und hielt mir meinen Kopf.

»Frau Marquardt, Herr Thomè ist da – oh, entschuldigen Sie bitte vielmals!«

Die Tür wurde wieder geschlossen. Ich konnte mich nicht mehr beruhigen und ließ meinen Tränen freien Lauf. Was sollte ich jetzt bloß machen, fragte ich mich immer und immer wieder. Erneut öffnete sich die Tür zu meinem Büro und Marvin kam herein. Behutsam schloss er mich in seine Arme.

»Hey, Schöne, alles wird wieder gut. Beruhige dich! Ich weiß, was passiert ist. Emilia hat mir eben alles erzählt.«

»Marvin, ich schaff das ohne sie nicht. Ich schaff es einfach nicht«, flüsterte ich in sein Ohr.

»Doch, Alexandra, du wirst auch das schaffen, so, wie du alles andere auch geschafft hast. Aber du solltest dir erst mal etwas Ruhe gönnen, meinst du nicht?«, sah er mich besorgt an.

»Ich kann doch hier nicht weg!«, gab ich ihm wutentbrannt zu verstehen. »Erst mal muss ich versuchen, morgen mit Emilia zu sprechen.«

»Lass sie bitte gehen! Es ist ihre Entscheidung und vielleicht tut euch der Abstand gut. Wer weiß?« Er strich mir über den Rücken und ich beruhigte mich etwas.

»Wir hatten die letzten Wochen genug Abstand. Zu viel, wenn du mich fragst.«

»Ja, aber das ist doch das, was dir Emilia auch vorwirft. Du hast hier eben sehr viel zu tun, und du kennst doch gar kein Leben mehr nach der Arbeit. Du musst es zulassen, dass man dir hilft.«

Ich sah ihn an und wischte mir mit den Händen die restlichen Tränen aus dem Gesicht. »Das war vorhin wie ein Schlag ins Gesicht, als sie mir das gesagt hat. Mein Leben hatte sich so sehr verändert, seitdem sie hier war. Zu allem Überfluss waren auch noch Frau Schön und Frau Cooper anwesend. Das hat mir gerade noch gefehlt.« Ich faltete die Hände auf meinem Rücken zusammen und ging zum Fenster. Alle Menschen schienen glücklich und zufrieden zu sein, nur ich durfte das vermutlich nicht.

»Ich wäre jetzt gerne alleine, Marvin.«

»Du machst aber keine Dummheiten. Versprich mir das!« Ich drehte mich zu ihm um.

»Nein, du brauchst dir keine Sorgen zu machen. Ich habe sowieso keine Schlaftabletten mehr im Haus.«

»Dazu braucht es auch nicht nur Schlaftabletten, das geht auch anders. Du verstehst, was ich meine?« »Ja. Ja, ich verstehe dich. Ich pass auf mich auf. Versprochen.«

»Und, wenn etwas ist, dann meldest du dich bitte

auf meinem Handy. Ich lasse es die ganze Zeit an, ok?«
Ich nickte und formte mit meinen Händen ein Herz in seine Richtung. Dann ging er und ich blieb alleine zurück.

22. Kapitel

Nachdem ich alle Termine bewältigt hatte, überlegte ich mir auf der Heimfahrt, noch einen Schlenker zu meinem französischen Lieblingsrestaurant zu machen. Es war zum Glück noch ein kleiner Tisch frei. Bevor ich mich setzen konnte, erblickte ich doch tatsächlich Robert mit Susan an einem Tisch im hinteren Bereich. Als der Kellner mir meinen Mantel abnehmen wollte, schüttelte ich nur den Kopf und verließ das Restaurant. Im Auto wieder angekommen, schwor ich mir, mich von diesem Mann nicht mehr aus der Fassung bringen zu lassen. Ich startete den Motor und fuhr direkt nach Hause.

Wie ich die Nacht überstanden hatte, wusste ich nicht mehr. Zum Glück konnte ich irgendwann auch ohne Schlaftabletten in den Schlaf finden. Früh morgens auf dem Weg zur Agentur blieb ich bei meinem Lieblingskonditor stehen und kaufte Emilia ein großes Stück Torte, in Herzform. Liebevoll wurde es mir verpackt und kurze Zeit später traf ich im Büro ein.

»Guten Morgen, Frau Marquardt«, riefen mir die Mitarbeiter entgegen, als ich zum Fahrstuhl lief. Ich grüßte zurück und versuchte alle Probleme abzuschütteln, um wieder professionell zu wirken, das, was mich immer ausmachte. Da ich heute Morgen sehr früh dran war, konnte ich ohne Frau Cooper zu begegnen, in mein Büro gelangen. Ich zog meinen Mantel aus und setzte mich an meinen Computer. Der verriet mir allerdings nichts Gutes. Auch heute hatte ich wieder bis zu acht Termine! Wann sollte ich denn dann bitte die andere Arbeit schaffen, unter anderem den ganzen Schriftverkehr, der jetzt auch noch über meinen Schreibtisch ging. Ich musste etwas ändern. Mir fiel nur noch keine rettende Lösung ein. Gedankenversunken saß ich am Computer und versuchte, die ersten Mails zu beantworten. Mein Blick auf die Uhr verriet, dass es inzwischen schon 9 Uhr war und da ich meinen ersten Termin um halb zehn hatte, bat ich Frau Cooper, Emilia zu mir zu schicken. Mein Telefon klingelte und sie teilte mir mit, dass Emilia nicht kommen möchte. Ich stand auf, schnappte mir die Schachtel vom Konditor, lief ohne ein Wort an Frau Cooper vorbei und ging geradewegs zu Emilia. »Guten Morgen, Emilia«, sagte ich vorsichtig in ihre Richtung.

»Guten Morgen«, gab sie leise zurück.

»Anja?«, fragte ich mit einer zeigenden Kopfbewegung an deren Platz.

»Die hat heute frei«, gab sie zur Antwort.

»Emilia? Sagst du mir jetzt bitte, warum du gekündigt hast?« Sie sah mich erst an und danach wieder auf den Aktenordner, der vor ihr lag. Sie schluckte. »Ich sehe doch, dass dir das nicht leichtfällt und ich bin ehrlich gesagt total schockiert darüber. Warum kannst du nicht mehr bei mir arbeiten?« Sie antwortete nicht und schaute mich auch nicht an. Mein Blick ging durch den Raum und blieb am Fenster hängen. »Du bist doch alles, was ich habe.« Ich ging auf sie zu, setzte mich vor ihr in die Hocke und legte meine Arme auf ihren Schoß. Zu meiner Verwunderung entzog sie sich mir nicht. Jetzt sahen wir uns seit Langem mal wieder fest in die Augen.

»Du stehst nicht zu mir und du bist nur mit der Agentur beschäftigt. Ich will jemanden, der für mich da ist und mir zuhört. Mich kränkt das«, erklärte sie und war inzwischen dem Weinen nahe. Ich streichelte ihren Arm und auch ich musste mir die Tränen unterdrücken.

»Aber du vertraust dich mir nicht an, Emi. Trotz der vielen Arbeit habe ich immer versucht, ein offenes Ohr für dich zu haben.«

»Fünf Minuten zwischen zwei Terminen reicht mir aber nicht, Alexandra.«

Ich sah sie traurig an und versuchte in einem ruhigen Ton weiterzureden.

»Ich merke doch, dass du mir guttust. Du bist seit Langem der einzige Grund, warum ich morgens aufstehe und versuche zu kämpfen, auch, wenn ich kaum noch Kraft dazu habe. Meinst du wirklich, mir haben deine SMS nichts bedeutet? Die Veränderungen in meinem Büro, den Freiraum, den du mir eingeräumt hast, um Kraft zwischen den Terminen schöpfen zu können. Ich weiß, was ich an dir habe und das wirklich nicht nur geschäftlich. Mir ist durchaus bewusst, dass mein Ton nicht immer angebracht war. Auch unser gestriges Zusammentreffen war ein Teil davon. Aber das ändert nichts daran, dass ich dich sehr mag.«

Sie senkte den Kopf, um meinem Blick ausweichen zu können. »Ich habe riesige Probleme mit Robert. Er hat Frau Hauck wieder eingestellt, die mir ab morgen vor der Nase herumtanzt und ich erst mal nichts dagegen unternehmen kann. Und ganz nebenbei muss ich noch dafür sorgen, dass Maxfield dieses Jahr die Nummer Eins wird.« Emilia sah mich mit großen Augen an.

»Das ist genau das, was ich meine, Alexandra! Du machst alles mit dir aus, du lässt mich an deinem Leben nicht teilhaben!«

»Ich versuche es dir doch gerade zu erklären«, setzte ich entgegen.

»Das ist keine Erklärung, das ist eine Verkettung

mehrerer Umstände oder nenne es meinetwegen auch Ausreden«, sagte sie vorwurfsvoll.

»Emi! Ich bin Unternehmerin. Was erwartest du denn von mir?«

»Das habe ich dir doch eben gerade versucht rüberzubringen«, sagte sie leise.

»So einfach ist das nicht, Emilia.« Ich stand auf und schob ihr die Konditorschachtel rüber.

»Was ist das?«, fragte sie in meine Richtung.

»Mach es auf!« Sie löste vorsichtig die lila Schleife, öffnete zaghaft die Verpackung und entdeckte das Tortenstück in Herzform. Ihre Augen füllten sich mit Tränen und sie sah zu mir auf.

»Danke«, flüsterte sie.

»Nicht dafür, Emi«, sagte ich ebenfalls gerührt.

»Ich komme noch bei dir vorbei, wenn ich morgen gehe«, sagte sie leise.

»Du fehlst mir jetzt schon, Süße, aber ich respektiere natürlich deinen Wunsch.« Bevor ich die Tränen nicht mehr aufhalten konnte, verließ ich schweren Herzens den Raum und ließ Emilia alleine zurück.

Die nächsten Stunden waren wie im Fluge vergangen und ich arbeitete wie eine Blöde, führte mehrere Telefonate, wenn ich mal keine Besprechung hatte. Immer wieder schweifte mein Blick zum Fenster hinaus und ich musste an Emilia denken. Ich konnte mir das überhaupt nicht vorstellen, dass sie übermorgen nicht mehr da sein würde. Was sollte ich bloß ohne sie machen? Ich richtete meinen Blick wieder auf den Computer und entschied mich, endlich Feierabend zu machen.

Als ich auf dem Weg zur Kaffeeküche war, schaute ich hoffnungsvoll in Emilias Zimmer. Da es bereits halb acht war, war das Büro natürlich nicht mehr besetzt. Ich brachte meine Tasse zur Spülmaschine und startete den Waschgang. Auf dem Rückweg konnte ich nicht ohne einen weiteren Blick in ihr Zimmer daran vorbeilaufen. Ich fand die Vorstellung, dass sie morgen das letzte Mal in die Agentur kam, so unbegreiflich. Gedankenversunken stieg ich in mein Auto und fuhr nach Hause. Ob Robert bei Susan war? Und, wenn nicht, war es mir inzwischen auch egal. Ich brauchte ihn nicht. Vor meinem Haus angekommen, kramte ich mein Handy hervor und tippte eine SMS an Emilia. Meine erste an sie: *»Schlaf gut, meine Süße. Ich kann es immer noch nicht glauben, dass du gehst! HDl Alexandra.«* Kurz darauf, als ich die Nachricht verschickt hatte, piepste mein Handy. *„Emilia"*, stand auf dem Display. Mit zitternder Hand öffnete ich die Nachricht.

*»Es ist besser so für uns beide. Ich trage dich immer in meinem Herzen. HDl, Emilia. «*

Ich wischte mir eine Träne weg und ging in mein Haus, wo mich wieder nur eine Leere empfing.

## 23. Kapitel

Heute Morgen wurde ich durch meinen Wecker aus einem tiefen Schlaf gerissen. Trotz der Probleme, konnte ich seit Längerem mal wieder durchschlafen und das ganz ohne Tabletten. Nachdem ich mich ausgiebig gestreckt hatte, ging ich direkt ins Bad. Heute duschte ich mal wieder ganz bewusst mit dem lecker duftenden Badeschaum von Marvin. Der war nämlich so legendär, dass man ihn nicht nur zum Baden benutzen konnte, sondern auch zum Duschen. Wie das roch! Meine Gedanken kreisten wieder um Emi. Morgen. Morgen stand mir dieser schreckliche Tag bevor. Sie war tatsächlich das Beste, was mir die letzten Jahre passiert war. Marvin hatte mal wieder recht. Wie so oft.

Nachdem ich mich angezogen hatte, machte ich mich wieder ohne Umschweife auf den Weg in die Agentur. Vor dem Eingang traf ich bereits auf Robert, der etwas aufgebracht aussah. »Alexandra, wir müssen reden!«

»Können wir das bitte in meinem Büro tun? Das muss ja nicht gleich die ganze Agentur mitgekommen«, sagte ich etwas zurückhaltender. Ich betrat den Empfangsbereich und ging zielstrebig zum Fahrstuhl. Die Fahrt in dem beengten Raum empfand ich in Roberts Beisein unerträglich. Wie konnte man von einem Tag auf den anderen jemanden nicht mehr an seiner Seite wissen? Den Menschen, den man mal geliebt und mit dem man eigentlich sein Leben geteilt hatte. Ich versuchte, Robert nicht anzusehen. Im vierten Stock angekommen, ging ich durch das Vorzimmer, um nach Frau Cooper zu sehen. Leider war sie aber nicht an ihrem Platz. Ich runzelte die Stirn und hoffte insgeheim, dass das nichts zu bedeuten hatte. Ich legte meinen Mantel und meine Tasche auf einem der Stühle ab und sah zu Robert, der bereits unruhig auf einem weiteren Stuhl Platz genommen hatte.

»Also«, sagte ich ruhig aber bestimmt, »ich höre.« Er sah mich erst nur an. Dann schüttelte er seinen Kopf. »Könntest du bitte deutlicher werden, Robert, ich habe eine Menge zu tun. Ach so, ich vergaß, arbeiten ist ja nicht so dein Ding.« Ich atmete tief aus, drehte mich zur Fensterfront um und verschränkte die Arme auf dem Rücken.

»Du bist so egoistisch geworden, Alexandra! Mir wird regelrecht schlecht, wenn ich dir zuhöre. Du spielst dich hier auf, als wärst du sonst wer. Und das denke nicht nur ich. Auch die Mitarbeiter sind dieser Ansicht.« Ich bewegte mich nicht vom Fenster weg und ließ ihn erst mal reden. »Könntest du mich bitte mal ansehen, wenn ich mit dir rede?« Ich merkte an seinem Tonfall, dass er kurz vorm Explodieren war. «Und das mit Susan, daran bist du doch selbst schuld. Wer hat mich denn dort hingetrieben? Du immer mit deiner Agentur. Dein Haus in Hamburg, dein Haus auf Föhr. Spiele ich überhaupt noch eine Rolle bei dir?« Es wurde ruhig im Raum. Ihm gingen offenbar die Argumente aus. Ich drehte mich um, ging zu seinem Stuhl und beugte mich über ihn.

»Meine Agentur, mein Haus in Hamburg, mein Haus auf Föhr. Was bitte, Robert, stimmt daran nicht?«, fragte ich so ruhig wie möglich. Er versuchte, meinem Blick auszuweichen. »Darf ich jetzt mal etwas dazu sagen oder bist du mit deinen Ausführungen noch nicht fertig?« Er nickte mit dem Kopf und senkte seinen Blick. Ich richtete mich auf, setzte mich an meinen Schreibtisch und faltete meine Hände      zusammen. »Darf ich dich an die Realität erinnern, Robert?

Als wir uns bei unseren gemeinsamen Freunden auf einer Geburtstagsfeier kennen gelernt haben, warst du ganz unten am Boden. Aufgrund krummer Geschäfte bei deinem früheren Arbeitgeber hattest du keine Einkünfte mehr. Du hast bei einem Freund gewohnt, hattest kein Auto und, sind wir mal ehrlich, du warst zu diesem Zeitpunkt nicht unbedingt Mann, den man sich an seiner Seite wünschen würde. Trotzdem habe ich dir eine Chance gegeben. Ja, Robert, ich weiß, das war sehr dumm von mir. Das ist auch genau nur ein Mal in meinem Leben passiert. Du hast dich in der Agentur nicht sehr viel eingebracht. Ich habe dir alle Freiheiten gelassen und du hast dich mehr auf dem Golfplatz amüsiert. Wenn ich dich mal gebraucht habe, Fehlanzeige. Und zum Dank erfahre ich ganz zufällig, dass du dir vor lauter Langeweile eine Geliebte angelacht hast und du auch noch die Frechheit besessen hast, ausgerechnet eine meiner Mitarbeiterinnen flachzulegen. Du hast jeden Monat von mir ein Gehalt bezogen.«

Er sah mich erschrocken an und wollte sich dazu äußern, als ich ihm mit einer deutenden Handbewegung unmissverständlich zeigte, dass er jetzt Sendepause hatte. »Ich bin nicht egoistisch geworden, Robert. Du hast dich auf mir ausgeruht, hast auf meinen Gefühlen rumgetrampelt und wunderst dich jetzt, dass ich meine Konsequenzen daraus ziehe?«

Ich lehnte mich siegessicher auf meinem Stuhl zurück und zog die Augenbrauen nach oben. »Und eins kannst du mir glauben. Du kannst von Glück sagen, dass ich im Moment keine Unruhe in der Agentur und schon gar nicht in der Presse gebrauchen kann. Allein schon wegen Zeitbetrugs könnte ich deine kleine Freundin fristlos entlassen. Ich dulde sie hier nur noch. Beim kleinsten Fehler fliegt sie.«

»Alexandra, komm zur Vernunft! Du brauchst Susan für deine ganze Korrespondenz. Frau Cooper kann das überhaupt nicht mehr alleine auffangen.«

»Das ist nicht dein Problem«, sagte ich ruhig. »Außerdem ist der Platz für jemand anderes bestimmt.«

Er runzelte die Stirn und erhob sich von seinem Platz. »Jetzt sag nicht für die kleine Maier«, stieß er hervor. Ich spielte mit meinem Kugelschreiber, bevor ich zu ihm sah. »Doch, natürlich, das habe ich doch in der Besprechung bereits mitgeteilt.«

»Spinnst du? Die ist gerade mal ein paar Wochen im Haus. Sie hat überhaupt kein Recht auf so einen Karriereschritt!«, fluchte Robert.

»Was hier geht und was nicht, Robert, ist allein meine Angelegenheit«, sagte ich verbissen.

»Und was soll Susan dann bitte machen?«

»Susan«, sagte ich leise, »wird ihren alten Arbeitsplatz im Büro bei Anja Bensheimer übernehmen.« Ich sah ihn an und wartete auf eine Reaktion. Aber es passierte gar nichts. »Ich will sie nicht als meine Sekretärin. Dass sie hier erst mal weiterarbeiten darf, hat sie allein dem Umstand zu verdanken, dass ich hier keinen Wirbel gebrauchen kann.«

»Und wer sagt ihr das bitte, dass sie jetzt doch nicht als Sekretärin arbeiten darf? Schließlich habe ich ihr bereits mehr Gehalt zugesagt«, fügte er noch hinzu. Ich lachte und dieses Mal war ich diejenige, die den Kopf schüttelte.

»Die Suppe löffelst du schön selbst aus, Robert!« Er schnaubte vor Zorn und verließ den Raum. Die Tür hörte ich laut ins Schloss fallen.

Gedankenversunken saß ich an meinem Schreibtisch, als mein Telefon klingelte. Frau Cooper war am anderen Ende der Leitung, die mir kurz und knapp mitteilte, dass sie die nächsten zwei Wochen krankge-schrieben sei und vermutlich danach noch für weitere vier Wochen zur Kur ginge. Sie sei total überarbeitet und unsere Auseinandersetzung habe ihr den Rest ge-geben. Ich versuchte, verständnisvoll zu reagieren. Ob es mir gelungen ist, habe ich aus ihrer Stimme nicht raushören können. Ich wünschte ihr gute Besserung und wir beendeten das Gespräch. Mein Kopf fühlte sich plötzlich an, als wäre ich gegen eine Betonmauer gestoßen. Ich sah nur noch schwarze Bil-der vor mir. Nicht das auch noch! Das Vorzimmer wäre somit komplett unbesetzt gewesen. Emilia musste blei-ben. Ich schaffe das nicht alleine! Ich legte meinen Kopf auf den Schreibtisch, als es plötzlich an meiner Tür klopfte.

»Hey, Alexandra, ich wollte nur kurz fragen ...« Marvin unterbrach. »Hey, was ist denn los mit dir?«, fragte er besorgt.

»Du kommst aber auch immer, wenn gerade etwas passiert ist«, entgegnete ich matt.

»Soll ich wieder gehen?«

»Nein. Quatsch. Ich freue mich doch, wenn ich mal jemand Normales um mich habe.« Ich richtete mich wieder ganz auf und atmete tief aus. »Ich hatte eben ein längeres Gespräch mit Robert«, sagte ich leise. »Es ist natürlich eskaliert. Er macht mir Vorwürfe! Kannst du dir das vorstellen, Marvin? Ich verstehe euch Män-ner nicht.«

»Hey, nicht alle Männer sind Roberts«, gab er lä-chelnd zurück. »Ja, das weiß ich doch. Ich meine ja nur, dass ihr total anders denkt als wir Frauen.« Ich sah ihn zögerlich an. Wenn ich ihn jetzt vergraulen würde, dann hätte ich überhaupt niemanden mehr, mit dem ich reden konnte. »Zu allem Übel hat sich jetzt wieder

Frau Cooper krankgemeldet.«

»Ach du Scheiße!«, kam es aus Marvin spontan heraus.

»Ja. Ach du Scheiße«, wiederholte ich seinen Satz.

»Und jetzt?«

»Ich weiß es ehrlich gesagt nicht. Ohne Sekretärin geht hier gar nichts. Emilia muss bleiben.«

»Alexandra, verabschiede dich von dieser Vorstellung! Emilia wird morgen gehen, so oder so. Du kannst daran nichts ändern. Schau jetzt nach vorne und nicht zurück.«

»Ich kann aber nicht.«

»Es geht hier nicht um können. Du musst!« Er sah mich streng an. »Du bist die Chefin von Maxfield. Die Agentur braucht jetzt deine ganze Unterstützung. Die Mitarbeiter brauchen dich. Greif an, Alexandra! So, wie wir es von dir gewohnt sind.« Na toll, dachte ich im Inneren. So, wie wir es von dir gewohnt sind. Vielleicht wollte ich ja gar nicht mehr die alte Alexandra sein. Sie erinnerte mich so sehr an mein eintöniges Leben der letzten Jahre. Aber ich glaubte, Marvin hatte mal wieder recht. Wir wurden wieder und wieder vom Telefon aus dem Vorzimmer abgelenkt.

»Ich stelle das Telefon jetzt erst mal auf mich um. Ich habe nur heute Mittag um 15 Uhr einen Auswärtstermin, dann müsste ich auf dich umstellen«, sagte Marvin.

»Ok, so machen wir es erst mal und ich überlege mir was. Ich muss dich jetzt leider rauswerfen, Marvin, ich habe in zehn Minuten eine Besprechung.«

Er stand sofort auf und drückte seine Hände zusammen und gab mir somit ein Zeichen, dass wir es schaffen werden. Wie gut, dass er da war. Für 11 Uhr lud ich alle Mitarbeiter zu einer Besprechung ein, um bekannt zu geben, dass uns Emilia verlassen würde. Ich hielt mir die Hände vor das Gesicht. Die Vorstellung, dass sie nicht mehr da sein würde, zerriss mir fast das Herz.

Um die vorübergehende Sekretariatsarbeiten delegieren zu können, forderte ich in der Personalabteilung eine Liste der möglichen Mitarbeiter an. Der Platz konnte ja nicht unbesetzt bleiben.

24. Kapitel

Es war soweit. Ich hatte die schlimmste Besprechung vor mir, an die ich mich die letzten Jahre erinnern konnte. Emilia hatte ich heute Vormittag noch gar nicht gesehen. Ich nahm die Treppe zum Besprechungsraum, um noch etwas mehr Zeit zu haben.

Vor der Tür angekommen, fing ich förmlich an zu zittern und biss mir die ganze Zeit auf der Lippe herum. Mensch, Alexandra, sagte ich mir immer wieder, reiß dich zusammen oder sollen die anderen deine Schwäche bemerken? Ich streckte mich und atmete in gewohnter Weise tief durch, bevor ich die Tür öffnete.

Die Mitarbeiter waren bereits versammelt und ich konnte Emilia auf der rechten Seite sehen. Sie saß mir in der Besprechung somit direkt gegenüber. Das machte es nicht gerade einfacher. Ich versuchte, ruhig zu bleiben. Marvin stand auf und schob mir den Stuhl zurecht. Es wurde ruhig im Raum und alle Blicke waren auf mich gerichtet. Robert war natürlich nicht anwesend, wie fast immer, dafür aber Susan Hauck.

»Guten Morgen meine lieben Mitarbeiterinnen und Mitarbeiter! Wir haben heute nur drei Punkte, die ich Ihnen mitzuteilen habe. Erstens: Mein Mann wird aller Voraussicht nach nur noch sehr selten in der Agentur erscheinen. Es sind daher alle Anliegen ausnahmslos mit mir zu besprechen. Aufgrund der Fülle meiner Besprechungen machen Sie bitte per Mail einen Termin mit mir aus. Zweitens: Frau Cooper ist für die nächsten zwei Wochen krankgeschrieben und wird vermutlich direkt daran eine vierwöchige Kur in Anspruch nehmen. Daher ist das Vorzimmer bis auf Weiteres unbesetzt. Ich arbeite an einer Lösung und gebe Ihnen Bescheid, sobald ich mehr weiß. Bitte  daher auch alle Mails, die Frau Cooper betreffen, direkt an mich weiterleiten.«

Ich spürte einen Stupser in der Seitengegend von Marvin. Emilia schüttelte nur den Kopf und sah mich gleichzeitig besorgt an. Trotzdem versuchte ich weiterhin, die Fassung zu behalten. Ich stockte, sah auf meine Unterschriftmappe, die vor mir auf dem Tisch lag, und spielte mit der Hand die einzelnen Blätter durch. Dann sah ich zu Emilia auf. Sie hatte ihren Blick gesenkt und ihr Gesicht hatte eine leichte Färbung bekommen. Ich stand auf und funktionierte nur noch, wie man es von mir gewohnt war. »Drittens: Frau Maier wird uns verlassen. Aufgrund ihres Resturlaubes und ihrer Überstunden ist bereits morgen ihr letzter Tag in der Agentur. Frau Maier! Ich danke Ihnen sehr, was Sie in der kurzen Zeit für die Agentur Maxfield beigetragen haben. Für Ihre weitere berufliche sowie private Zukunft wünsche ich Ihnen alles erdenklich Gute und ich hoffe, Sie denken auch mal an uns zurück.«

Ihr stiegen Tränen in die Augen, genauso wie mir. Ich bemerkte aus dem Augenwinkel, wie Marvin zu mir aufsah. Er verstand das einfach nicht. Kein Mann versteht so was. »Das wäre dann alles. Vielen Dank für Ihre Aufmerksamkeit! Sie können dann wieder an Ihre Arbeit gehen.« Ohne eine Reaktion abzuwarten, verließ ich in schnellen Schritten den Raum und ging über die Treppe zu meinem Büro zurück. Ich warf die Tür hinter mir zu und lehnte mich dagegen. Ich wusste nicht, wie oft ich das in der letzten Zeit gemacht hatte. Viel zu oft ging es mir schlecht.

Mein elektronischer Terminkalender signalisierte mir eine weitere Besprechung. Ohne durchschnaufen zu können, folgte eine nach der anderen. Ich kam mir wieder vor wie ein Hamster im Laufrad. Erschöpft fuhr ich spät am Abend nach Hause. Als ich am Elbufer vorbeifuhr, sah ich doch tatsächlich Robert mit Susan Arm in Arm. Ich spürte weder Hass noch Trauer. Irgendwie war ich froh, dass ich ihn los war. Zu Hause angekommen, knipste ich die Stehlampe im Wohnzimmer an und machte es mir auf der Couch gemütlich. Ich legte den Arm unter meinen Kopf und starrte gegen die Decke. Immer und immer wieder musste ich darüber nachdenken, dass Emilia morgen die Agentur verlässt und nicht, dass ich eben Robert mit Susan gesehen hatte. Was löste sie in mir aus? Ich verstand mich selbst nicht mehr. Vor lauter Müdigkeit fielen mir die Augen zu.

## 25. Kapitel

Ich blinzelte und musste mich erst mal orientieren. Offenbar war ich doch auf der Couch eingeschlafen, so fertig wie ich gewesen war. Mein Blick auf die Uhr verriet mir, dass es bereits kurz vor sieben war. Nach einer ausgiebigen Dusche suchte ich meine Utensilien zusammen und machte mich wie immer auf den Weg zur Agentur. Ich saß noch eine Zeit lang im Auto und schaute den Mitarbeitern hinterher, die die Agentur betraten. Die meisten waren gut gelaunt und planten wahrscheinlich schon untereinander, wo sie sich heute Abend treffen würden. Sie waren zu beneiden. Schwerfällig stieg ich aus und betrat die Agentur. Im Vorzimmer angekommen, wurde mir erst jetzt wieder bewusst, dass Frau Cooper gar nicht kommen würde. Die Arbeit fing schon an, sich auf ihrem Schreibtisch zu stapeln. Ich atmete einmal tief durch und ging in mein Büro. Als ich auf meinem Stuhl Platz genommen und den Computer hochgefahren hatte, blinkte mir wie wild eine nicht bestätigte Erinnerung für eine Besprechung entgegen. »Ach, du Scheiße!«, entfuhr es mir und ich sprang sofort wieder auf. Ich hatte den Termin um 8:30 Uhr mit den Herren von der Townhouse-Group total vergessen. Ich zog mir wieder meinen Mantel an und eilte zum Fahrstuhl. Die Tür öffnete sich und Marvin kam heraus. »Guten Morgen, Alexandra! Was machst du denn hier? Hast du jetzt nicht einen Termin mit den Herren der Townhouse-Group?«, fragte er verwundert nach.

»Ja, verdammt! Ich habe es total verschwitzt«, entgegnete ich gereizt. »Kannst du bitte das Telefon von Frau Cooper auf dich umstellen?«

»Das geht nicht, ich habe heute selbst viele

Besprechungen.«

»Ok, dann stell bitte das Telefon auf mein Handy um, Marvin.»

»Du hast so viele Mitarbeiter. Warum stellst du es nicht um auf jemand anderen, bis du zu einer Entscheidung gekommen bist?«

»Stell es einfach auf mich um, danke!« Ich ging in den Fahrstuhl und drückte ungeduldig die Erdgeschosstaste. Hitze stieg in mir auf und ich blies mir ein paarmal Luft ins Gesicht. Ich lief so schnell ich konnte zu meinem Auto, als mich die Empfangsdame aufhalten wollte, um mir etwas mitzuteilen. »Ich kann jetzt nicht, ich melde mich bei Ihnen«, rief ich ihr beim Rauslaufen zu.

Natürlich fuhr ich von einem Stau in den nächsten. Ich hätte verzweifeln können, blieb aber trotzdem einigermaßen ruhig. Es war inzwischen Viertel vor neun und ich hasste Unpünktlichkeit. Ich griff zu meinem Handy und wählte die Nummer der Townhouse-Group. Eine freundliche Dame meldete sich.

»Guten Morgen! Hier spricht Alexandra Marquardt von der Agentur Maxfield. Ich habe bereits seit halb neun einen Termin mit Herrn Tomzewski. Leider stehe ich im Stau und verspäte mich daher.« Die Dame auf der anderen Seite klang verwundert und teilte mir mit, dass man den Termin gestern telefonisch absagen wollte, aber aufgrund dessen, dass man niemanden erreicht hätte, eine Mail versandt habe. Ich schloss die Augen und versuchte mir nichts anmerken zu lassen.

»Das muss wohl in meinem Haus untergegangen sein. Entschuldigen Sie bitte! Meldet sich Herr Tomzewski bei mir wegen eines neuen Termins?« Die Dame bestätigte meine Frage.

»Dann machen Sie bitte einen Termin direkt über

meine Mailadresse. Vielen Dank, auf Wiederhören!«
Ich glaubte es nicht. In meiner Agentur ging alles drunter und drüber. Als hätte ich nicht schon genug zu tun, fuhr ich auch noch unnötig in der Gegend herum. Der Tag fing ja gut an. Nachdem sich dann auch der sinnlose Stau aufgelöst hatte, fuhr ich an den Straßenrand und wählte die Nummer von Emilia. Es klingelte genau zweimal.

»Ja, Alexandra?«, hörte ich ihre zuckersüße Stimme.

»Guten Morgen, meine Süße.«

»Wo bist du denn?«, fragte sie neugierig.

»Ich war eigentlich auf dem Weg zur Townhouse-Group, als ich erfahren habe, dass der Termin gestern abgesagt wurde.«

»Scheibenkleister. Und jetzt warst du total unnötig unterwegs gewesen? Wo bist du denn genau?«

»Ich bin kurz vor Blankenese und wollte dich bitten, ob du in meinen Unterlagen die Nummer von Herrn Arnsdorf raussuchen könntest. Ich habe in der Hektik heute Morgen meinen Timer liegen lassen. Vielleicht gibt es eine Möglichkeit, den Termin von heute Nachmittag auf jetzt zu verlegen.«

»Klar, kann ich machen. Ich melde mich gleich wieder bei dir.«

»Du bist ein Schatz, Emi. Danke. Bis gleich.«

Ich lehnte meinen Kopf gegen die Kopfstütze und langsam bekam ich es mit der Angst zu tun, wenn ich daran dachte, was ich mir für die nächste Zeit aufgebürdet hatte.

Mein Blick schweifte über die Elbe, als ein großer Frachter vorbeifuhr. Am liebsten wäre ich jetzt aufgesprungen und einfach abgehauen. Alles hinter mir lassen. Meine Gedanken wurden durch das Klingeln meines Handys unterbrochen.

»Hey! Also, du kannst direkt dort hinfahren. Die Sekretärin hat den Termin auf 10 Uhr verlegt«, sagte Emi, als ich den Anruf entgegennahm.

»Wie soll das bloß ohne dich weitergehen, Emi? Merkst du denn nicht, dass das hier ohne dich nicht funktioniert? Ich brauche dich!« Ich schloss die Augen und konzentrierte mich darauf, was sie jetzt wohl sagen würde. Zu meiner Enttäuschung kam leider nicht viel.

»Fahr zu deinem Termin und bitte ... fahr vorsichtig.«

»Emi, ich ...« – sie unterbrach mich.

»Nein, versuch bitte nicht, mich umzustimmen. Mein Entschluss steht fest.«

Dann legte sie einfach auf und ich blieb auf der Straße zurück. Unzählige Fahrzeuge fuhren an mir vorbei. Ich verstand die Welt nicht mehr. Ich verstand sie einfach nicht mehr. Tief in mir drin wollte ich diese Freundschaft. Ich dachte, vielleicht sollte ich das Experiment wagen – einfach etwas zusammen unternehmen zu können, ohne sich groß erklären zu müssen. Das ist es doch, was eine wahre Freundschaft ausmacht. Wenn sie jetzt allerdings die Agentur verlassen würde, würde es schwierig werden, den Kontakt zu halten, geschweige denn zu verstärken. Um nicht auch noch zum nächsten Termin zu spät zu kommen, unterbrach ich meine Gedanken und fuhr weiter zu meinem Steuerberater und konnte dort pünktlich den von Emilia verlegten Termin wahrnehmen. Wegen des Durcheinanders am Morgen stand ich etwas neben mir und als ich in mein Büro kam, stapelten sich nicht nur die Unterschriftmappen auf meinem Schreibtisch, sondern auch bereits auf dem Besprechungstisch. Ich wollte eigentlich etwas essen, aber mir blieb einfach keine Zeit dafür. Marvin musste mir helfen. Ich wählte die Kurzwahltaste und hatte ihn sofort an der Strippe.

»Hey, Marvin. Kannst du mir heute Nachmittag aushelfen oder bist du selbst auf einem Termin?«, fragte ich erwartungsvoll. Nachdem er seinen Kalender durchgesehen hatte, konnte er mir zusichern, meinen 16 Uhr-Termin zu übernehmen.

»Danke, Marvin Du hilfst mir wirklich sehr damit. Und, wenn du möchtest, dann können wir heute Abend mal wieder Essen gehen.« Er stimmte natürlich sofort zu. Der 14 Uhr Termin hatte es wirklich in sich. Die vier Herren der Münchener Firma Shape Drive nahmen mich gewaltig in die Mangel. Robert hatte mit ihnen vor einigen Monaten einen Werbeetat ausgearbeitet und tatsächlich unter unserer Ertragsuntergrenze den Auftrag zugesagt. Zwar bisher nur mündlich, aber, aufgrund unserer bisherigen guten Geschäftsverbindung zu dem weltweit führenden Hersteller für Komponenten und Systeme im Bereich der 3D-Koordinationsmesstechnik für industrielle, medizinische und wissenschaftliche Applikationen wäre es zu einem Eklat gekommen, wenn ich Roberts mündliche Zusage revidiert hätte. Somit musste ich auch das wieder übernehmen. Es wurde 15 Uhr, es wurde 16 Uhr und ein Ende war nicht in Sicht. Mir qualmte der Kopf, als es plötzlich an meiner Tür klopfte.

»Entschuldigen Sie bitte, meinen Herren. Herein!«, rief ich gereizt Richtung Tür. Zaghaft wurde sie geöffnet und Emilia erschien.

»Entschuldigung, ich müsste Sie ganz kurz sprechen, Frau Marquardt«, sagte sie vorsichtig. Ich stockte zunächst und atmete dann tief durch. War es jetzt soweit? Wollte sie sich jetzt wirklich von mir verabschieden? Mein Herz schlug mir bis zum Hals.

»Entschuldigen Sie mich bitte einen Moment!« Ich stand auf, folge Emilia zur Tür und schloss diese hinter mir. Emilia ging in die Mitte des Raumes und drehte sich zu mir um. »Ich wollte dir nur tschüss sagen, Alexandra.« Ich verspürte einen starken Schmerz in der Magengegend und rang um Fassung.

»Das meinst du jetzt nicht wirklich, Emilia. Bedeute ich dir denn gar nichts?«, fragte ich leise. Ich blinzelte, um meine Tränen zu unterdrücken, und sah sie eindringlich an. Sie erwiderte meinen Blick. »Es wird sich zwischen uns nichts ändern, wenn ich bleibe. Es ist besser, wenn ich gehe.« Ich sah sie mit offenem Mund an und mir fehlten zum ersten Mal die Worte. Sie ging auf mich zu und unsere Blicke lösten sich nicht voneinander. »Tschüss«, wiederholte sie sich. Mir lief eine Träne nach der anderen über das Gesicht. Auch sie hatte sich nicht mehr unter Kontrolle. Wie aus einem Reflex fielen wir uns plötzlich in die Arme. Ich zog sie nach oben und drückte sie so fest, dass sie eigentlich gar keine Luft mehr bekommen konnte. Aber sie ließ es über sich ergehen und drückte mich auch ganz fest an sich. Ich spürte, wie sie zitterte.

»Lass mich gehen! Wir machen alles nur noch schlimmer, wenn wir uns jetzt nicht voneinander lösen. Du hast einfach keine Zeit für eine Freundin wie mich.« Ich nahm ihr Gesicht in meine Hände und gab ihr einen Kuss auf die Stirn.

»Pass auf dich auf, meine Süße und wenn irgendetwas ist, meldest du dich bitte bei mir. Ich bin Tag und Nacht für dich da. Versprichst du mir das?« Sie nickte stumm und nahm mich wieder in den Arm. Dann befreite sie sich aus der Umarmung und wollte sich zur Tür umdrehen, als ich sie an der Hand festhielt.

»Meldest du dich?«, musste ich noch mal nachfragen aus lauter Angst, ich würde sie ganz verlieren. Sie blickte zu Boden, entzog mir ihre Hand und lief zur Tür hinaus. Ich hatte plötzlich ein beklemmendes Gefühl im Brustkorb und holte daher mehrmals tief Luft. Vor Angst zu ersticken, drückte ich mir ständig mit den Händen gegen den Brustkorb. Ich stampfte vor lauter Verzweiflung mit dem Fuß auf den Boden, als Marvin an der Tür zum Vorzimmer vorbeilief. »Was ist mir dir?«, fragte er panisch.

Ich rang immer noch um Fassung. Um nicht zu ersticken, versuchte ich, mehr Luft durch die Nase einzuatmen. Er kam auf mich zu und umfasste meine Handgelenke. Ich legte meinen Kopf auf meine Arme, um mein Gesicht verdecken zu können.

»Frau Marquardt? Können wir dann wieder?«, hörte ich eine Stimme hinter mir. Ich erschrak. Scheiße, meine Besprechung!

»Ja, ich bin sofort wieder bei Ihnen. Einen Moment noch bitte.«

Von der Seite konnte ich sehen, dass Herr Dönter von der Münchener Firma wieder in mein Büro ging. Ich sah Marvin an und wischte mir die Tränen aus dem Gesicht. »Was ist denn hier los?«, wiederholte er sich.

»Emilia ist eben gegangen«, sagte ich knapp mit zitternder Stimme. »Und das hat dich jetzt so aus der Fassung gebracht?«

»Marvin! Bitte! Lass mich einfach in Ruhe! Ich muss wieder in die Besprechung.«

»Du spinnst. Hast du schon gesehen, wie verheult du aussiehst? Du gehst jetzt nirgends mehr hin, sondern nach Hause und ich übernehme die Besprechung. Und morgen ist auch der Sekretärinnenposten geklärt. Das geht so nicht weiter«, sagte er streng.

Ich nickte ohne jeden Kommentar. Marvin holte mir noch meine Tasche sowie meinen Mantel aus dem Büro und ich verließ die Agentur zum Hinterausgang.

Wie ich nach Hause gekommen war, wusste ich nicht mehr. Ich ging direkt ins Wohnzimmer und legte mich auf die Couch. Den ganzen Tag hatte ich nichts gegessen und wenn ich jetzt an Essen dachte, wurde mir schlecht. Das Abendessen mit Marvin hatte sich dann wohl auch erledigt. Ich ging davon aus, dass ihm das bereits bewusst war nach meiner Entgleisung im Büro. Als ich zwei Stunden auf der Couch gelegen hatte, klingelte es an der Haustür. Ich stand auf und schlich kraftlos zur Tür. Durch den Spion konnte ich Marvin erkennen. Ich öffnete und sah ihn dankbar an. Er war immer da, wenn man ihn brauchte. »Hey! Darf ich reinkommen?« Ich trat einen Schritt zur Seite, um ihm den Weg freizumachen. Wir gingen ins Wohnzimmer und setzten uns auf die Couch.

»Wie fühlst du dich?«, fragte er sichtlich besorgt. Ich schüttelte den Kopf, weil ich einfach nicht darüber sprechen konnte, ohne wieder die Kontrolle zu verlieren.

»Ich habe nachgedacht«, sagte ich besonnen.

»Und, was ist dabei rausgekommen?«

»Ich hatte eigentlich Frau Schön darum gebeten, mir bis heute Mittag eine Aufstellung zu übergeben für die möglichen Kandidaten für den Sekretärinnenposten. Sie hat mir die Aufstellung nicht zukommen lassen«, sagte ich mit hochgezogenen Augenbrauen. »Aber ich rege mich darüber jetzt nicht auf. Mir wird leider nichts anderes übrigbleiben, als Susan vorübergehend als Sekretärin einzustellen, der Agentur wegen. Sonst nichts. Sie ist von allen am längsten dabei und bringt die nötige Erfahrung mit. Robert wird jetzt auch eingespannt, da ich seine Unverschämtheiten nicht länger dulden werde. Ich habe Pläne und die werde ich umsetzen.« Marvin lächelte mich an und legte seinen Arm um meine Schulter. »So kenne ich meine Alexandra. Du schaffst das. Ich glaube an dich und an den Erfolg der Agentur Maxfield.«

»Glas Wein?«, sah ich ihn mit zwinkernden Augen an. Er nickte zufrieden. Ich ging in die Küche, um den gekühlten Pinot Grigio zu holen. Dass ich wegen Emilia verzweifelt war, erschien mir jetzt kein günstiger Zeitpunkt, um mit Marvin darüber zu reden. Ich würde ihr die Zeit geben, die sie braucht. Aber eben nur eine gewisse Zeit. Ich wollte und ich konnte ohne sie nicht mehr sein.

26. Kapitel

Nach einer kurzen Nacht versuchte ich in gewohnter, professioneller Art meinen Tag zu gestalten. Ich stand pünktlich auf, verbrachte mindestens 15 Minuten unter der heißen Dusche und band mir heute mal wieder einen Pferdeschwanz. Ein bisschen Rouge auf die Wangen, Kajalstift unter den Augen und einen dezenten Lippenstift ließen mich frisch und voller Tatendrang im Spiegel erscheinen. Ich lächelte mich seit Langem selbst mal wieder an.

Du schaffst das, Alexandra, sagte ich immer und immer wieder zu mir selbst. In der Küche machte ich mir noch schnell einen Latte Karamell und schnappte mir danach meine Tasche, mein Handy und meinen Mantel. Als ich die Haustür aufmachte, musste ich feststellen, dass es mittlerweile ganz schön kalt geworden war. Schnell griff ich noch von der Garderobe meinen Schal und ging mit großen Schritten zu meinem Audi. Unterwegs spürte ich am Lenkrad den starken Wind, der um das Auto wehte. Es war also der Herbst eingekehrt. Ich mochte die kalte Jahreszeit. Alles erschien so geheimnisvoll.

Als ich auf dem Parkplatz der Agentur angekommen war, blieb ich erst noch sitzen und holte mein Handy raus. Kein Anruf, keine Nachricht. Nichts. Kein Zeichen von Emilia. Sie war zwar erst gestern gegangen, aber sie fehlte mir jetzt schon schrecklich. Wir haben zwar nicht wirklich viel Zeit miteinander verbracht, aber zu wissen, dass sie in meiner unmittelbaren Umgebung war, beruhigte mich irgendwie. Um die Gedanken beiseite zu schieben, holte ich tief Luft, nahm meine Tasche und ging hinein. Auf direktem Weg fuhr ich mit dem Fahrstuhl in den vierten Stock zu meinem Büro. Bereits im Vorzimmer musste ich der Wahrheit ins Auge sehen. Die Arbeit stapelte sich bis unter die Decke und das Telefon klingelte Sturm. Ich versuchte, so gelassen wie möglich zu bleiben. Nachdem ich meinen Computer hochgefahren hatte, konnte ich sehen, dass sich Susan schon angemeldet hatte. Es blieb mir leider keine andere Wahl, ich musste zu ihr gehen. Zielstrebig ging ich an den Bürotüren vorbei, bis ich an der Zimmertür von Susan und Anja angekommen war. Ich klopfte kurz und trat ein. »Guten Morgen zusammen«, sagte ich mit rauem Ton.

»Guten Morgen, Frau Marquardt.« Ich ging direkt zu Susan und konnte spüren, dass sie wohl mit dem Schlimmsten rechnete. Mit strengem Blick sah ich sie an. »Wie Sie wissen, fällt Frau Cooper für die nächsten Wochen aus und das Vorzimmer ist daher unbesetzt. Da sich bereits die Arbeit stapelt, möchte ich Sie bitten, vorübergehend die Sekretariatsarbeiten zu übernehmen.«

Sie sah mich mit großen Augen an und konnte nicht verbergen, dass sie damit nicht gerechnet hatte. Vielleicht hatte Robert ihr bereits alles gesagt.

»Ok«, sagte sie knapp.

»Gut«, gab ich ebenfalls knapp zurück. »Dann erwarte ich Sie jetzt im Vorzimmer. Es gibt viel zu tun.«

»Und was ist mit der Arbeit von Susan?«, rief Anja aufgebracht.

»Soweit möglich übernehmen Sie das. Wenn Sie Hilfe benötigen, wenden Sie sich bitte an Ihre Leiterin. Schönen Tag noch.« Ich drehte mich um und verschwand in Richtung meines Büros. Jetzt hatte ich doch tatsächlich diese Person direkt vor meiner Nase sitzen. Wenn die auch nur den kleinsten Fehler beging, würde ich ihr das Leben zur Hölle machen. Darauf konnte sie sich verlassen. Ich setzte mich an meinen Schreibtisch, machte mich über die liegen gebliebenen Akten her und las den Bericht der gestrigen Besprechung der Townhouse-Group, die Marvin zum Schluss übernommen hatte. Da ich die Tür zum Vorzimmer nicht geschlossen hatte, konnte ich sehen, wie sich Susan bereits an ihrem Schreibtisch einrichtete.

Hoffentlich hatte sie auch noch die Arbeit im Auge, die sich vor ihr immer mehr ausbreitete. Mein Blick aus dem Fenster zeigte mir die ersten dicken Regenwolken über Hamburg. Regen und Sturm waren jetzt an der Tagesordnung. Ich versuchte, mich wieder auf die Arbeit zu konzentrieren, beantwortete Mails, führte Telefonate und unterschrieb die Korrespondenz. Plötzlich hörte ich Robert im Vorzimmer, der mit Susan so leise sprach, dass ich kein Wort verstand. Da ich diese Liebelei hier nicht dulden wollte, stand ich auf und ging zu den beiden.

»Robert! Kann ich dir irgendwie helfen?«

»Alexandra! Ich grüße dich. Gut siehst du aus«, sagte er etwas verwundert.

»Lass das«, gab ich genervt zurück. »Hast du einen Moment?« Er nickte, folgte mir in mein Büro und ich schloss die Tür hinter ihm. Bevor er sich auf einen der Stühle an meinem Schreibtisch setzte, sah er mich kurz an. »Schön, dass du vernünftig geworden bist! Es ist ja schließlich zum Wohle der Agentur«, setzte er noch nach.

Ich stand an der Fensterfront und machte auch keine Anstalten mich dort wegzubewegen. Ich wäre wohl übergeschäumt, wenn ich jetzt in sein Gesicht hätte schauen müssen. »Die Tage von deiner Susan sind gezählt, Robert, glaub es mir. Es geschieht nur zum Wohle der Agentur, wie du bereits richtig festgestellt hast. Damit kommen wir auch zu einem weiteren Punkt. Ich möchte, dass du ab sofort regelmäßig in der Agentur erscheinst und deinen Pflichten nachgehst. Die Korrespondenz der Mitarbeiter läuft ausnahmslos über meinen Schreibtisch.«

»Was soll das, Alexandra? Willst du mich vor der Belegschaft lächerlich machen?«

»Das hast du bereits selbst getan. Dem gibt es nichts mehr hinzuzufügen. Außerdem möchte ich, dass du mich bei allen wichtigen Terminen begleitest, um über alles informiert zu sein. Genauso ist dein Erscheinen auf unserem wöchentlichen Meeting unabdingbar.«

»Noch was?«, fragte er nach.

»Werde jetzt nicht noch unverschämt!«, gab ich zornig zurück. »Wenn dir das hier alles nicht passt, dann wird es das Beste sein, wenn wir uns auch geschäftlich trennen.«

»Und, wie soll das deiner Meinung nach aussehen?«, fragte er.

»Wie soll das schon aussehen. Du verkaufst mir deine Anteile der Agentur, so einfach ist das.« Er sah mich an, schluckte kurz und stand auf.

»Unsere Anwälte machen den Vertrag fertig. Dann sind wir auch geschäftlich keine Partner mehr«, sagte er kurzentschlossen. Gedanklich machte ich bereits die Siegesfaust. Ich wusste es. Er war so stinkend faul, dass er doch tatsächlich seine Anteile an mich verkaufen würde.

»Ok, sag mir einfach Bescheid, wenn der Vertrag unterschriftsreif ist!« Dass ich ihn so schnell von der Klippe stürzen würde, damit hatte er nicht gerechnet. Kopfschüttelnd ging er zur Tür. »Robert?« Er blieb stehen und drehte sich zu mir um. »Die Schlüssel vom

Haus auf Föhr hätte ich jetzt noch gerne.«

»Ja, die bekommst du schon noch«, gab er genervt zurück. Dann verließ er den Raum. Ich konnte einfach nicht anders, aber ich musste in dem Moment laut loslachen. Ich hatte es tatsächlich geschafft. Bald war ich alleinige Inhaberin der Werbeagentur Maxfield. Ich wählte mit der Kurzwahltaste die Nummer von Marvin.

»Hey, kannst du kurz vorbeikommen?« Er sagte zu und keine fünf Minuten später klopfte es an meiner Tür. »Hey, Alexandra, jetzt hast du mich aber echt neugierig gemacht«, rief er mir bereits zu, als er in mein Büro trat.

»Ja, es ist etwas passiert«, gab ich freudestrahlend zurück. »Na, das muss ja sehr einschneidend sein, wenn du so strahlst.«

Ich stellte mich ganz dicht vor ihn und funkelte ihn an. »Vor dir steht die demnächst alleinige Inhaberin der Werbeagentur Maxfield.« Ich stützte meine Hände in die Hüfte und sah ihn erwartungsvoll an.

»Hä, wie bitte? Wie denn das?«

»Na, wie schon? Ich kaufe Robert seine Anteile ab«, sagte ich gelassen.

»Du machst was?«, fragte Marvin entsetzt.

»Also etwas mehr Freude hätte ich mir schon von dir gewünscht«, gab ich geknickt zurück.

»Versteh mich bitte nicht falsch, aber ich bin schon etwas überrascht über diese Wendung.«

»Warum? Weil ich wieder die professionelle und starke Alexandra bin, wie du sie immer willst?«

»Nein, das ist es nicht. Ich habe dich nur schon lange nicht mehr so stark gesehen und dass ausgerechnet einen Tag nach dem Weggang von Emilia.« Er sah mich zögernd an und ich entzog mich ihm.

»Musst du das Thema jetzt anschneiden, Marvin?«
»Ja, entschuldige bitte.«

Er sah mich eindringlich an, aber ich wich seinem Blick aus. »Lass uns heute Abend Essen gehen, ok?«, schlug Marvin vor. Ich nickte und er verabschiedete sich in sein nächstes Meeting.

Ich setzte mich wieder an meinen Schreibtisch, um meine Mails weiter zu bearbeiten, als mir auffiel, dass ich noch die nächsten Termine mit Susan besprechen musste. Ich stand auf und ging zum Vorzimmer. Mit großen Augen musste ich feststellen, dass Susan bereits die Hälfte der anfallenden Arbeit bewältigt hatte oder zumindest geordnet. Als sie mich reinkommen hörte, drehte sie sich direkt zu mir um. »Ja, Frau Marquardt, kann ich etwas für Sie tun?«, fragte sie freundlich.

»Ich möchte gerne die Termine für die nächste Woche mit Ihnen abstimmen, kommen Sie bitte in mein Büro. Also, Frau Maier hat es so gehandhabt, dass sie mir am Tag zwischen den einzelnen Terminen auch freie Zeiten eingeräumt hat«, sagte ich mit bestimmtem Ton.

»Was hat denn Frau Maier damit zu tun? Frau Cooper ist doch Ihre Sekretärin«, gab Susan irritiert zurück.

»Das steht hier nicht zur Debatte, Susan! Ich möchte einfach, dass Sie das in der Terminplanung berücksichtigen. Haben Sie das verstanden?«, fragte ich gereizt. Sie nickte und zückte ihren Stift.

Nachdem wir alle Termine besprochen hatten, machte sich Susan über die weitere Arbeit her und ich ging zu meiner Besprechung, die ich unter anderem mit Marvin hatte. Der Präsident und die Geschäftsführung der Internationalen Autoausstellung von

Frankfurt, kurz gesagt, die IAA, waren heute zur abschließenden Besprechung im Haus. Sie hatten unseren Full-Service gebucht. Vom Texter über den Werbedesigner, Grafiker und Optimierer wurde alles ausgeschöpft. Sogar die Firmenwagen sollten mit einem von uns entworfenen Logo beklebt werden. Ein riesen Auftrag, der es wirklich in sich hatte.

Am Abend fuhr ich vollkommen erschlagen nach Hause, um mich für das gemeinsame Abendessen mit Marvin frisch zu machen. Ich war so froh, dass dieser Tag endlich mal wieder von Erfolg gekrönt war.

Mein Blick auf mein Handy verriet mir schmerzlich, dass ich keine Nachricht von Emilia erhalten hatte. Dann klingelte Marvin an der Haustür. Nach einer kurzen Autofahrt ließen wir uns im Restaurant *Seehof* vom Kellner ein Glas Champagner bringen und stießen auf meinen erfolgreichen Tag an. Ich stellte mein Glas ab und wischte den Lippenstift weg, während ich Marvin ansah.

»Was ist?«, fragte er schmunzelnd.

»Ich habe Pläne, Marvin. Und du spielst darin auch eine Rolle«, sagte ich geheimnisvoll. Er zog die Augenbrauen hoch und sah mich erwartungsvoll an. Wir sahen uns tief in die Augen und ich nahm meinen ganzen Mut zusammen. »Es ist dir ja nicht entgangen, dass ich Emilia sehr mag. Sie liegt mir wirklich sehr am Herzen und ich möchte nicht mehr auf sie verzichten.«

»Sie ist weg, und sie wird mit Sicherheit nicht mehr zurückkommen«, entgegnete Marvin.

»Darüber ist noch nicht das letzte Wort gesprochen, Marvin.« Er richtete sich auf und strich beim Zurücklehnen die Tischdecke glatt. Sein Blick zeigte mir, dass er mit mir über dieses Thema nicht sprechen wollte.

»Willst du jetzt mit ihr was anfangen, bloß weil du von der Männerwelt enttäuscht bist, oder was?«, fragte er irritiert nach.

»Spinnst du? Nur weil sie mir wichtig ist, muss ich doch nicht etwas mit ihr anfangen wollen«, gab ich erbost zurück. »Hast du schon mal was von Frauenfreundschaft gehört? Das ist viel mehr als nur eine einfache Freundschaft. Das bedeutet zuhören, über alles reden zu können, sich einander zu vertrauen, mit dem anderen durch dick und dünn zu gehen. Das könnt ihr Männer doch überhaupt nicht.«

Ich war gereizt und der Abend hatte einen bitteren Beigeschmack bekommen. Er verschränkte die Arme und sah mich zornig an. »Du hast Emilia doch angeschleppt!«, ergänzte ich. »Sie ist für mich wie eine Tochter. Sie hat mir die letzten Monate so viel gegeben, indem sie einfach nur da war. Vielleicht wäre ich heute gar nicht mehr hier, wenn es sie nicht gegeben hätte.« Marvin runzelte die Stirn und stellte sein Weinglas ab.

»Wenn du das so siehst, dann habe ich wohl etwas falsch gemacht.«

Bevor ich es richtig vernehmen konnte, warf Marvin seine Serviette auf den Tisch und stand auf. »Was machst du?«, fragte ich irritiert nach.

»Ich glaube, ich bin nicht der richtige Gesprächspartner für so etwas. Ich wünsche dir noch einen schönen Abend.« Mir blieb der Mund offen stehen und ich konnte Marvin nur noch von hinten sehen. Enttäuscht lehnte ich mich auf meinem Stuhl zurück und schnaufte durch. Das war es, was mich an Männern so störte. Mit ihnen konnte man über nichts reden! Aber wirklich über gar nichts! Ich stand ebenfalls auf und gab dem Kellner mit einer Handbewegung zu verstehen, dass er es auf die Rechnung schreiben sollte und verließ das Restaurant.

In der Zeit, in der ich auf mein Taxi wartete, ließ ich unser Gespräch nochmal Revue passieren. Natürlich wusste ich, dass ich Marvin viel zu verdanken hatte. Schließlich war er es, der mich immer und immer wieder aufgefangen hatte und zum Dank hatte ich ihm von Emilia vorgeschwärmt. Über unsere gemeinsame Nacht in Hannover hatten wir bis heute nicht gesprochen. Ich wusste überhaupt nicht, was er darüber dachte. Allerdings hatte ich immer öfter das Gefühl, dass er mehr wollte und ich hatte absichtlich so getan, als würde ich es nicht merken. Ob unsere Freundschaft das aushalten würde? Er war mir so unheimlich wichtig und ja, ich musste es mir eingestehen, er bedeutete mir auch sehr viel.

Ich verdrängte die Gedanken, wechselte die Straßenseite und stieg ins Taxi, das in der Zwischenzeit das Restaurant erreicht hatte.

## 27. Kapitel

Mehrere Wochen zogen durchs Land und ich arbeitete wie eine Blöde. Marvin ging mir größtenteils aus dem Weg und ließ sich meistens nur in den gemeinsamen Besprechungen auf eine Unterredung mit mir ein.

Susan arbeitete gewissenhaft und auch die Terminvergabe verlief meistens unproblematisch. Sie brauchte wohl, im Gegensatz zu Robert, ihre Arbeit. Vermutlich weil sie niemanden hatte, der ihr das Geld hinterhertragen würde. Auch die anderen Mitarbeiter trugen zum weiteren Erfolg der Agentur bei. Viele von ihnen machten Überstunden, um unsere Zielvorgaben in greifbare Nähe rücken zu lassen. Frau Cooper hatte ihre Kur angetreten, um nicht wieder einen Rückfall zu erleiden. Irgendwie konnte ich sie mittlerweile verstehen. Noch in Gedanken vertieft, klopfte es an meiner Bürotür.

»Herein!«

»Hallo, Alexandra! Kann ich reinkommen?«, stand Robert fragend in der Tür.

»Klar!«, forderte ich ihn auf. Mit einer Handbewegung deutete ich ihm an Platz zu nehmen.

»Ich habe den Vertrag unserer Anwälte dabei wegen des Verkaufs meiner Anteile«, sagte er ruhig.

»Ja, Rechtsanwalt Schuler hatte mir bereits einen Vertragsentwurf zu kommen lassen. Ich bin mit dem Inhalt einverstanden. Wenn du willst, kann ich gleich unterschreiben«, entgegnete ich.

Er reichte mir den Vertrag über den Schreibtisch und nachdem ich die Erläuterungen noch mal überflogen hatte, unterzeichnete ich kurzerhand. »Das war`s dann, Robert. Noch etwas?«, fragte ich bemüht höflich.

Er kramte in seiner Jackentasche und legte mir den Schlüssel von Föhr auf einen Aktenordner, den ich vor mir liegen hatte. »Danke!«, sagte ich knapp.

Er stand auf und ohne ein weiteres Wort verließ er mein Büro. Ich blickte auf die Elbe hinaus und war irgendwie erleichtert. Jetzt war ich alleinige Inhaberin der Werbeagentur Maxfield. Ich sollte die Presse informieren, dachte ich schmunzelnd.

Es klopfte erneut an der Tür und Marvin kam herein. Ich stand auf und lief ihm entgegen. Da ich mich so freute, wollte ich ihn direkt in den Arm nehmen, aber er drückte mich von sich weg. »Marvin, bitte. Jetzt lass uns doch diesen blöden Streit vergessen!«

»Deshalb bin ich ja auch gekommen. Du machst das ja nicht«, sagte er vorwurfsvoll.

»Nimm Platz, Marvin! Es tut mir wirklich leid, wie der Abend geendet ist, aber ich hatte einfach Recht und das musst du jetzt auch mal zugeben. Auch, wenn es dir schwerfällt.«

Er sah mich an und stützte sein Kinn auf seiner Hand ab. »Hey? Beste Freunde für`s Leben?«, fragte ich vorsichtig und streckte ihm meine Hand entgegen. Er lächelte.

»Ja, beste Freunde für`s Leben. Du hast mal wieder gewonnen«, gab er kleinlaut zurück.

»Ja! Erfolg auf ganzer Linie!«, sagte ich lachend mit einer Faust zur Decke gerichtet. »Da du jetzt schon mal hier bist, möchte ich auch gleich etwas mit dir besprechen.«

»Ok, was gibt es?«

»Robert war eben da und ich habe den Vertrag zum Kauf seiner Anteile unterschrieben.«

»Gratuliere, Alexandra. Und, was habe ich damit zu tun?«, fragte er interessiert.

»Die Agentur läuft mittlerweile sehr gut, die Mitarbeiter kennen ihren Platz, Susan erledigt ihre Aufgaben zu meiner Zufriedenheit und Robert bin ich ein für alle Mal los. Na ja gut, bis auf die bevorstehende Scheidung.«

»Und?«, fragte er. Ich stand auf, stellte mich seitlich zum Fenster und verschränkte meine Hände auf dem Rücken.

»Ich möchte, dass du stellvertretender Geschäftsführer in meiner Agentur wirst.«

»Bitte, was soll ich?«, fragte Marvin mit hochgezogenen Augenbrauen und sprang von seinem Stuhl auf. Er lief zu mir um den Schreibtisch und stand irritiert vor mir. »Ich verstehe nicht, Alexandra!«

»Was versteht man denn daran nicht«, funkelte ich ihn an.

»Stellvertretender Geschäftsführer von Maxfield? Wie geil ist das denn bitte?« Marvin war außer sich und hielt mich an meinen Schultern fest. »Hast du dir das auch gut überlegt?«, fragte er grinsend und ungläubig nach.

»Ich habe Pläne, Marvin.« Erschrocken sah er mich an und die Leichtigkeit in seinem Gesicht verschwand.

»Was für Pläne?« Ich löste mich von ihm, ging um den Schreibtisch zur Wand und lehnte mich an.

»Ich will nach Föhr. Ich bekomme hier keine Luft mehr. Die letzten Wochen habe ich nicht ohne Grund bis in die Nacht gearbeitet. Die letzten Monate waren so einschneidend in meinem Leben, privat wie beruflich. Ich brauche einfach mal eine Auszeit.«

»Ist es auch wegen Emilia?«, hakte er vorsichtig nach. Ich nickte und meine Augen füllten sich mit Tränen.

»Ich habe seit Wochen nichts mehr von ihr gehört«,

flüsterte ich.

»Komm mal her!«, forderte er mich auf und nahm mich in den Arm. Seine streichende Handbewegung auf meinem Rücken tat richtig gut. »Und, wann willst du Übergabe machen und mich hier alleine zurücklassen?« Wir mussten beide lachen.

»Ein, zwei Wochen haben Sie noch Schonfrist, Herr Hover.« Nachdem wir uns noch mal in den Arm genommen hatten, musste Marvin auch schon wieder weiter. Das nächste Meeting rief. Davon würde er später mehr als genug haben. Aber ich war überzeugt, er war genau der Richtige dafür. Auf ihn konnte ich mich verlassen und von Föhr aus würde ich auch einen Blick auf die Agentur werfen können. Alle Fäden gab ich natürlich nicht aus der Hand.

Ich nahm wieder am Schreibtisch Platz, als es erneut an der Tür klopfte. Es war Susan, die mit einem Briefumschlag zu mir lief, der an mich persönlich adressiert war. Ein Absender war nicht zu erkennen. Ich stand auf und lehnte mich an die Fensterscheibe. Vorsichtig öffnete ich den Brief und faltete das Papier auseinander:

*Liebe Alexandra,*

*du wunderst dich bestimmt, dass ich mich so lange nicht bei dir gemeldet habe, aber ich habe diesen Schritt ganz bewusst gewählt. Ich habe mir die Entscheidung, bei dir zu kündigen, nicht leicht gemacht, das weißt du. Aber du hast die letzten Monate bei mir so viel ausgelöst. Du warst es, die mich zum Lachen gebracht hat, du hast mir die schönen Seiten des Lebens aufgezeigt, mir zu verstehen gegeben, dass ich es Wert bin am Leben zu sein. Du hast mir, im wahrsten Sinne des Wortes, die Sterne vom Himmel geholt, auch, wenn du es vielleicht gar nicht mitbekommen hast. Ich habe mich in deiner Gegenwart so sehr wohlgefühlt, dass mir das schon Angst eingejagt hat. Du bist ein wunderbarer Mensch und es zerreißt mir das Herz, dass du immer von einem Termin zum anderen gehetzt wirst und alles mit dir alleine ausmachst. Ja, ich vermisse dich. Ich vermisse dich unendlich, aber es ist besser so, dass ich gegangen bin, weil ich mehr wollte. Ich wollte dich für mich ganz alleine und da musste ich mir eingestehen, ich werde Alexandra Marquardt nie für mich alleine haben.*

*Versteh mich bitte nicht falsch. Ich will einfach nur jemanden, der mir zuhört und mich vor allem versteht, der für mich bedingungslos da ist. Du bist für mich beste Freundin, Schwester und Mama in einem. Nur du weißt, was ich wirklich brauche. Du bist es, die nicht nur hört, was ich sage, sondern auch versteht, was ich meine. Ich hoffe, dass du auch an mich denkst und vielleicht bekommen wir irgendwann die Chance zueinanderzufinden, aber heute ist es nicht der richtige Zeitpunkt. Ich hab dich unendlich lieb und ich danke Marvin, dass ich dich kennen lernen durfte.*

*Deine Emilia*

Ich ließ mich auf meinen Stuhl fallen und wischte mir die Tränen aus dem Gesicht. Aus lauter Verzweiflung griff ich nach meinem Handy und wählte Emilias Nummer. Es klingelte zwei Mal, bis das Gespräch weggedrückt wurde. Enttäuscht legte ich mein Handy zur Seite und faltete ihren Brief vorsichtig wie einen Schatz zusammen, als ich auf der Rückseite ihre Handschrift bemerkte.

*UND JETZT VERSUCHE BLOSS NICHT MICH ANZURUFEN, DU WIRST MICH NICHT UMSTIMMEN KÖNNEN!*

Sie hatte an alles gedacht. Ich ließ meinen Kopf auf den Schreibtisch fallen und vergrub mein Gesicht in meinen Armen.

Ich vermisste sie auch so sehr. Seitdem sie nicht

mehr in der Agentur arbeitete, hatte ich das Gefühl, wieder nur meine Arbeit zu kennen. Unser Gespräch über die Abtreibung tat mir im Nachhinein so gut, weil ich diesen Fehltritt endlich jemandem hatte erzählen können. Mein größtes Geheimnis hatte ich ihr anvertraut und ausgerechnet auf sie sollte ich jetzt verzichten? Ich konnte den Gedanken nicht ertragen.

## 28. Kapitel

Die letzten zwei Wochen, in denen ich mit Marvin die Übergabe besprochen und wir alle Formalitäten erledigt hatten, gingen wie im Fluge vorbei. Ich hatte gemischte Gefühle. Einerseits freute ich mich riesig auf Föhr und die damit verbundene Auszeit, andererseits machte ich mir schon etwas Gedanken um meine Agentur. Ich hatte sie noch nie anderen überlassen. Eigentlich war es Blödsinn so zu denken. Mit Marvin als stellvertretenden Geschäftsführer konnte ich mir keine bessere Vertretung vorstellen. Im Büro angekommen, setzte ich mich an meinen Schreibtisch und starrte auf meinen Computer. Mein Leben veränderte sich gerade total. Nichts war mehr so, wie es gewesen war. Aber es war gut so. Mein Blick wanderte zu meiner geliebten Elbe. Ich fühlte mich plötzlich so leicht und gleichzeitig war ich unendlich traurig, dass Emilia nicht bei mir war. Wie würde es mit uns wohl weitergehen? Würde es überhaupt mit uns weitergehen? Wann würde ich sie wiedersehen? Brauchte sie mich denn nicht so sehr wie ich sie? Fragen über Fragen, auf die ich keine Antworten bekam.

Mein elektronischer Terminkalender signalisierte mir, dass ich um 10 Uhr ein Meeting mit meinen Mitarbeitern hatte. Mein letztes Meeting vor meiner Auszeit. Es klopfte an der Tür. »Guten Morgen, meine Schöne!«, rief mir Marvin überschwänglich entgegen. Ich stand auf und ging ihm entgegen.

»Guten Morgen, Marvin.«

»Na, aufgeregt«, fragte er, »wenn du deinen Mitarbeitern mitteilst, dass du gehst?«

Ich lächelte ihn an und schüttelte den Kopf.

»Nein, es ist alles gut so«, erklärte ich zaghaft. Er

spürte wohl, dass ich die Agentur mit gemischten Gefühlen verließ und legte behutsam den Arm um mich. Ich schnappte mir noch meine Unterlagen und wir machten uns auf den Weg zum Besprechungsraum. Alle Mitarbeiter hatten sich bereits versammelt und es wurde ruckartig still im Raum, als wir hereinkamen. Ich setzte mich nicht, sondern wollte die Neuigkeit im Stehen verkünden.

»Guten Morgen, meine lieben Mitarbeiterinnen und Mitarbeiter, ich begrüße Sie recht herzlich zu unserem Meeting. Es ist Ihnen ja sicherlich nicht entgangen, dass sich in der Agentur einiges getan hat. Heute gibt es eine weitere Neuigkeit. Wie Sie bereits bemerkt haben, ist mein Mann in der Agentur nicht mehr gegenwärtig. Das hat auch einen ganz bestimmten Grund. Er ist aus der Werbeagentur Maxfield ausgeschieden. Sollte es daher vorkommen, was ich allerdings nicht glaube, dass mein Mann sich bei einem von Ihnen meldet und Auskünfte haben möchte, verweisen Sie ihn bitte an Herrn Hover. Frau Cooper kommt ab 15.11. wieder ins Haus. Sie hat noch ihre Kur angetreten und wird, aufgrund der längeren Abwesenheit, langsam in den Arbeitsalltag integriert. Hauptsächlich wird sie Frau Hauck unter die Arme greifen und daher weiterhin im Sekretariat arbeiten. Einen letzten Punkt habe ich dann noch.« Ich stockte, als ich einen Kloß im Hals spürte. Es fiel mir doch nicht so leicht, wie ich dachte. »Ich werde ab morgen für die nächsten drei Monate nicht in der Agentur sein.« Ein Raunen ging durch den Raum und ich betrachtete jeden einzelnen Mitarbeiter genau. »Die Gründe für meine Abwesenheit tun hier nicht zur Sache. Herr Marvin Hover ist mit sofortiger Wirkung zum stellvertretenden Geschäftsführer der Werbeagentur Maxfield bestellt.«

Ich richtete meinen Blick auf ihn und ich hörte einstimmiges Klopfen der Mitarbeiter auf den Tischen. Marvin war die Situation vor den Mitarbeitern sichtlich unangenehm. Er lächelte krampfhaft und zeigte mit einer Auf- und Abwärtsbewegung seiner Hand, dass sich die Mitarbeiter wieder beruhigen sollten.

»Ich übergebe dann das Wort an Herrn Hover«, sagte ich in seine Richtung und setzte mich auf den Stuhl daneben, als Marvin sich erhob und den Knopf an seinem Sakko schloss. »Vielen Dank, vielen Dank!«, sagte er in die Runde.

Man konnte ihm seine Nervosität deutlich ansehen, als er zu den Mitarbeitern sprach. Es war sicher etwas anderes, wenn man plötzlich als stellvertretender Geschäftsführer vor der gesamten Belegschaft stand und das Wort ergreifen musste. Noch dazu, wenn man versuchte, die Mitarbeiter anzuspornen. Du schaffst das Marvin, dachte ich bei mir.

Nachdem Marvin ein paar Sätze über die bevorstehende Zeit gesprochen hatte, gingen alle wieder an ihre Arbeit. In entspannter Atmosphäre gönnte ich mir mit Marvin noch ein Glas Champagner in meinem Büro. Wir redeten über die letzten Monate, über all das, was passiert war, bis es schließlich Zeit wurde, aufzubrechen. »So, Marvin, ich werde jetzt gehen und dir mein Baby überlassen. Ich hoffe, du weißt, was das für ein Vertrauensbeweis ist.« Er nickte verlegen und wir fielen uns in die Arme. »Ich werde natürlich die Fäden auch von Föhr aus in den Händen halten und wir werden es so machen, wie besprochen. Ich melde mich jede Woche bei dir, um die wichtigsten Themen durchzugehen«, sagte ich etwas unsicher.

»Komm, jetzt fahr schon, du brauchst die Auszeit wirklich dringend und denke nicht so oft an Emilia«, sagte er mit leiser Stimme.

»Ich muss aber ständig an sie denken, Marvin.«

»Ich weiß, man sieht dir an, wie abwesend du bist.« Nachdem wir uns noch mal gedrückt hatten, verließ ich mein Büro und fuhr mit gemischten Gefühlen nach Hause. Ich hatte die Auszeit ganz bewusst gewählt, um endlich mal wieder Zeit nur für mich zu haben, um mein Leben neu zu ordnen. Vielleicht würde mir ja dort die zündende Idee kommen, wie ich in Zukunft Marvin und auch Emilia gegenübertreten konnte. Ich wünschte mir nichts sehnlicher, als eine Freundschaft zu Emilia, gleichzeitig aber fühlte ich mich zunehmend verpflichtet, Marvin endlich von der Abtreibung zu erzählen. Er hatte ein Recht darauf. Vor seiner Reaktion hatte ich richtig Angst. Ob er mich verstand? Wenn ich nicht mit ihm redete, würde ich es nie erfahren.

## 29. Kapitel

Heute war der lang ersehnte Tag. Mein Weg führte mich nicht in die Agentur, sondern nach Föhr. Nachdem ich meinen Audi vollgetankt hatte, fuhr ich direkt auf die Autobahn. Nach nur drei Stunden erreichte ich den Fähranleger in Dagebüll. Ich wurde auf der Fähre eingewiesen und schaltete den Motor ab. Mein Blick richtete ich zum Dachfenster hinaus, in einen dunkelblauen Himmel. Das Außenthermometer zeigte gerade mal 5 Grad an, daher bevorzugte ich es, die 45-minütige Überfahrt im Auto zu verbringen. Einmal mehr, musste ich an Emilias Brief denken. So etwas hatte ich noch nie bekommen. Gänsehaut überzog meinen Rücken, als ich ihn nochmal auseinanderfaltete und im Stillen las. Gedankenversunken lehnte ich mich im Sitz nach hinten und schloss die Augen.

Kurze Zeit später war es endlich soweit. Die Brücke der Fähre öffnete sich und ich fuhr auf direktem Wege zu meinem Haus in die Gmelinstraße. Nachdem ich mein Auto im Carport abgestellt hatte, schleppte ich einen Koffer nach dem anderen rein. Danach ließ ich mich erschöpft in einen der Ohrensessel fallen. Ich war fertig, aber glücklich hier zu sein. Ich machte mich kurz frisch und fuhr zum nächsten Supermarkt, um erst mal für die nächsten Tage einzukaufen. Als ich wieder am Haus angekommen war, winkte mir meine Nachbarin Frau Hansen zu.

»Moin, Frau Marquardt! Sie habe ich ja schon lange nicht mehr gesehen. Immer nur Ihren Mann«, rief sie über den Gartenzaun herüber.

»Ja, ich hatte sehr viel in der Agentur zu tun, Frau Hansen. Aber jetzt bin ich erst mal für die nächsten drei Monate auf Föhr.«

»Oh, wirklich?«, fragte sie sichtlich irritiert.

»Ja, wirklich«, gab ich ebenso irritiert zurück. Da sie nicht vom Gartenzaun wich, ging ich zu ihr rüber. Mit ihrem Zeigefinger machte sie mir deutlich, dass ich ganz dicht rankommen sollte. »Sie wissen aber schon, dass Ihr Mann öfters mit einer rothaarigen Frau hier ist?«, flüsterte sie in mein Ohr.

»Ja, durchaus, Frau Hansen. Meinen Mann werden Sie daher hier auch nicht mehr sehen und die rothaarige Frau auch nicht. Schönen Tag noch!« Ich grinste sie an und ging mit meinen Einkäufen ins Haus. Vom Küchenfenster aus konnte ich Frau Hansen noch im Garten sehen. Robert hatte tatsächlich ganze Arbeit geleistet, dieser Mistkerl! Musste er mich hier auch noch lächerlich machen?

Ich verstaute alle Lebensmittel und kramte mein Handy aus der Tasche. Kein Anruf, keine Nachricht. Nichts von Emilia. Ich zog mir meine Jacke an und die dicken Stiefel und machte mich zum Strand auf. Ein Spaziergang würde mir jetzt sicher guttun. Es war herrlich! Die Wintersonne schien vom Himmel und verwandelte die Nordsee in ein glitzerndes Feld. Ich machte es mir auf einer Bank gemütlich und sah neben mich. Was hätte ich dafür gegeben, wenn Emilia jetzt da gewesen wäre. Meine Augen füllten sich mit Tränen und ich setzte mich vor auf die Kante. Der schöne Blick aufs Wasser wurde gelegentlich nur durch die vorbeilaufenden Menschen unterbrochen. Manche mit Hund, andere waren mit dem Fahrrad unterwegs. Einige liefen eng umschlungen mit ihrem Partner am Strand. Ich merkte, wie ich immer trauriger wurde. Zwei junge Frauen kamen den Weg entlang und hatten sich eingehakt. Sie sahen glücklich aus und lachten aus vollem Herzen. Ich sah ihnen hinterher, bis sie nicht mehr in Sichtweite waren. Wie gerne hätte ich mit ihnen tauschen wollen.

Mittlerweile wurde es frisch und ich bevorzugte es, einen heißen Grog in der Pitschi-Bar zu trinken. Dort hatte man ebenfalls einen wunderschönen Blick auf die Nordsee. Der Besitzer der Bar erkannte mich sofort und eilte zu mir rüber. »Hey, Alexandra, auch mal wieder hier?«

»Ja, mich gibt es auch noch. Ich hatte sehr viel in der Agentur zu tun, aber jetzt habe ich mir mal eine Auszeit genommen«, sagte ich ruhig.

»Und dein Mann ist auch mit von der Partie?« Ich schaute auf die See hinaus, bevor ich antwortete.

»Nein. Wir gehen getrennte Wege«

»Dann weißt du Bescheid?«, fragte er vorsichtig nach.

»Ja, auch ich weiß jetzt Bescheid«, schnaufte ich hörbar aus. »Gut, Alexandra. Sehr gut. Was darf ich dir bringen?«

»Einen heißen Grog, bitte!«

»Sehr gerne, kommt sofort.« Wir lächelten uns an und ich setzte mich direkt an einen der Fensterplätze. Ich kramte mein Handy heraus und musste schmerzlich feststellen, wieder keine Nachricht von Emilia erhalten zu haben. Die Nachrichten, die mich erreicht hatten, waren alle geschäftlich, weswegen ich sie direkt an Marvin weiterleitete. Mit dem heißen Grog in den Händen genoss ich den schönen Blick auf das Wasser und es wurde langsam dunkler.

Nachdem ich bezahlt hatte, machte ich mich müde auf den Heimweg. Als ich ins Schlafzimmer ging, fiel mir ein, dass hier zuletzt Robert mit Susan gelegen hatte. In unserem Ehebett! Hier konnte ich definitiv nicht mehr schlafen und bevorzugte es daher, die

192

Nacht im Gästezimmer zu verbringen.

Ich genoss die Auszeit in vollen Zügen. Wenn ich nicht im Haus irgendetwas veränderte, machte ich lange Spaziergänge und besuchte die unzähligen Cafés, die es auf Föhr gab. Ich vermisste eigentlich nichts. Bis auf Emilia.

Ich war inzwischen drei Wochen hier und es ging langsam aber sicher auf Weihnachten zu. Heute hatte es auch das erste Mal in diesem Jahr geschneit. Es war so ein schönes Bild, wenn die Schneeflocken über der Nordsee tanzten. Da die Flocken nicht mehr aufzuhalten waren, befand sich die ganze Insel in kürzester Zeit unter einer dicken Puderzuckerdecke. Im Haus angekommen, machte ich den Kamin an. Das Feuer loderte vor sich hin, als mein Handy klingelte. Ich war wie elektrisiert. Emilia? Lass es bitte Emilia sein! Der Blick auf das Display nahm mir diese Illusion wieder ganz schnell. »Marvin«, sprach ich monoton in die Sprechanlage. »Was verschafft mir die Ehre außerhalb unserer Sprechzeit?«

»Hey, Alexandra, ich wollte nur mal nachfragen, ob es bei dir passt, wenn ich Freitag vorbeikomme. Wir wollten doch die eine oder andere Sache direkt besprechen.«

»Ja, klar. Komm vorbei«, sagte ich geknickt.

»Du hast mit Emilia gerechnet, als ich angerufen habe, stimmt`s?«

»Ja, habe ich.« Um mich nicht weiter erklären zu müssen, sagte ich Marvin für Freitag zu und beendete kurzerhand das Gespräch. Mit angezogenen Beinen setzte ich mich vor den offenen Kamin und schaute dem Feuer zu. Meine Gedanken kreisten wieder um Emilia. Ich dachte, wie schön es wäre, wenn sie jetzt hier wäre. Gemeinsam würde alles noch viel mehr Spaß machen. Immer öfter spielte ich mit dem Gedanken, vielleicht doch die Agentur zu verkaufen, um auf der Insel etwas Neues anzufangen. Nochmal das Ruder rumzureißen. Am liebsten hätte ich einen kleinen Laden mit dänischer Mode betrieben. Klamotten, die man nicht einfach so von der Stange bekommen würde. Ein dänisches Modelabel. Das wäre noch so ein Traum gewesen, den ich mir hätte erfüllen wollen. Mit glücklichen Gedanken und einem Lächeln auf dem Gesicht musste ich irgendwann vor dem Kamin eingeschlafen sein.

Bis Freitag zogen sich die Tage in die Länge. Pünktlich nahm ich Marvin direkt an der Fähre in Empfang und stieg in sein Auto. »Hey, schöne Frau! Die Auszeit scheint dir gutzutun«, begrüßte er mich grinsend und musterte mich anerkennend.

»Nur kein Neid, Herr Hover!«, gab ich lachend zurück. »Sollen wir etwas Essen gehen oder erst das Geschäftliche erledigen?«, fragte ich.

»Wir können gerne erst die Arbeit machen und dann Essen gehen, wenn es dir recht ist.« Um in Ruhe arbeiten zu können, fuhren wir direkt zu meinem Haus und wälzten die Unterlagen. Marvin hatte wirklich gute Arbeit geleistet und alles fest im Griff. Der Abschluss mit der Münchener Firma Shape Drive war besiegelt und trotz aller Anfangsschwierigkeiten auch noch zu besseren Konditionen. Wir lehnten uns in den Sesseln zurück und sahen uns an. »Danke, Marvin! Ich wüsste nicht, wie ich das ohne dich schaffen würde. Danke!« Er winkte ab.

»Nichts zu danken, Alexandra! Es macht mir ja auch Spaß. Und wer möchte nicht stellvertretender Geschäftsführer der Werbeagentur Maxfield sein«, sagte er lachend. »Trotzdem. Du bist ein echter Freund für mich.« Um der Verlegenheit zu entkommen, wechselte Marvin schnell das Thema.

»Und, was macht dein Seelenleben?«, fragte er vorsichtig nach. »Meinst du das mit Robert oder etwas anderes?«

»Das Kapitel Robert ist für dich, denke ich mal, bis auf die bevorstehende Scheidung, abgeschlossen?« Ich nickte stumm.

»Dann kann es ja nur noch um Emilia gehen, oder?« Mit großen Augen sah er mich erwartungsvoll an.

»Ich weiß einfach nicht, was ich machen soll, Marvin. Seit Wochen habe ich nichts mehr von ihr gehört.« Er schaute mich ernst an, bevor er sprach.

»Was genau ist das denn zwischen euch?«

»Das ist es ja gerade. Ich weiß es nicht. Wenn sie bei mir ist, dann fühle ich mich so stark, so glücklich und zufrieden. Ich muss mich vor ihr nie erklären, sie versteht mich, auch wenn ich nichts sage. Gleichzeitig habe ich schreckliche Angst davor, dass ihr etwas zustößt, dass ich nicht da bin, um ihr helfen zu können. Ich kann nicht verstehen, dass sie bei diesem Tom bleibt.«

»Was empfindest du für sie?«

»Was ich für sie empfinde?«, wiederholte ich seine Frage. »Ich weiß nicht, ob man von Empfindungen sprechen kann. Wenn ich sie sehe, möchte ich sie ständig drücken und im Arm halten, möchte mit ihr alles teilen, möchte sie aber auch gleichzeitig beschützen. Sobald sie nicht in meiner Nähe ist, vermisse ich sie sofort und meine Gedanken schweifen ständig um sie.«

»Hast du ihr das mal gesagt?« Ich sah Marvin mit großen Augen an.

»Natürlich nicht. Ich will ihr ja nicht das Gefühl

geben, dass ich sie bedränge. Das ist das Letzte, was ich will. Nenne es verspätete Muttergefühle oder Schwesterliebe. Ich weiß auch nicht.« Marvin räusperte sich.

»Das Gespräch ist dir unangenehm, oder?« Fragend sah ich Marvin an.

»Nein, das ist es nicht. Ich weiß nur nicht, wie das bei euch aussehen soll. Emilia soll Tom Quist verlassen, um mit ihrer Freundin, die Muttergefühle hegt, in eine Wohngemeinschaft zu ziehen? Womöglich noch auf Föhr und gleichzeitig wird sie deine rechte Hand in der Agentur, oder so ähnlich.«

»Zum Beispiel«, sagte ich zaghaft. Er sah mich mit gesenktem Kopf an und zog die Augenbrauen hoch.

»Gegen eine Wohngemeinschaft ist ja nichts auszusetzen«, sagte er gelassen.

»Eben«, gab ich knapp zurück. »In meiner Studienzeit habe ich mit drei Freundinnen und einem Freund eine WG geteilt. Und glaube mir, der Freund hat definitiv dabei gestört.« Wir sahen uns in die Augen und mussten beide gleichzeitig anfangen zu lachen.

»Komm, lass uns was Essen gehen, mir knurrt der Magen.« Marvin sprang ebenfalls vom Sessel auf und wir verbrachten einen angenehmen Abend im Restaurant *Alt Wyk*.

Am späten Abend fuhr er wieder nach Hamburg und ich blieb alleine zurück. Ich machte mir es über das Wochenende mit einem Buch am Kamin gemütlich, da draußen der Schneesturm tobte. Wenn man im Warmen sitzt, ist alles halb so schlimm. Ich machte mir noch eine heiße Schokolade, bevor ich mich in mein Bett kuschelte und friedlich einschlief.

30. Kapitel

Es war inzwischen eine Woche vor Heilig Abend und die Weihnachtsbuden wurden an der Strandpromenade aufgebaut. Es roch verführerisch nach Waffeln, Mandeln und weiteren süßen Leckereien. Und es war das erste Weihnachtsfest, das ich alleine verbrachte. Nachdem ich die Wochen zuvor mehrmals am Friseur Pohlmann vorbeigelaufen war, entschied ich mich endlich für eine neue Frisur. Ich wollte meinen ganzen Ballast abwerfen und meine lange, dunkelblonde Mähne abschneiden lassen. Gesagt, getan. Es dauerte nur eine halbe Stunde, dann hatte Alexandra Marquardt einen Bob. Ich fühlte mich frei wie ein Vogel. Völlig gelöst lief ich am Strand entlang zu meinem Haus, als mein Handy piepste. Reflexartig holte ich es aus der Jackentasche und musste wieder mal schmerzlich erkennen, dass es nicht Emilia, sondern Marvin war. Ich öffnete seine Nachricht und staunte:

*Hey, Alexandra! Ich würde gerne noch vor Heilig Abend bei dir vorbeischauen, um zu sehen, dass ich dich auch alleine lassen kann und du keine Dummheiten machst. Ist dir übermorgen recht? Gruß Marvin.*

Ich blickte schmunzelnd in die Weite und schickte ihm direkt eine Nachricht zurück. Klar durfte er vorbeikommen. Warum auch nicht? Er bestätigte mir meine Nachricht mit einem Smiley.

Bis zu seiner Ankunft buchte ich eine Massage, ging ins Kino und verbrachte die Abende bei einem guten Glas Wein entweder in der Pitschi-Bar oder vor meinem offenen Kamin.

Am Tag unserer Verabredung klingelte früh morgens mein Handy. Da ich noch im Bett lag, streckte ich mich erst mal ausgiebig, bevor ich abnahm. Das Display signalisierte mir, dass es Marvin war.

»Guten Morgen, Marvin. Bist du schon unterwegs?«, fragte ich nach.

»Guten Morgen, Alexandra. Ja, ich bin schon kurz vor Dagebüll. Ich wäre dann ungefähr in eineinhalb Stunden auf der Insel. Passt das bei dir?«

»Ja, natürlich. Es ist zwar noch sehr früh, aber das passt schon. Also, dann bis nachher!« Bevor ich mich verabschieden konnte, unterbrach mich Marvin.

»Komm aber bitte nicht zur Fähre! Ich muss noch kurz etwas erledigen und komme dann direkt zum Haus.« Verwundert stimmte ich zu und legte auf.

Als er später an meiner Tür klingelte, freute ich mich, ihn zu sehen. Wie immer war er gutaussehend und gut gelaunt. »Hey, Alexandra. Ich grüße dich. Super siehst du aus mit deiner neuen Frisur.«

»Hey, guten Morgen, Marvin.« Wir drückten uns wie immer herzlich. »Schön, dass du da bist«, sagte ich und lächelte ihn an.

»Komm, lass uns einen Spaziergang machen!«

»Jetzt?«, fragte ich irritiert.

»Ja, warum denn nicht? Es ist noch so schön ruhig draußen.« Ich sah ihn mit runzelnder Stirn an und schüttelte meinen Kopf. »Ok«, sagte ich verwundert und zog mir meine Stiefel und meinen Mantel an. Er verhielt sich heute schon sehr seltsam. Wir gingen direkt zum Strand und liefen Richtung Hafen. Die Sonne ließ die Nordsee wieder zu einem glitzernden Brillanten werden und ich genoss die Anwesenheit von Marvin sehr.

»So«, sagte er, »und du willst dieses Jahr wirklich

alleine Weihnachten feiern?« Ich sah ihn nach wie vor irritiert von der Seite an.

»Das Thema hatten wir doch schon, Marvin. Es macht mir wirklich nichts aus.«

»Ok, wenn das so ist« – er stockte kurz - »dann muss ich Emilia halt wieder mitnehmen«, entgegnete er schmunzelnd. Ich stellte mich vor ihn, hielt ihn an den Armen fest und sah ihn erschrocken an.

»Bitte, was? Emilia ist hier auf der Insel?«

»Dreh dich mal um, Alexandra!« Mein Blick hinter mir wurde durch die starke Sonneneinstrahlung geblendet und ich hielt mir die Hand vor meine Stirn, um etwas sehen zu können. Ich lief los, weil ich nicht glauben konnte, was ich vermutete. Ich drehte mich noch mal zu Marvin um, der sich bereits auf den Rückweg gemacht hatte und lief weiter der Sonne entgegen, bis ich ganz langsam eine zierliche Gestalt erkannte. Es war Emilia! Marvin hatte mir tatsächlich Emilia gebracht. Nur deshalb war er gekommen.

Ich fing an zu laufen und auch sie hatte mich jetzt erkannt und lief auf mich zu. Es kam mir unendlich lang vor, bis wir uns endlich in den Armen hielten. Wir drückten uns so fest, dass wir uns gegenseitig die Luft abschnürten. Sie zitterte und ihr liefen Tränen über die Wangen.

»Emilia, dass du gekommen bist! Ich glaube es nicht.« Ich nahm ihr Gesicht in meine Hände und wischte ihre Tränen weg, so wie sie es bei mir tat. Wir mussten lachen und fielen uns wieder in die Arme. »Emi, Süße! Warum hast du dich so lange nicht bei mir gemeldet?« Wir nahmen uns an der Hand und schlenderten am Strand entlang. »Was hast du die ganzen Wochen gemacht?«, fragte ich voller Spannung und Neugier. »Hast du wieder Arbeit? Wohnst du immer noch bei diesem Tom?«

Sie stellte sich vor mich und stemmte ihre Hände in die Hüften. Ihre Sommersprossen verwandelten sich im Sonnenlicht wieder zu kleinen Goldfunken. Ich strich ihr mit meinem Zeigefinger über die Nase. »Wird das jetzt ein Verhör, oder was?«, entgegnete sie lachend.

»Nein, natürlich nicht. Ich will nur wissen, wie es dir ergangen ist.«

»Ich schlage vor, wir genießen jetzt erst mal unsere Zweisamkeit und gehen noch ein bisschen am Strand spazieren«, sagte sie besonnen. Ich drückte fest ihre Hand und lächelte. Bevor wir uns auf den Weg machten, sah sie mir tief in die Augen. »Alexandra, ich hab dich ganz arg vermisst. Es ist alles so trostlos ohne dich.« Ihre Augen füllten sich erneut mit Tränen.

»Mir ging es genauso, Süße.« Ich streichelte ihr über den Kopf. Dann liefen wir einfach los und ließen uns die Sonne auf den Rücken scheinen. »Wo ist jetzt eigentlich Marvin?«, fragte ich irritiert.

»Marvin hat bei seinem letzten Besuch bei dir eine Frau auf der Fähre kennen gelernt, die hier auf Föhr wohnt. Dort ist er jetzt und verbringt Weihnachten bei ihr. Danach holt er mich wieder ab. Hat er zumindest gesagt«, fügte sie noch grinsend hinzu.

»Wie bitte?«, fragte ich lachend. Ich freute mich so für Marvin.

Einige Stunden schlenderte ich mit Emilia am Strand entlang bis unsere Beine müde wurden. »Deine neue Frisur steht dir übrigens super gut«, sagte Emilia lächelnd zu mir. Ich stellte mich vor sie, strich mir die Haare hinter die Ohren und funkelte sie an.

»Und, dass ich mit dir Weihnachten verbringen darf, ist das schönste Geschenk seit Langem.« Ich lächelte zurück und legte meinen Arm um sie.

Langsam wurde es dunkel und ich war so glücklich wie schon lange nicht mehr.

## 31. Kapitel

Ich blinzelte mit meinen Augen, weil mir die Sonne direkt ins Gesicht schien. Ausgestreckt lag ich noch im Bett. Ich drehte meinen Kopf nach links und erblickte Emilia, die noch fest eingekuschelt in der Decke neben mir schlief. Ich konnte es nicht glauben. Sie war wirklich da und lag jetzt schlafend neben mir. Wir hatten noch bis in die Nacht hinein erzählt. Ich streichelte ihr über das Gesicht, bevor ich aufstand, um mich im Bad fertig zu machen. Als ich wieder am Bett vorbeiging, lehnte ich mich über sie und drückte ihr einen Kuss auf die Stirn. Sie regte sich leicht und brummelte vor sich hin.

»Was hast du gesagt?«, fragte ich lachend.

»Wo gehst du hin?«, murmelte sie.

»Ich geh schnell zum Bäcker. Bin gleich wieder da, Süße. Schlaf weiter!« Ich deckte sie noch fester zu und machte mich auf den Weg. Als ich mit zwei großen Bäckertüten zurückkam, traute ich meinen Augen nicht. In der Küche war der große Esstisch wunderschön mit meinem besten Geschirr gedeckt und Emilia flitzte in der Küche umher. Ich machte leise die Küchentür zu, lehnte mich dagegen und beobachtete sie.

»Hey, da bist du ja wieder!«, sagte sie freudestrahlend, als sie mich schließlich bemerkte. Sie ging auf mich zu und nahm mich in den Arm. »Was hast du denn da alles gekauft?« Schmunzelnd sah ich sie an.

»Ich wusste ja nicht, was du magst, daher war ich so frei und habe mal von fast allem etwas mitgebracht.« Sie starrte ungläubig in die vollen Tüten. »Was schüttelst du denn jetzt den Kopf?«, fragte ich.

»Das ist doch die reinste Verschwendung, Liebes!« Sie nahm mir die Tüten ab, um die Teigstücke in den

Brotkorb zu legen. »Trinkst du Kaffee oder lieber Tee?«, fragte sie ganz selbstverständlich, als wäre es nie anders gewesen. Ich musste ihr ständig hinterher sehen, wie sie so durch die Küche wuselte und alle Schränke und Schubladen öffnete, weil sie ständig auf der Suche nach irgendetwas war.

»Ich trinke das, was du trinkst«, sagte ich mit ruhiger Stimme. Sie lächelte und füllte dabei den Tee in die große GreenGate-Kanne. Wir saßen stundenlang, redeten und lachten. Ich hätte die Zeit am liebsten angehalten. Nachdem wir den Frühstückstisch wieder abgeräumt hatten, zogen wir uns an und gingen zum Strand. Es war trocken, aber durch den Wind gerade mal gefühlte 1 Grad warm. Ich sah Emilia an, dass sie fror. Deshalb nahm ich sie in den Arm und drückte sie ganz fest an mich. »Du zitterst ja, Emi. du bist nicht passend für das Wetter angezogen. Hast du keine wärmere Jacke und Stiefel mitgenommen?« Sie schüttelte den Kopf und sah mich verlegen an.

»Das passt schon. Mach dir keinen Kopf«, sagte sie leise. »Nein, das geht gar nicht. Wir laufen jetzt vor zu den Geschäften und dann bekommst du erst mal was Warmes zum Anziehen.«

»Nein, Alexandra. Es ist alles in Ordnung, wirklich.« Sie sah mich an. Ihre Nase war schon ganz verfroren. Ich nahm sie an der Hand und zog sie Richtung Strandpromenade. Dort angekommen, gingen wir gleich in eine der schönsten Boutiquen auf der Insel und Emilia schlenderte zwischen den Kleiderständern hin und her. Ich merkte ihr die Unsicherheit an und ging deshalb auf sie zu.

»Schon was entdeckt?«, fragte ich.

»Das sind alles sehr schöne Sachen und so kuschelig weich«, sagte sie leise.

»Ja, das ist Kaschmir«, gab ich, ohne mir etwas dabei zu denken, zurück. Sie griff nach dem Preisschild und erstarrte. Dann drehte sie sich um und lief zum Ausgang. »Emilia, was ist los?«, rief ich hinter ihr her.

»Hast du mal auf die Preise geschaut?«, fragte sie erschrocken. »Das sind ganz normale Preise für eine sehr gute und hochwertige Ware, Emi. Alles in Ordnung?« Sie hielt sich am Türknauf fest und schaute nach draußen.

»Ich kann mir das nicht leisten«, antwortete sie bedrückt und biss sich auf die Unterlippe. Ich nahm ihre Hand vom Griff und drehte sie zu mir um.

»Süße, du glaubst jetzt nicht wirklich, dass ich dich in so einen Laden entführe und du dann die Rechnung begleichen sollst. Du müsstest mich eigentlich inzwischen so gut kennen, dass ich das nicht machen würde.« Sie sah mich mit ihren großen Augen verunsichert an.

»Gehst du jetzt bitte wieder zurück und nimmst dir, was dir gefällt mit in die Kabine?« Sie zögerte und war hin- und hergerissen.

»Kann ich Ihnen behilflich sein?«, hörte ich plötzlich eine nette Männerstimme. Ich drehte mich um und blickte direkt in das freundliche Gesicht des Verkäufers.

»Ja, das trifft sich sehr gut. Meine Freundin ist noch etwas unentschlossen und es wäre ganz hilfreich, wenn Sie ihr zur Hand gingen«, sagte ich lächelnd. Der Verkäufer lächelte zurück und fing sofort an, alle möglichen Kleidungsstücke herbeizuholen.

»Alexandra, ich weiß nicht«, flüsterte mir Emilia ins Ohr. »Emi, es ist alles gut. Nutze es doch einfach aus, dass du eine wohlhabende Freundin hast und genieße es«, entgegnete ich ihr.

Sie starrte auf den inzwischen vor ihr aufgetürmten Klamottenstapel. Der Verkäufer war sichtlich motiviert und freute sich wohl schon insgeheim auf seine Provision. Emilia hatte einen flauschigen Kaschmirpullover gegriffen und strich mehrmals darüber. »Was kostest der denn, bitte?«, fragte sie den Verkäufer. Bevor dieser antworten konnte, mischte ich mich schnell ein. »Preise stehen hier nicht zur Debatte, Emilia.« Ich sah den Verkäufer eindringlich an.

Emilia fing daraufhin an, verschiedene Kleidungsstücke anzuprobieren und machte vor uns eine unterhaltsame Modenschau. Sie blühte endlich auf. »Du siehst ganz toll aus, Süße!« Ich strich ihr mit dem Zeigefinger über ihre Nase. »Ich bin mal eben kurz telefonieren«, sagte ich leise.

»Warum denn, du hast doch frei?«, fragte sie enttäuscht.

»Marvin hat sich gemeldet. Er muss irgendetwas besprechen. Ich bin gleich wieder da.« Vor dem Schaufenster verfolgte ich telefonierend die Modesession. Da mein Telefonat doch eine gute halbe Stunde gedauert hatte, war Emilia inzwischen fündig geworden. »Und, was hast du dir ausgesucht?«, fragte ich neugierig nach. Sie griff einen Kaschmirpullover, einen Schal und ein paar Winterstiefel und legte die Sachen an die Kasse. Ich musste schmunzeln und stellte mich vor Emilia.

»Emi, was willst du denn jetzt bitte mit den paar Sachen?« Sie gab mir keine Antwort und war mit der Situation total überfordert. Ich wandte mich deshalb an den Verkäufer, der mir erklärte, dass bis auf eine Jacke, alles andere gepasst hätte. »Dann packen Sie das bitte alles ein! Ich werde die Rechnung gleich bezahlen, aber die Ware bringen Sie bitte zu meinem Haus in die

Gmelinstraße 24.«

»Ja, selbstverständlich. Kein Problem«, sagte der Verkäufer freudestrahlend. Emilia war ganz still und sah dem Verkäufer beim Verpacken der Ware zu. »So, das wären dann zusammen 1.720 Euro, bitte! Sie zahlen mit Platin?«

»Ja, bitte«, sagte ich bestimmt und schob die Karte in das Lesegerät. Emilia hielt sich nach Verkündung des Preises die Hand vor den Mund. Ich musste schmunzeln. Meine Süße war fix und fertig. Der Verkäufer hielt uns die Tür auf und wir schlenderten die Straße hinunter. Weil Emilia immer noch nichts sagte, ergriff ich das Wort. »War doch gar nicht so schlimm, oder?«, fragte ich vorsichtig nach und legte meinen Arm um sie. Sie griff nach meiner Hand und senkte den Kopf.

»Du bist verrückt!«, brummelte sie vor sich hin. Ich lachte. »Hast du Hunger? Ich könnte jetzt Fisch vertragen«, sagte ich euphorisch in ihre Richtung.

»Eine Butterbrezel tut es auch«, entgegnete sie total eingeschüchtert.

»Butterbrezel ...«, wiederholte ich. »Emi, es ist alles in Ordnung. Mach dir doch jetzt keinen Kopf. Hey!«

Nachdem sich Emilia dann doch noch hatte breitschlagen lassen, gingen wir in ein Fischrestaurant und aßen guten Fisch.

Völlig erschöpft aber glücklich machten wir es uns später am Abend vor dem offenen Kamin gemütlich und tranken zum Abschluss heiße Schokolade.

»Auf was hast du denn morgen Lust?«, fragte ich Emilia gespannt. Sie legte sich neben mich auf den Rücken vor dem Kamin und starrte zur Decke. »Was kannst du mir denn empfehlen?« Ich beugte mich über sie und schaute sie an.

»Ich bin so froh, dass du da bist«, sagte ich leise. Sie lächelte zaghaft. Nachdem ich es mir wieder neben ihr gemütlich gemacht hatte, überlegte ich, mit was ich ihr eine Freude machen könnte. »Du magst doch Süßes, oder?«

»Ja, klar, wer nicht?«, gab sie mir zu verstehen.

»Dann werde ich dich in ein Schlaraffenland entführen, du darfst gespannt sein.«

»Hauptsache, du bist dabei, alles andere ist mir egal«, sagte sie leise in meine Richtung. Ich griff nach ihrer Hand und drückte sie fest.

## 32. Kapitel

Wir redeten die halbe Nacht durch. Sie erzählte mir von ihrer Kindheit. Da ihre Mutter alkoholabhängig gewesen war, hatte sie nie wirklich Zeit und Interesse an Emilia gehabt. Sie war immer auf sich allein gestellt. Das erklärte womöglich, warum sie sich an diesen Tom gehängt hat. Nach ihren Erzählungen war er in einer großen Firma angestellt und fuhr einen tollen Sportwagen. Alle beneideten sie, dass ausgerechnet sie diesen Mann abbekommen hatte. Doch das Glück hielt nicht lange. Aufgrund von Personalentlassungen verlor ihr Freund den Job, konnte sich später auch das Auto sowie die große Penthouse-Wohnung nicht mehr leisten. Auch er verfiel dem Alkohol. Emilia hatte durch den seelischen Konflikt mit ihrer Mutter sowie ihrem Freund ihr Marketingstudium abbrechen müssen und in verschiedenen Firmen gejobbt, um sich irgendwie über Wasser halten zu können. Da ich so ergriffen war, hörte ich ihr einfach nur zu. Ich hatte das Gefühl, sie wollte dringend die schwere Last von ihren Schultern schütteln. Wie konnte man in einem so jungen Alter schon so viel Schlechtes erlebt haben? Irgendwann fielen uns vor Müdigkeit die Augen zu und wir schliefen sogar vor dem Kamin ein.

Nach einem kurzen Frühstück mit Croissant und Milch machten wir uns am nächsten Tag auf den Weg zu einem Feinkostgeschäft am Hafen. Wir liefen eingehakt am Strand entlang. Die frische Luft tat richtig gut. Die Möwen kreisten über uns, es hätte nicht schöner sein können. Am Geschäft angekommen, blieb Emilia an dem Schaufenster förmlich kleben. Ihr Blick ging an der Hauswand hinauf, wo ein großes Schild mit der Aufschrift *Kleine Sünden Föhr* angebracht war. Sie sah mich an und dann wieder durchs Schaufenster. »Alles gut, Süße?«, fragte ich. Sie nickte und wir betraten das Geschäft. Natürlich musste ich Emilia wieder zu ihrem Glück zwingen. Wir kauften Pralinen, kleine Torten sowie eine Flasche Wein und machten uns bepackt auf den Rückweg. Zuhause angekommen, aßen wir zuerst die kleinen Törtchen.

»Wie Zuckerkristalle auf der Zunge, was?«, fragte Emilia lachend. Ich lächelte zurück und es machte mir Spaß, sie so verwöhnen zu dürfen. Am Nachmittag gingen wir zur Strandpromenade und schauten uns in den einzelnen Geschäften um. Emilia war total überwältigt von dem großen Angebot mit verschiedensten Dingen. Man sah ihr an, dass sie so etwas nicht gewohnt war. Mein Handy klingelte und der Blick von Emilia verriet mir, dass sie davon überhaupt nicht begeistert war.

»Ich mach es kurz, Emi, versprochen.« Während ich telefonierte, sah ich, wie es Emilia zu dem glitzernden Schaufenster hinzog. Juwelier Rickmers hatte feinen und hochwertigen Schmuck. Nachdem ich das Gespräch beendet hatte, stellte ich mich leise hinter sie und konnte hören, wie angetan sie von dem Armband mit den rosafarbenen Swarovski-Kristallen war.

»Na, Süße, was entdeckt?«, fragte ich und spürte sehr genau, wie unangenehm es ihr war.

»Nein, nichts! Das ist alles ganz schreckliches Zeug! Lass uns weitergehen«, sagte sie in schnellen Sätzen. Sie zog mich an der Hand Richtung Strand. Ich musste lachen.

Als wir am Strand liefen, redete sie kein Wort mehr. Ich stellte mich vor sie und sah sie an.

»Was ist los, Emi?«

»Nichts, es ist alles in Ordnung«, gab sie knapp

zurück mit dem Blick auf den Sand gerichtet.

»Hey, sag mir bitte, was los ist! Habe ich was Falsches gesagt oder gemacht?« Sie schüttelte den Kopf. »Aber?«, fragte ich noch mal nach. Sie fuhr mit ihrem Fuß Kreise in den Sand. »Hey, guck mich bitte mal an! Was ist los? Warum hast du Tränen in den Augen?«

Sie riss sich von mir los und lief in schnellen Schritten weiter. Ich sah ihr hinterher, versuchte aber nicht, sie einzuholen. Als ich am Haus angekommen war, stand sie vor der verschlossenen Haustür und wartete. Ich ging zu ihr und öffnete die Tür, ohne sie anzuschauen. Sie lief direkt rein, zog ihre Jacke und ihre Stiefel aus und ging ins Wohnzimmer, wo sie sich vor den Kamin setzte. Da ich das Gefühl hatte, dass ich im Moment nicht an sie rankommen würde, ließ ich sie erst mal schweren Herzens in Ruhe und zog mich zurück. Die Zeit nutzte ich, um ein paar Telefonate zu führen, die trotz meiner Abwesenheit in der Agentur nicht ausblieben.

Als ganze zwei Stunden vergangen waren, ging ich wieder runter ins Wohnzimmer, wo es Emilia sich inzwischen auf einem der Ohrensessel bequem gemacht hatte. »Sprichst du jetzt mit mir?«, fragte ich vorsichtig nach. Sie schaute auf ihre Beine, die über der Lehne baumelten, biss sich auf der Unterlippe herum und runzelte die Stirn.

»Wir können unmöglich befreundet bleiben. Ich komme aus einem ganz anderen Stall als du«, sagte sie verkniffen.

»Was redest du denn da, Emilia?«

»Guck dich doch mal um! Du kannst dir alles erlauben, kannst dir kaufen, was du möchtest! Du hast keine Sorgen!«, warf sie mir vor und einzelne Tränen liefen ihr über das Gesicht. Ich war getroffen.

»Du weißt aber schon, dass ich dafür auch sehr hart arbeite, oder?« Ich war enttäuscht. Aber nicht ihretwegen, sondern eher über die gesamte Situation. Ihre Haltung war eigentlich sehr menschlich und auch irgendwie verständlich.

»Niemand weiß das so gut wie ich, Alexandra! Ich habe das nur ein paar Monate verfolgen müssen, wie alles und alle an dir zerren und nichts ohne dich geht. Du musst für alles eine Lösung haben. Probleme darf es nicht geben. Das erklärt wohl auch deinen scharfen Ton in der Agentur. Ich hatte solche Angst, dass eines Tages etwas Schlimmes passiert. Und dann die Geschichte mit den Schlaftabletten. Du erzählst mir einfach nichts. Mich hat das zerrissen, täglich zusehen zu müssen, wie schwer du arbeitest und gleichzeitig dich dein Mann von vorne bis hinten verarscht.« Ich runzelte die Stirn.

»Du wusstest es?« Es wurde still im Raum und ich musste schwer schlucken. Ängstlich sah sie mich an.

»Ich habe wirklich Probleme«, sagte sie leise. Ich setzte mich zu ihr runter und nahm ihre Hand.

»Willst du mit mir darüber reden?« Sie wich mir aus und sah zum Fenster hinüber. »Hey, Emilia! Jetzt frage ich dich und du weichst mir immer wieder aus. Vertrau mir doch bitte! Brauchst du meine Hilfe?« Wieder biss sie sich auf die Unterlippe.

»Ich muss aus meiner Wohnung raus, weil ich Mietrückstände habe«, gab sie zähneknirschend zur Antwort. Sie senkte ihren Kopf, um meinem Blick ausweichen zu können. Ich stand auf und ging zum Fenster.

»Warum sagst du mir das denn nicht früher?«, fragte ich verständnislos nach.

»Wann hätte ich es dir denn sagen sollen? Wann?

Zwischen zwei Meetings? Während der Autofahrt, wenn du von einem Termin zum nächsten hetzt oder vielleicht, wenn du frühmorgens endlich mal die Agentur verlässt?« Ich stutzte.

»Woher weißt du das jetzt wieder?«, fragte ich irritiert. »Ich habe nachts oft vor der Agentur gestanden und es nicht fassen können, dass in deinem Büro noch Licht brennt. Morgens um halb drei! Das kann doch nicht dein Ernst sein!«

Um mich nicht erklären zu müssen, versuchte ich einer Antwort auszuweichen. Ich ging auf sie zu und streichelte ihr über die Wange.

»Ich weiß, dass ich kaum Zeit für dich habe.«

»Kaum? Du hast nie Zeit für mich«, gab sie geknickt zurück.

»Ich weiß.« Um auf das eigentliche Problem zurückzukommen, versuchte ich Näheres zu erfahren. »Um wie viel geht es denn?« Sie antwortete nicht. »Emi! Um wie viel?«, wiederholte ich meine Frage.

»Zweitausend Euro«, murmelte sie. Ich drehte mich kopfschüttelnd zum Fenster und atmete hörbar aus. »Ich gehe jetzt besser«, sagte sie und stand auf.

»Du gehst nirgends wo hin! Du glaubst nicht ernsthaft, dass ich das zulasse, dass du deine Wohnung verlierst. Gib mir bitte die Telefonnummer von deinem Vermieter. Ich kläre das.«

»Das machst du nicht!«, rief sie mir aufgebracht entgegen. »Hast du eine bessere Idee?«, fragte ich gereizt. Nachdem sie mir zögerlich die Kontaktdaten gegeben hatte, rief ich direkt dort an und hatte Glück.

Der Vermieter bestätigte mir den Mietrückstand und wir konnten uns einigen, dass ich Emilias Verbindlichkeiten sofort ausgleiche und auch für die nächsten sechs Monate die Miete im Voraus entrichte.

Somit konnte sie in ihrer Wohnung bleiben und alles war soweit in Ordnung. Emilia stand mitten im Raum und sah mich erschrocken an.

»Genau das meine ich, diesen krassen Unterschied zwischen uns«, sagte sie leise.

»Was hätte ich denn deiner Meinung nach tun sollen oder anders gefragt, wie sieht für dich eine Freundschaft zwischen uns aus? Du bist ganz unten und ich ganz oben? Das kann ich nicht, Emilia!«

Ich knallte mein Handy auf die Arbeitsplatte der Küche und ging an ihr vorbei, ohne ein weiteres Wort abzuwarten.

»Danke!«, rief sie mir hinterher.

»Nicht dafür, Emilia!«, gab ich zurück und ging hinauf ins Schlafzimmer. Als ich eine Weile auf dem Bett gelegen hatte, hörte ich, wie sie reinkam.

»Darf ich mich zu dir legen?«, fragte sie vorsichtig. »Komm her!« Sie kuschelte sich eng an mich und ich strich ihr über den Rücken. »Weißt du Emilia, es ist nicht der Unterschied zwischen uns, sondern, dass du mir deine Probleme und Ängste nicht anvertraust. Das macht mir wirklich Sorgen. Und, wenn es dir schlecht geht, dann kannst du mich jederzeit aus jedem Meeting holen. Ich will, dass es dir gut geht, dafür stelle ich alles andere hinten an. Soweit müsstest du mich doch inzwischen kennen«, sagte ich mit Blick auf sie gerichtet. »Hat Tom dein Gehalt in Alkohol gesteckt?«

Sie nickte nur und vergrub sich förmlich in mir.

»Die Kontoverbindung wurde somit auf meine Anweisung hin im Arbeitsvertrag nicht geändert?« Sie schüttelte zaghaft den Kopf. »Dann werde ich mit Frau Schön ein erstes Gespräch führen müssen. Ich glaube nicht, dass ich von einer Abmahnung absehen kann.«

»Nein, Alexandra, bitte nicht! Ich habe Frau Schön

versprechen müssen, wenn das rauskommt, dass ich dann mit dir reden werde. Die Schön hat damit nichts zu tun. Ich habe sie angefleht, sich über deine Anweisung hinwegzusetzen.« Ihr Kinn fing an zu zittern und kämpfte gegen aufkommende Tränen an.

»Emilia, ich verstehe dich nicht. Was machst du bloß mit mir?!«

## 33. Kapitel

Heute war Heilig Abend und weil der gestrige Abend so schlimm verlaufen war, wusste ich nicht, wie ich mich verhalten sollte. Emilia schlief noch und ich entschied mich dafür, erst mal alleine loszugehen.

Mein Weg führte zum Juwelier Rickmers. Ich wusste, dass es womöglich falsch war. Dennoch wollte ich Emilia unbedingt ein Geschenk machen, das sie immer bei sich tragen würde und sie beschützen sollte. Also kaufte ich das Armband mit den rosafarbenen Swarovski-Kristallen. Es funkelte wirklich in tausend Facetten. Ich ließ es vom Juwelier einpacken und machte mich mit frischen Brötchen auf den Nachhauseweg.

Dort angekommen, machte Emilia sich schon in der Küche nützlich. »Hey, guten Morgen«, sagte ich mit ruhiger Stimme, ging auf sie zu und nahm ihr Gesicht in meine Hände.

»Guten Morgen«, gab sie unsicher zurück.

»Alles gut?«, fragte ich besorgt. Sie nickte.

»Danke noch mal wegen gestern.«

»Pssssst«, sagte ich, als ich meinen Finger auf ihren Mund legte. »Darüber reden wir jetzt nicht mehr, ok?« Wir nahmen uns in den Arm und drückten uns fest.

»Brötchen?«, fragte ich hungrig. Sie lächelte und wir machten es uns am Frühstückstisch bequem.

»Hast du heute Abend eigentlich irgendwas Bestimmtes vor?«

»Du hast bestimmt einen Tipp, oder?«, gab sie zur Antwort.

»Wenn du möchtest, können wir ins *Klein Helgoland* am Hafen gehen. Dort ist alles weihnachtlich geschmückt und es gibt ein leckeres Weihnachtsmenü.«

»Das hört sich gut an. Das machen wir«, antwortete sie zaghaft. Ein Lächeln huschte über ihr Gesicht und ich drückte fürsorglich ihre Hand.

Am frühen Abend liefen wir am Strand direkt zum Hafen hinaus. Trotz der Dunkelheit konnte man von weitem das festlich geschmückte *Klein Helgoland* erahnen. Man hatte einen tollen Blick auf den Yachthafen und die Lichter glitzerten auf der Nordsee um die Wette. Ich sah Emilia an, dass ihr alles gut gefiel. Das Menü bestand aus sieben Gängen und wir hatten Mühe alles aufzuessen. Es war ein gelungener Abend.

Fest umschlungen machten wir uns nach dem tollen Weihnachtsessen auf den Heimweg. Bei mir angekommen, legte ich Holz im Kamin auf und wir saßen dort mit heißer Schokolade noch bis spät in die Nacht. Da ich Emilia heute nicht in Verlegenheit bringen wollte, entschied ich mich, ihr das Armband erst bei ihrer Abreise zu geben. Nach einem ausgiebigen Frühstück am Morgen klingelte mein Handy und mein Display verriet mir, dass es Marvin war. Er war bester Laune und wollte mir eigentlich nur Bescheid geben, dass er Emilia am späten Nachmittag abholen wollen würde. Ich schluckte und sah zu Emilia. Als ich ihr den Grund von Marvins Anruf erklärte, war auch sie wenig davon angetan. Ich richtete daher Marvin aus, dass Emilia in den nächsten Tagen mit meinem Auto nach Hamburg fahren würde. Ich würde mir auch einen Leihwagen nehmen können. Emilia schüttelte mit aufgerissenen Augen den Kopf. Ich legte das Handy an meinen Brustkorb und sah zu ihr rüber. »Was ist? Willst du nicht noch bleiben?«, fragte ich enttäuscht.

»Doch, aber ich kann unmöglich dieses große Auto fahren.«

»Der fährt sich ganz einfach. Der hat Automatik,

da musst du nur Gas geben und bremsen«, grinste ich sie an.

»Nein, ich kann das nicht, Alexandra!« Ich zeigte ihr mit einer Handbewegung, dass alles gut gehen würde.

Ich wünschte Marvin eine gute Rückfahrt und machte mit ihm noch eine Telefonkonferenz für Freitag aus, um die Zahlen für den Wirtschaftsprüfer abzustimmen. Danach legte ich auf.

Ich sah zu Emilia und kam aus dem Lachen nicht mehr raus. »Süße, du solltest jetzt mal deinen Blick sehen. Du schaffst das!«

»Aber, wenn ich mit dem Auto nicht zurechtkomme, ich weiß nicht.«

»Das klappt schon, vertrau mir!« Wir verbrachten noch weitere drei Tage zusammen, von denen einer schöner war als der andere. Vor Silvester machte sie sich auf den Heimweg. Nachdem wir ihre neuen Klamotten ins Auto gepackt hatten, fuhren wir zusammen zur Fähre, damit ich Emilia noch eine Einweisung für mein Auto geben konnte. Es funktionierte aber zu ihrer Verwunderung alles bestens. Sie war eine gute Fahrerin. Als sie das Auto auf der Fähre abgestellt hatte, kam sie noch mal raus zu mir an den Anleger. Ich umgriff ihren Oberkörper und drückte sie ganz fest an mich.

»Emi, ich danke dir für die wunderschönen Tage, komm gut nach Hause und du meldest dich bitte sofort, wenn du in Hamburg angekommen bist, ok?«

»Du bist so lieb, danke für alles, Alexandra! Danke, danke!«, sagte sie leise. Ich kramte in meiner Jackentasche, zog das kleine Päckchen heraus und hielt ihr es entgegen.

»Flipp jetzt nicht gleich wieder aus, es ist nur eine

Kleinigkeit. Es soll dich beschützen, wenn ich nicht in deiner Nähe bin. Aber vielleicht kommst du noch mal nach Föhr. Ich bin ja voraussichtlich noch vier Wochen hier.«

Ich nahm ihr Gesicht in meine Hände und drückte ihr einen Kuss auf die Stirn. »Und, wenn du zurück bist, dann gründen wir eine WG, versprochen?«, fragte sie lachend nach.

»Versprochen, Emi!« Wir umarmten uns noch einmal ganz fest, bevor wir uns verabschieden mussten. Die Fähre war zur Abfahrt bereit. Emilia lief Richtung Auto und winkte, ohne sich noch mal umzudrehen. Ich schaute der Fähre hinterher, bis sie nicht mehr zu sehen war.

Was waren das für wundervolle Tage gewesen. So was hatte ich schon seit Jahren nicht mehr erlebt. Aber Emilia musste unbedingt von diesem Tom Quist weg. Sobald ich zurück bin, werde ich das Haus in Blankenese verkaufen und eine wg-taugliche Wohnung suchen, dachte ich. Eine WG! Alexandra, du spinnst. Ich musste lachen und war im vollen Glücksrausch. Am frühen Nachmittag klingelte mein Handy. Es war Emilia.

»Emi, bist du gut angekommen?«, fragte ich. Die Autofahrt war ohne Probleme verlaufen. Wir redeten noch über die letzten Tage und fanden beide, dass wir das wiederholen sollten. »Wenn irgendetwas ist, dann meldest du dich bitte bei mir, ok?«, fragte ich nach. »Ich drück dich, bis bald.«

Dann legte ich auf. Da saß ich jetzt wieder alleine in meinem Haus. Draußen fing es erneut an zu schneien und ich entschied mich noch für einen ausgedehnten Spaziergang, um in Erinnerungen zu schwelgen.

Die nächsten Tage verliefen recht unspektakulär. Mit Marvin telefonierte ich öfters geschäftlich, aber von Emilia fehlte jede Spur. Ich vermisste sie sehr, wollte sie aber nicht bedrängen. Daher entschied ich mich dafür, mich nicht bei ihr zu melden. Es war inzwischen Mitte Januar. Ich überlegte, ob ich meine Auszeit früher beenden sollte, als ich mir in der Küche einen schwarzen Friesentee aufbrühte. Doch eigentlich verlief in der Agentur alles unproblematisch. Doch dann kündigte Marvin mit einer überraschenden Nachricht an, dass er auf dem Weg zu mir war und um 13 Uhr auf der Insel sein würde. Ich hatte plötzlich ein ungutes Gefühl.

Ich nahm Marvin direkt am Hafen in Empfang und wir gingen sofort in Richtung Strand. »Was ist passiert, Marvin? Gibt es Probleme in der Agentur?«, fragte ich besorgt nach.

»Nein, in der Agentur ist alles in Ordnung.«

»Aber?«, fragte ich. Er stellte sich vor mich und sah mich ernst an.

»Du hast doch Emilia deinen Audi mitgegeben.«

»Ja. Und?«, fragte ich immer noch ahnungslos. Er wandte seinen Blick auf die Nordsee. »Marvin! Hatte Emilia einen Unfall?«

»Nein, ihr ist nichts passiert. Du hast ja sicherlich schon gemerkt, dass Emilia sich bei dir die letzten Tage nicht gemeldet hat. Sie war gestern in der Agentur und hat mir den Grund dafür gesagt. Sie war völlig aufgelöst und kaum zu beruhigen. Vor lauter Angst vor deiner Reaktion hat sie sich mir anvertraut.« Ich sah ihn erschüttert an. »Also«, setzte er an, »Tom Quist hat deinen Audi verkauft! Emilia hatte davon natürlich keine Ahnung. Er hat ihr die Autoschlüssel geklaut.« Ich sah Marvin mit großen Augen an.

»Bitte was?«, fragte ich schockiert nach. »Der Typ hat was getan? Meinen Audi verkauft?«

»Ja, ins Ausland mit gefälschten Papieren und laut Aussage von Emilia soll er dafür 68.000 Euro kassiert haben.« Ich drehte mich um und versuchte die Fassung zu wahren. »Wo ist dieser Tom Quist jetzt?«

»Wir wissen es nicht«, gab Marvin zur Antwort. Ich drehte mich wieder zu ihm um.

»Jetzt reicht es wirklich! Hast du die Polizei verständigt?«, fragte ich aufgebracht.

»Nein, noch nicht. Du weißt doch, wie der Kerl drauf ist. Womöglich hätte er sich sofort an Emilia vergriffen! Ich wollte das erst mit dir besprechen, persönlich.«

»Marvin, das ist jetzt kein Spiel mehr!«, entgegnete ich ungehalten.

»Das weiß ich selbst! Ich dachte nur, es geht dir mehr um Emilia als um deinen Audi.« Wir schauten einander fragend an.

»Natürlich ist mir Emilia wichtiger, aber das kann ich unmöglich dulden! Das nicht! Deshalb hat sie sich auch nicht mehr bei mir gemeldet?!« Wieder signalisierte sie mir, dass sie bei Problemen nicht zu mir kommt. »Ich glaub das alles nicht. Danke, Marvin, dass du extra vorbeigekommen bist! Ich denke, ich werde meine Auszeit hier und jetzt abbrechen und zurückkommen«, sagte ich genervt.

»Das bringt doch auch nichts! Was willst du denn machen?«

»Im Moment weiß ich es nicht. Um Emilia nicht in Gefahr zu bringen, muss ich es wohl erst mal so hinnehmen. Und ein neues Auto muss ich mir jetzt auch besorgen. Ich kann es einfach nicht fassen. Dieser Mistkerl!«

Gab es außer Marvin eigentlich noch einen normalen Mann auf dieser Welt? Wir liefen wieder zum Fähranleger zurück und verabschiedeten uns. Bis die Fähre draußen auf dem Meer war, sah ich Marvin winkend hinterher. Im Haus angekommen, konnte ich immer noch nicht glauben, was passiert war. Aber das Schlimmste war, dass Emilia mir wieder einmal nicht selbst davon erzählt hatte.

Mein Handy klingelte. Robert. Nicht der jetzt auch noch! Genervt nahm ich den Anruf an. Ausgerechnet jetzt wollte er sich den Audi ausleihen, da Susan Hauck seinen Wagen bräuchte. Mir blieb nichts anderes übrig, als Robert von dem Diebstahl zu erzählen. Natürlich konnte er nicht nachvollziehen, wie ich so ruhig bleiben konnte und den Vorfall nicht der Polizei meldete. Für Emilia hatte er noch nie Verständnis aufgebracht. Ich beendete das Telefonat und bereute sofort, mich Robert offenbart zu haben.

Enttäuscht und immer noch fassungslos ließ ich mich in einen der Ohrensessel gleiten und starrte zum Fenster hinaus.

## 34. Kapitel

Die Tage nach der Abfahrt von Marvin fühlten sich leer an. Ich blieb die meiste Zeit im Haus und vergrub mich regelrecht im Bett oder im Sessel vor dem Kamin. Von Emilia hatte ich immer noch nichts gehört. Ich konnte nicht glauben, dass sie so wenig Vertrauen zu mir hatte. Ich dachte, das hätten wir geklärt, aber leider wurde ich wieder mal eines Besseren belehrt.

Aus lauter Verzweiflung fing ich an ein Buch zu lesen, das ich nach ungefähr zwanzig Seiten wieder zur Seite legte, weil ich mich einfach nicht darauf konzentrieren konnte. Da ich hier nicht mehr zur Ruhe kommen würde, entschloss ich mich letztendlich doch dafür, abzureisen. Ich packte meine Sachen und fuhr mit einem Leihwagen zur Fähre, die ohne Verzögerung in Richtung Festland startete.

Nach zwei Stunden anschließender Autobahnfahrt kam ich in Hamburg an und fuhr direkt in die Agentur.

»Frau Marquardt?«, rief mir Frau Cooper voller Überraschung entgegen. »Wie schön! Sind Sie jetzt wieder an Bord?«, fragte sie freudestrahlend.

»Ja, Frau Cooper, ich bin wieder an Bord. Sagen Sie bitte Herrn Hover Bescheid, dass ich im Haus bin und ihn sprechen möchte.«

»Sehr gerne, Frau Marquardt. Darf ich Ihnen einen Tee bringen?«, fragte sie routiniert wie immer.

»Nein, danke, Frau Cooper, heute nicht und ich möchte nicht gestört werden.«

Ich drehte mich um, ging in mein Büro und schloss die Tür hinter mir zu. Ich lehnte mich erst wie gewohnt mit dem Rücken an die Tür, überblickte den Raum und sah dann aus dem Fenster.

Was hatte ich hier alles erlebt? Meine Gedanken

wurden durch das Klopfen an der Tür unterbrochen. Ich ging zur Seite und öffnete sie. »Hey, Alexandra, ich habe noch gar nicht mit dir gerechnet!«, sagte Marvin.

»Hey! Ja, ich bin kurzfristig aufgebrochen. Ich habe es einfach nicht mehr ausgehalten«, erklärte ich geknickt.

»Es ist gut, dass du da bist. Es ist etwas passiert.« Ich sah Marvin direkt in die Augen und wusste, es musste etwas Ernstes sein.

»In der Agentur?«, fragte ich vorsichtig nach.

»Nein, hier ist wie immer alles in Ordnung. Setz dich bitte mal hin!«, sagte er mit sorgenvoller Miene.

»Was ist denn los, Marvin, jetzt rede schon!« Angst kam über mich. Marvin räusperte sich und man konnte ihm ansehen, dass er nach den richtigen Worten suchte.

»Es geht um Emilia.«

»Ja?«, fragte ich wie versteinert. »Was ist mit ihr?« Marvin regte sich nicht. »Marvin!«, rief ich ungehalten und mein Herz schlug mir bis zum Hals.

»Robert war bei Tom Quist in der Wohnung und hatte ihn zur Rede stellen wollen wegen deines Audis.« Marvin sprach nicht weiter.

»Ja, und?«

»Ich frage mich die ganze Zeit, woher Robert das überhaupt wusste«, sprach Marvin leise weiter. Ich musste schlucken und schlug die Hände vors Gesicht.

»Was ist jetzt mit Emilia?«, fragte ich zögernd nach. Ich hatte solche Angst vor der Antwort. Marvin streichelte mir über die Arme.

»Sie liegt schwerverletzt in der Klinik.«

Mir wurde heiß und kalt zugleich, ein Schauer lief mir über den Rücken und ich bekam keine Luft mehr.

Ich ließ mich fassungslos gegen das Fenster fallen. Marvin stützte mich von hinten und versuchte mich zu beruhigen. Ich ging in die Hocke und fing schrecklich an zu weinen.

War ich daran schuld, weil ich Robert davon erzählt hatte? Immer und immer wieder stellte ich mir diese eine Frage. »Was ist mit ihr?«, fragte ich aufgewühlt.

»Sie hat ein schweres Bauchtrauma. Er muss mit einem harten Gegenstand auf sie eingeschlagen haben. Mehrere Rippen sind gebrochen und ihr rechtes Handgelenk musste mit mehreren Schrauben fixiert werden. Ihr Zustand ist wirklich ernst, Alexandra, aber die Ärzte tun alles Menschenmögliche, um Emilia zu helfen.«

Ich war wie in Trance und nahm die Worte von Marvin kaum noch wahr. Ich versuchte aufzustehen, aber es gelang mir nur, weil Marvin mir aufhalf. Er war auch sichtlich getroffen. »Ich will sofort zu ihr.«

»Ich fahr dich«, sagte er wie selbstverständlich.

»Danke, Marvin. Was würde ich nur ohne dich machen?« Weinend lehnte ich mich an seine starke Schulter. Ich nahm meine Tasche und Marvin führte mich zum Auto. Die Fahrt zum Krankenhaus kam mir endlos vor. Als wir dort ankamen, stieg Panik in mir auf. Ich fühlte mich so tief am Boden wie noch nie. Wir fuhren in den ersten Stock zur Intensivstation und klingelten am Empfang. Eine Frau in grüner, steriler Kleidung öffnete uns. »Ja, bitte?«, fragte sie freundlich nach. Da ich kaum sprechen konnte, ergriff Marvin das Wort.

»Guten Tag, wir möchten gerne den behandelten Arzt von Emilia Maier sprechen.«

»Tut mir leid, Herr Professor Simureit operiert gerade. Es kann noch einige Stunden dauern«, sagte die

Frau. »Kann ich Ihnen helfen?«, fragend und besorgt sah sie uns an. Weil ich dieses Warten einfach nicht mehr aushielt, sammelte ich mich.

»Ich will zu ihr«, sagte ich schwerfällig.

»Sind Sie eine Angehörige?«, fragte die Frau nach. Ich sah zu Marvin und dann wieder zu der Frau. »Sie ist meine Schwester. Lassen Sie mich bitte zu ihr!«, sagte ich so ruhig wie nur möglich. Sie machte den Weg frei und begleitete uns in einen Vorraum. Dort zog man mir sterile Kleidung über. Alles war gekachelt und es roch stark nach Desinfektionsmittel. Angst überkam mich wieder und Marvin streichelte mir über den Rücken. Ich war so froh, dass er da war. »Ich warte hier, Alexandra. Wenn du mich brauchst, bin ich da, ok?« Ich nickte stumm und folgte der Schwester den Gang entlang. Sie öffnete die Tür und lauter verschiedene Töne waren zu hören. Ich ging hinein und realisierte nur noch, wie die Tür hinter mir wieder geschlossen wurde. Vor Entsetzen hielt ich mir die Hände vors Gesicht und meine Tränen liefen einfach, ohne dass ich etwas hätte dagegen tun können. Ich glaubte nicht, was ich dort sah. Emilia war über und über mit Schläuchen und Kabeln versehen. Ihr rechtes Handgelenk lag in einer Schiene und die Schrauben, die ihr Gelenk fixierten, waren sichtbar. Über ihrem Mund war ein Intubationsschlauch befestigt, der sie künstlich beatmete. Auf ihren Handrücken war jeweils ein Zugang gelegt, der sie mit Infusionen versorgte. Auf ihrem Brustkorb waren mehrere Kabel angebracht, die ihren Herzschlag überwachten. Am linken Oberarm hatte sie eine Blutdruckmanschette, die sich ständig auf- und abpumpte und am Bett hingen mehrere Beutel, wo gesammelte Flüssigkeit vom Körper abtransportiert wurde. Alle Geräte piepsten, summten oder machten sonst irgendein Geräusch. Alles blinkte und flimmerte. Es war so beängstigend. Ich konnte den Anblick nicht länger ertragen und merkte, wie mir plötzlich schlecht wurde. Mit letzter Kraft versuchte ich mich auf den bereit gestellten Stuhl zu setzen und stützte mir den Kopf auf. Ich konnte nicht näher an sie herantreten. Der Mensch, der mir die letzten Monate so sehr ans Herz gewachsen war, war unerreichbar für mich.

Plötzlich spürte ich eine Hand auf meiner Schulter und blickte vorsichtig auf. Es war die Schwester, die mir zu verstehen gab, dass Emilia absolute Ruhe bräuchte und ich jetzt besser gehen sollte. Ich stand auf, ohne noch mal zu Emilia zu sehen, und verließ das Krankenhaus über die Fluchttreppe.

Als ich vor die Tür trat, konnte ich endlich klare und frische Luft einatmen. Marvin kam mir entgegengelaufen und sah mich besorgt an. »So schlimm?«, fragte er fürsorglich nach.

Ich nickte nur und fing sofort wieder an zu weinen. Marvin nahm mich in den Arm und brachte mich nach Hause. Da ich heute Nacht unmöglich allein bleiben wollte, bat ich ihn, zu bleiben. Er willigte sofort ein und ich schlief auf der Couch in seinen Armen ein.

## 35. Kapitel

Am nächsten Morgen wachte ich mit starken Kopf-schmerzen auf. Ich hoffte, dass Erlebte nur geträumt zu haben. Aber die Tatsache, dass Marvin da war, ließ meine Hoffnung ganz schnell schwinden.

Ich setzte mich an die Kante der Couch und merkte, dass auch Marvin langsam zu sich kam. »Hey, guten Morgen!«, sagte er leise.

»Guten Morgen!«, gab ich genauso leise zurück. »Ich geh schnell duschen. Kannst du mich dann in die Klinik fahren?«

»Klar, kann ich machen«, sagte Marvin ganz selbst-verständlich. »Zurück müsstest du dir ein Taxi neh-men. Ich habe heute unzählige Besprechungen.«

»Natürlich, mach ich und vielen Dank noch mal wegen gestern.« Ich drückte ihm einen Kuss auf die Wange und machte mich im Bad fertig. Unterwegs im Auto musste ich dauernd daran denken, was ich zu Ro-bert gesagt hatte.

»Wo ist eigentlich dieser Tom Quist jetzt?«, fragte ich vorsichtig.

»Die Polizei fahndet inzwischen nach ihm«, sagte Marvin, »aber, ich weiß ganz genau, was in dir vorgeht und was du gerade denkst. Misch dich da ja nicht ein! Sei einfach für Emilia da, das ist das Wichtigste im Mo-ment.« Ich wusste, dass er Recht hatte, aber ich hätte diesen Quist am liebsten umgebracht.

Als wir am Krankenhaus angekommen waren und sich Marvin von mir verabschiedet hatte, stieg ich nicht gleich aus. Ich starrte zum Fenster hinaus und meine Augen füllten sich erneut mit Tränen. »Alles ok so-weit?«, fragte Marvin besorgt nach.

»Ich bin schuld daran, dass Emilia hier liegt.« Ich

musste schwer schlucken.

»Was redest du denn da? Das stimmt doch nicht«, versuchte Marvin, mich zu beruhigen.

»Ich habe Robert erzählt, dass Tom Quist meinen Audi gestohlen hat«, sagte ich mit gesenktem Kopf.

»Du hast was? Alexandra, das ist jetzt nicht dein Ernst! Du weißt doch, dass dieser Quist zu allem fähig ist.« Wieder liefen mir Tränen übers Gesicht. Also ruderte Marvin offenbar etwas zurück, indem er erklärte: »Jetzt mach dich nicht so fertig! Die hauptsächliche Schuld trifft trotz allem noch ihn und nicht dich. Komm, jetzt geh zu ihr. Sie braucht dich.« Ich wischte mir die Tränen weg und nickte stumm. Dann stieg ich schwerfällig aus und lief ins Krankenhaus.

Nachdem ich von der Schwester wieder sterile Kleidung bekommen hatte, wurde ich zu Emilia gebracht. Sie lag immer noch an der Beatmungsmaschine. Ganz dicht setzte ich mich neben sie auf einen Stuhl und streichelte ihren Arm, soweit das überhaupt möglich war. Ich stand auf und gab ihr einen Kuss auf die Stirn. Als ich mich wieder setzen wollte, erblickte ich an ihrem linken Handgelenk das rosafarbene Swarovskiarmband. Sie trug es wirklich, nur beschützt hatte es sie nicht. »Süße, was würde ich dafür geben, die Zeit zurückdrehen zu können?«, flüsterte ich in ihre Richtung. Ich hielt mir meinen Kopf, der wieder stark anfing zu pochen. Plötzlich wurde die Tür geöffnet und der behandelnde Arzt kam herein. »Guten Tag, ich bin Professor Simureit. Ich habe Ihre Schwester operiert«, sagte er mit ruhiger Stimme.

»Und was fehlt ihr jetzt genau?«, fragte ich besorgt nach. Nachdem der Arzt die Maschinen überprüft und Emilia mit einer Lampe in die Augen  gesehen hatte, wandte er sich wieder mir zu. »Sie hat einen Milzriss davongetragen und mehrere Rippen sind gebrochen. Das Handgelenk konnten wir soweit wiederherstellen, aber daran muss sie noch mindestens zweimal operiert werden, damit das Gelenk wieder voll funktionsfähig wird. Sie hatte großes Glück. Wenn es zu keinen Komplikationen kommt, können wir morgen den Intubationsschlauch entfernen. Sorgen Sie bitte dafür, dass Ihre Schwester nicht mehr so einem Menschen ausgesetzt ist!«

Ich nickte nur und bedankte mich bei ihm. Bevor er den Raum verließ, drehte er sich noch mal zu mir um. »Wir wissen doch beide, dass Frau Maier nicht Ihre Schwester ist. Hab ich Recht?« Er schmunzelte und klopfte mir auf die Schulter.

Ich blieb mit Emilia alleine zurück. Kurz darauf signalisierte mir die Schwester erneut, dass es Zeit wäre zu gehen. Da ich Emilia nicht um ihre benötigte Ruhe bringen wollte, ging ich schweren Herzens und fuhr mit dem Taxi in die Agentur. Auf dem Weg zu meinem Büro kamen mir Frau Cooper und Susan aufgelöst entgegen. »Dürfen wir fragen, wie es Frau Maier geht, Frau Marquardt?« Ich sah sie beide an und wusste, dass mein verheulter Anblick kaum zu übersehen war. »Nicht gut«, sagte ich mit belegter Stimme und ging weiter in mein Büro. Die Tür ließ ich offen, da ich jetzt die Einsamkeit nicht ertragen konnte. Als ich zur Tür blickte, sah ich Frau Cooper dort stehen. »Wenn ich etwas für Sie tun kann, Frau Marquardt, dann lassen Sie es mich bitte wissen. Ich kann auch sehr gut zuhören«, sagte sie leise.

»Danke, Frau Cooper, das ist sehr lieb von Ihnen, aber im Moment möchte ich nur meine Ruhe haben.« Ich fuhr meinen Computer hoch und überschaute die Termine von Marvin. Meine Gedanken wurden durch das Klingeln meines Handys unterbrochen. Am anderen Ende sprach eine Mitarbeiterin des Autohauses und teilte mir mit, dass mein neuer Audi geliefert worden war und sie ihn heute noch vorbeibringen würden. Da meine verheulten Augen schmerzten, legte ich meinen Kopf auf meine Arme. Im Hintergrund konnte ich hören, wie die Tür zu meinem Büro leise geschlossen wurde. Ich war so verzweifelt, dass ich keinen klaren Gedanken mehr fassen konnte. Ich musste kurz eingenickt sein, als ich Stimmen im Vorzimmer vernahm. Roberts Stimme! Meine Tür öffnete sich und Robert kam mit großen Schritten auf mich zugelaufen.

»Guten Morgen, Alexandra! Wir müssen reden!«, sagte er aufgebracht. Ich stand auf und schloss die Tür von meinem Büro.

»Wir«, sagte ich, »müssen gar nichts mehr, Robert!« Ich stellte mich ganz dicht vor ihn. »Kannst du mir mal verraten, wie du dazu kommst Tom Quist aufzusuchen?, fauchte ich ihn an.«

»Jetzt hör mal, das ist doch kein Kavaliersdelikt, wenn man ein Auto stiehlt«, sagte er in einem nicht überhörbaren Ton.

»Was geht dich mein Leben an! Halt dich da gefälligst raus!«, schrie ich zurück. Robert war sichtlich getroffen und offenbar über meinen Ausraster entsetzt. »Weißt du eigentlich, was du angerichtet hast? Deinetwegen liegt Emilia jetzt schwerverletzt im Krankenhaus!« Ich konnte mich nicht mehr beruhigen und klappte voller Zorn meinen Laptop zu.

»Das tut mir leid. Das wollte ich nicht«, sagte er vorsichtig. »Wie geht es ihr denn?«

»Verschwinde, verschwinde aus meinem Leben!«, schrie ich immer lauter. »RAUS!!« Die Tür wurde aufgerissen und Marvin kam hereingestürmt.

»Was ist denn hier los?«, rief er uns entgegen. »Man kann euch bis auf den Gang hören! Jetzt beruhigt euch mal.« Ich stemmte meine Hände in die Hüfte und atmete schwer.

»Er soll gehen, sofort«, kam es mit letzter Kraft aus mir heraus. Robert verließ den Raum ohne ein weiteres Wort.

»Alexandra, du bist ja total außer dir. Setz dich bitte mal hin.« Da ich nur noch am Zittern war, widersetzte ich mich nicht und nahm auf einem Stuhl Platz. Ich bekam immer schlechter Luft und dachte, ich ersticke jeden Moment. »Frau Cooper? Rufen Sie bitte sofort den Notarzt!«, rief Marvin besorgt.

»Natürlich. Meine Güte!« Schon kurze Zeit später stand plötzlich ein Sanitäter vor mir. Ich sah ins Leere und konnte mich nicht mehr regen. Ich hörte nur gedämpft, wie sich der Mann mit Marvin unterhielt und sie irgendetwas von Nervenzusammenbruch sprachen. Ich merkte, wie ein Schmerz durch meinen Handrücken ging und sah einen Schlauch an meiner Seite. Der Helfer reichte mir zwei Tabletten und ein Glas Wasser. »Können Sie das schlucken, Frau Marquardt?« Ich nickte und nahm die Tabletten vorsichtig ein. »Wir würden Sie dann gerne zur Beobachtung mit in die Klinik nehmen«, sagte er ruhig.

»Nein, das will ich auf keinen Fall!« Ich wehrte mich mit letzter Kraft und griff mir an die Stirn.

»Alexandra, sei jetzt bitte vernünftig, du hast einen Nervenzusammenbruch!«, hörte ich Marvin sagen.

»Nein, mir geht es schon wieder besser. Danke!«

»Ja, aber nur durch die Infusion«, erklärte der Sanitäter. Da ich mich nicht überreden ließ, musste ich eine Erklärung unterschreiben, dass ich auf eigene Verantwortung handelte. Ich bekam noch ein Medikament gespritzt und danach waren die Sanitäter wieder weg.

»Mensch, Alexandra! Die Zeit mit Robert war schon nervenaufreibend genug, aber seitdem du mit Emilia befreundet bist, passiert eine Katastrophe nach der anderen.« Marvin schüttelte den Kopf, ich sah ihn traurig an und kam mir so hilflos vor.

»Kannst du mich nach Hause fahren?«, fragte ich ihn mit zitternder Stimme.

»Komm!«, sagte er nur und wir fuhren los.

## 36. Kapitel

Mit immer noch wackeligen Beinen saß ich morgens am Bettrand und ließ mich wieder nach hinten fallen. Ich starrte zur Decke und wusste, dass ich hier und jetzt etwas in meinem Leben ändern musste. Daher beschloss ich heute noch mal mir einen Tag frei zu nehmen und mir in aller Ruhe über mein weiteres Leben Gedanken zu machen.

Aber als Erstes musste ich Marvin anrufen. Bevor ich dazu kam, klingelte es an meiner Haustür. Ich warf mir den Bademantel über, ging die Treppe hinunter und sah durch den Spion an meiner Tür. Marvin. Erleichtert darüber, dass er es war, öffnete ich die Tür. Er grinste mir mit einer Tüte vom Bäcker entgegen.

»Guten Morgen! Ich dachte, vielleicht möchtest du eine Kleinigkeit frühstücken?« Ich musste schmunzeln und zeigte ihm mit einer Handbewegung, dass er reinkommen dürfe. Wir machten es uns mit einer Tasse Kaffee und Croissants am Küchentisch bequem.

»Wie hast du geschlafen?«, fragte Marvin.

»Geht so. War schon mal besser, aber ich will nicht jammern. Ich brauche heute noch mal eine Auszeit, ich muss nachdenken, wie es weitergehen kann. Morgen würde ich dann wieder in der Agentur erscheinen. Ist das ok für dich?«, fragte ich vorsichtig.

»Ja, klar. Du bist die Chefin«, entgegnete er. Nachdem wir uns ein bisschen über die Agentur unterhalten hatten, musste Marvin auch wieder los. An der Tür hielt ich ihn noch am Arm fest.

»Marvin, kannst du mir noch einen Gefallen tun?«

»Alles, was du willst«, antwortete er ganz selbstverständlich.

»Würdest du bitte im Laufe des Tages mal bei

Emilia vorbeischauen? Sie müsste jetzt eigentlich auf der Station liegen. Ich kann im Moment nicht zu ihr. Ich schaff das einfach nicht«, sagte ich mit gesenktem Kopf.

»Klar, mach ich. Ich sag dir Bescheid, wenn ich dort war.« Ich fiel Marvin um den Hals und drückte ihn ganz fest.

»Danke, für alles, Marvin!«, rief ich ihm noch hinterher, als er in sein Auto einstieg. Gedankenversunken schaute ich ihm noch hinterher, bis er um die nächste Straßenecke gebogen war. Ich machte mich im Bad fertig und zog mich an. Dann bestellte ich mir ein Taxi und ließ mich zur Agentur fahren, um meinen neuen Audi abzuholen, den man mir vorbeigebracht hatte. Das Auto gefiel mir sehr gut. Die schwarzen Wildledersitze mit der weißen Naht hatten es mir besonders angetan und auch sonst war er wirklich ein Schmuckstück. Die Tatsache, dass Tom Quist meinen anderen Audi gestohlen hatte, war für mich noch nicht vom Tisch, aber ich konnte im Moment nichts unternehmen und überließ dies der Polizei.

Bevor ich losfuhr, wählte ich einen bekannten Makler an. Ich wollte das Haus in Blankenese unbedingt verkaufen. Nicht nur, weil ich eventuell mit Emilia eine WG gründen wollte, sondern weil mich alles an mein altes Leben erinnerte und das wollte ich auf keinen Fall länger ertragen. Die Dame am Telefon war sehr freundlich und konnte mir bereits jetzt schon sagen, dass sie zurzeit sehr schöne Wohnungen in der Hafencity zum Verkauf in ihrem Angebot hätten. So machte ich direkt einen Termin aus, um noch am selben Tag ein paar Wohnungen anzusehen.

Bei der zweiten Besichtigung war es bereits um mich geschehen. Es war eine Penthouse Wohnung mit bodentiefen Fenstern. Die Wohnung war komplett mit Fußbodenheizung ausgestattet und hatte einen Kamin, der ins Wohnzimmer sowie in die offene Küche integriert war. Alles war in hellem Holz gehalten. Sie hatte eine Größe von 170 qm, sechs Zimmer und zwei Bäder. Perfekt für eine WG. Ich musste schmunzeln, war aber gleichzeitig furchtbar traurig, weil ich nicht wusste, wie es mit Emilia und mir weitergehen würde. Ob es überhaupt weiterginge. Das war die Wohnung, die ich schon immer haben wollte. Allein, weil Robert keine Penthouse-Wohnungen mochte, hatte ich damals darauf verzichtet. Aber jetzt konnte ich endlich zugreifen. Ich signalisierte der Maklerin, dass sie einen Notartermin vereinbaren könne und mein Haus ebenfalls zum Verkauf stand.

Nachdem ich noch einzelne Besorgungen gemacht hatte, fuhr ich direkt nach Hause und bereitete mich am Abend auf meine Rückkehr in die Agentur vor. Meine Gedanken wurden durch das Klingeln meines Handys unterbrochen.

»Hey, Marvin! Warst du bei Emilia?«, fragte ich ungeduldig.

»Ja, war ich! Es geht ihr den Umständen entsprechend gut. Sie hat noch Schmerzen, vor allem am Arm. Sie darf auch noch nicht aufstehen, weil der Arm weiterhin ruhig gestellt in der Schiene liegen muss « Es wurde ruhig in der Leitung. »Geh zu ihr! Sie hat bereits nach dir gefragt. Ihr quält euch doch nur unnötig.«

»Sie vertraut mir nicht, Marvin. Sie vertraut mir einfach nicht.«

»Du musst wissen, was du tust!«

»Ich bin so klar im Kopf wie schon lange nicht mehr. Ich weiß, was ich tue. Dann bis morgen in der Agentur, Marvin!» Wir verabschiedeten uns und ich legte auf.

Wieder kreisten meine Gedanken um Emilia. Bei meinem Entschluss, sie erst mal nicht zu besuchen, blieb ich standhaft. Es war einfach besser so. Sie war über den Berg und im Krankenhaus in den besten Händen. Das war zunächst das Wesentliche. Müde legte ich mich ins Bett und schlief erstaunlich schnell ein.

## 37. Kapitel

Heute war es also soweit. Ich musste wieder zur Hochform auflaufen. Vor dem Gebäude der Agentur angekommen, ging ich zielstrebig hinein. Von einigen Mitarbeitern wurde ich bereits im Empfangsbereich begrüßt. Frau Cooper stand die Freude ins Gesicht geschrieben.

»Frau Marquardt, wie schön! Geht es Ihnen wieder besser?.«

»Guten Morgen, Frau Cooper. Ja, alles wieder in Ordnung«, gab ich prompt zurück. Ich sah zum Schreibtisch von Susan, der noch unbesetzt war. Mit einer Kopfbewegung zeigte ich fragend dort hin und Frau Cooper informierte mich darüber, dass Susan aufgrund eines Arzttermins heute später käme. Ich nickte. »Schönen Tag für Sie, Frau Cooper!«

»Für Sie auch, Frau Marquardt! Und übrigens, Ihre neue Frisur steht Ihnen ausgesprochen gut«, lächelte sie mich an. Ich bedankte mich bei ihr und schloss die Tür hinter mir zu. Kurze Zeit später kam Frau Cooper mit meinem Tee herein und platzierte die Kanne auf dem Stövchen. Daran hatte sich glücklicherweise nichts geändert.

»Frau Cooper, bitte lassen Sie für 10 Uhr die Mitarbeiter im Besprechungsraum versammeln. Vielen Dank!« Mein Blick schweifte aus dem Fenster zur Elbe, als es an meiner Tür klopfte und Marvin hereinkam. Ich sprang auf und ging ihm entgegen.

»Hey, guten Morgen, schöne Frau!« Wir umarmten uns.

»Guten Morgen, mein Lieber. Ich bin also wieder da und ich habe Frau Cooper bereits gebeten, die Mitarbeiter für 10 Uhr zu versammeln.«

»Du machst gleich wieder Nägeln mit Köpfen, was?«, entgegnete Marvin mir lachend.

»Hey, machst du dich lustig über mich?« Fragend sah ich ihn an. »Wir stehen ja jetzt kurz vor dem Höhepunkt. Ich bin so gespannt, ob wir den Sprung über den großen Teich geschafft haben, Marvin.« Er stimmte mir zu, war aber sehr zuversichtlich. »Ich werde morgen gleich drei Auswärtstermine wahrnehmen und die Weichen dafür stellen.«

»So kenne ich meine Alexandra«, sagte Marvin lächelnd. Kurze Zeit später machte ich mich schon auf den Weg zum Besprechungsraum. Alle Mitarbeiter waren bereits versammelt, darunter auch Marvin. Ich setzte mich und alles wurde augenblicklich still.

»Guten Morgen, meine lieben Mitarbeiterinnen und Mitarbeiter! Wie Sie sehen, bin ich wieder zurück und werde nun wieder die Agentur, natürlich in enger Zusammenarbeit mit Herrn Hover, leiten. Wie bereits bekannt, stehen wir kurz davor, die größte Agentur Deutschlands zu werden und dafür möchte mich in aller Form bei Ihnen bedanken.«

Ich stand auf und sah jeden einzelnen Mitarbeiter an. »Ihnen verdanke ich, und da spreche ich sicher auch im Namen von Herrn Hover, diese unglaubliche Chance, die in greifbare Nähe gerückt ist. Sie alle haben zu diesem Erfolg beigetragen und alle zusammen daran gearbeitet. Aus diesem Grund möchte ich Ihnen meinen Dank zum Ausdruck bringen, egal wie es jetzt letztendlich ausgeht. Ich habe daher für den 12. Februar ein kleines Fest organisiert, um auf eine neue Phase nach den letzten schweren Monaten anzustoßen.« Die Mitarbeiter fingen wild an, auf ihren Tischen zu klopfen und pfiffen vor lauter Begeisterung. Mit einer Handbewegung versuchte ich, sie wieder zu beruhigen, was mir auch prompt gelang. »Es wird vermutlich nicht vermeidbar sein, dass auch die Presse vor Ort sein wird«, schmunzelte ich, »daher möchte ich Sie bitten, sich von Ihrer besten Seite zu zeigen.« Die Mitarbeiter und ich mussten lachen.

»Zu aller Letzt möchte ich mich in dieser Runde noch bei jemandem ganz besonders bedanken, weil es mich ohne diesen Menschen vermutlich heute nicht mehr geben würde.« Ich senkte kurz den Kopf, um mich zu sammeln. »Mein ganz besonderer Dank gilt Marvin Hover, der mich die letzten Monate in der Agentur perfekt vertreten hat, der für mich ein echter Freund ist und immer unermüdlich für mich da ist. Ich danke dir sehr, Marvin, und ich wäre froh, wenn du auch weiterhin mit mir zusammen die Agentur leiten würdest.« Marvin stand auf und nahm mich in den Arm. Die Mitarbeiter klatschten freudig.

»Sie würden auch ein perfektes Paar zusammen abgeben!«, rief einer der Mitarbeiter. Marvin und ich sahen uns verlegen an, bevor wir laut loslachen mussten.

Die Stimmung im Haus war total gelöst und mir erschien, dass dies erst nach dem Weggang von Robert so geworden war. »Ich danke Ihnen für Ihre Aufmerksamkeit und bitte Sie, nun wieder an Ihre Arbeit zu geben. Einen schönen Tag noch!«

Alle klatschten erneut und Marvin folgte mir in mein Büro. »Alle Achtung. Alexandra Marquardt is back!«, grinste er mich an.

»Ich bin so gespannt, wie der Termin morgen verläuft, ob wir wirklich die Zusage erhalten.«

»Du musst mich danach sofort anrufen, das ist ja wohl klar«, funkelte Marvin mich an.

»Natürlich!«, sagte ich mit fester Stimme. Als Marvin mein Büro wieder verließ, folgte ich ihm ins Vorzimmer, da Susan bei der Besprechung aufgrund ihres Arzttermins nicht anwesend sein konnte. Als sie mich sah, sprang sie sofort auf und ging mir entgegen.

»Frau Marquardt, entschuldigen Sie bitte, dass ich vorhin bei der Besprechung nicht dabei sein konnte, aber ich musste dringend zum Arzt.«

»Frau Cooper hatte Sie entschuldigt, Susan! Alles gut. Ich wollte mich bei Ihnen noch persönlich bedanken, so wie ich es auch bei den anderen Mitarbeitern getan habe. Ich bin mit Ihrer Arbeit sehr zufrieden, Susan, vielen Dank dafür!« Sie sah mich mit großen Augen an und nickte vorsichtig. »Frau Cooper hat es Ihnen vielleicht schon gesagt?«, fragend sah ich zu ihr rüber. Sie schüttelte aber den Kopf.

»Also, am 12. Februar gibt es in der Firma ein kleines Fest als Dank für Ihrer aller geleistete Arbeit. Ich würde mich sehr freuen, wenn Sie auch daran teilnehmen würden.«

»Vielen Dank, Frau Marquardt! Ich komme sehr gerne.«

Ich lächelte beide an und ging rückwärts wieder in mein Büro. Als ich an meinem Schreibtisch stand und auf die Elbe schaute, musste ich wieder an Emilia denken. Sie hatte aus mir einen ganz neuen Menschen gemacht. Dafür war ich ihr sehr dankbar, aber den entscheidenden Schritt, der uns wieder zusammenführen könnte, den musste definitiv sie machen.

38. Kapitel

Am frühen Vormittag fuhr ich relativ aufgeregt zu dem alles entscheidenden Termin. Bei diesem Gespräch würde mir unverblümt mitgeteilt, ob es Maxfield tatsächlich geschafft hatte. Das Geschäft war in den vergangenen Jahren härter geworden. Innovationsdruck, das schnelllebige Projektgeschäft und das steigende Kostenbewusstsein auf Kundenseite, machten es nicht gerade einfacher. Mancherorts lässt die weltpolitische Lage Werbetreibende vor Investitionen zurückschrecken. Gleichzeitig drängen Unternehmens- und IT-Beratungen ins Kerngeschäft vor. Wenn ich es heute geschafft hätte, die größte Werbeagentur Deutschlands zu besitzen, wäre ich mehr als stolz und ich hätte alles erreicht, was ich mir vorgenommen hatte. Fast alles. Zielstrebig ging ich in das Recma-Institut, das das Ranking der deutschen Media-Agenturen vorlegte. Die Dame am Empfang brachte mich zu meinem Termin und nach kurzem Smalltalk beruhigte sich mein Herzschlag wieder etwas.

Herr Thomè des Recma-Instituts, der mir die Botschaft übermitteln sollte, kramte in seinen Unterlagen und die anderen Beteiligten waren genauso wie ich davon sichtlich irritiert, warum er so schlecht vorbereitet war. Ich atmete hörbar aus und räusperte mich, als er endlich die Unterlagen auf dem Tisch ausbreitete.

»Also, Frau Marquardt, machen wir es kurz und knapp. Sie haben das Ziel erreicht. Maxfield hat sich als hellster Stern am Himmel etabliert.« Ich sah erst ihn an und dann zu den anderen Herren, die sich bereits von ihren Stühlen erhoben hatten und die Knöpfe ihrer Sakkos schlossen. Mir fielen tausend Steine von den Schultern und ich hätte laut vor Begeisterung

losschreien können. Doch ich zog es vor, weiter professionell aufzutreten und behielt gekonnt die Ruhe. Die
Herren beglückwünschten mich und wir stießen noch
auf den Erfolg mit einem Glas Champagner an. Als ich
endlich in die Freiheit entlassen wurde, schrie ich laut
zum Himmel hoch. Ich hatte es tatsächlich geschafft!
Maxfield war die größte Werbeagentur Deutschlands.
Auf dem Weg zum Auto kramte ich mein Handy aus
der Tasche und rief Marvin an. Es klingelte zweimal bis
er abnahm. Ohne auf ein Wort von ihm abzuwarten,
schrie ich in den Hörer.

Er war genauso wie ich von der Nachricht total
überwältigt. Völlig fertig lehnte ich mich an mein Auto
und beschloss mit Marvin, es den Mitarbeitern gemeinsam zu sagen. Auf direktem Weg fuhr ich in die Agentur zurück. Dort angekommen, konnte ich Marvin in
seinem Büro nicht antreffen. Wie sich danach raus-
stellte, war er bereits im Vorzimmer bei Frau Cooper.
Ich warf meine Tasche auf den Tisch und fiel Marvin
einmal mehr dankbar um den Hals. Ohne ihn hätte ich
die letzten Jahre nicht überstanden. Er umarmte mich
fest und drehte sich auf der Stelle.

»Hey, Frau Marquardt, herzlichen Glückwunsch
zum Erfolg!« Wir lachten zufrieden. Frau Cooper und
Susan, die alles mit verfolgen konnten, freuten sich genauso.

»Frau Cooper, bitte lassen Sie alle Mitarbeiter im
Besprechungsraum versammeln!»

»Sehr gerne, Frau Marquardt, sehr gerne!«

Marvin und ich gingen direkt los, um noch vor den
Mitarbeitern da zu sein. Es dauerte keine fünf Minuten
bis alle Mitarbeiter anwesend waren. Marvin und ich
blieben stehen und sahen in die Runde. »Also, meine
lieben Mitarbeiterinnen und Mitarbeiter, wir machen

es kurz. Maxfield ist zur größten Werbeagentur Deutschlands gekürt worden mit 1360 Indexpunkten!«, rief ich in die Runde. Alle Mitarbeiter sprangen auf und lagen sich teilweise in den Armen. Die anderen applaudierten wie wild. Man konnte allen die Erleichterung im Gesicht ansehen. Marvin ergriff noch mal das Wort, bevor wir sie wieder entließen.

Dann gingen wir umschlungen in mein Büro und sahen uns nur an, keiner sagte etwas. »Jetzt hast du alles erreicht, Alexandra! Zur Krönung fehlt doch jetzt nur noch Emilia, habe ich Recht?«, fragte er vorsichtig. Ich nickte.

»Ja, jetzt fehlt mir nur noch Emilia. Warst du noch mal bei ihr?«, fragte ich besorgt nach.

»Ja, vorgestern. Es geht ihr inzwischen ganz gut, aber sie macht keinen Hehl daraus, dass du ihr schmerzlich fehlst. Sie wird in zwei Tagen entlassen.« Ich schüttelte nur den Kopf. Ich konnte jetzt nicht auf sie zugehen. Sie hatte mir nichts von dem Diebstahl gesagt.

Marvin verabschiedete sich zum nächsten Termin und ich wurde über meinen elektronischen Terminkalender davon unterrichtet, dass ich in einer Stunde meinen Notartermin wegen der Penthouse-Wohnung hatte. Kurzerhand gehörte die Wohnung mir. Für die nächsten Tage hatte ich mir fest vorgenommen, neue Möbel zu kaufen und mein neues Zuhause nach Herzenslust einzurichten. Schön hell und luftig im Schweden-Style sollte sie aussehen. Glücklich fuhr ich abends mit Marvin ins Restaurant *Seehof*, um auf unseren gemeinsamen Erfolg anzustoßen. Bei einem leckeren Essen sowie einer Flasche Champagner ließen wir den Abend ausklingen. Er war genauso erleichtert wie ich. Nach all der schweren Zeit, so einen Erfolg zu erzielen, war alles andere als selbstverständlich und bedeutete mir sehr viel.

Die nächsten zwei Wochen verliefen ohne Zwischenfälle. Robert ließ sich zwischendrin blicken, aber nur um Susan von der Arbeit abzuholen. Mein Haus war inzwischen auch verkauft, aber von diesem Tom Quist fehlte weiterhin jede Spur. Genauso wie von Emilia. Der Hausverkauf fiel mir doch nicht so leicht. Immerhin hatte ich dort etliche Jahre mit Robert verbracht. Neben den schlechten Zeiten gab es auch schöne Momente. Ganz besonders blieb mir in Erinnerung, wie ich die Farbe für die Wohnzimmerwände ausgesucht hatte. Robert war davon alles andere als begeistert. Wie ich nun mal war, hatte ich mich auch hier durchgesetzt und die Wände in einem zarten Taupe erstrahlen lassen. Und der kleine Zierapfelbaum, den ich im Garten gepflanzt hatte, war mir besonders ans Herz gewachsen. Diesen Baum hätte ich am liebsten ausgepflanzt und mitgenommen. Aber hätte ich ihn in einem Topf auf die Dachterrasse stellen sollen? Ich musste über mich selbst schmunzeln.

Die Feier mit den Mitarbeitern war feucht, fröhlich. Alle waren gelöst und genossen sichtlich die entspannte Atmosphäre. Bis um drei Uhr in der Früh hatten wir gefeiert. Völlig erledigt fuhr ich danach in meine Penthouse-Wohnung und ließ mich müde aber zufrieden ins Bett fallen. Mein Leben stand endlich wieder auf einem festen Fundament. Zu meinem Glück fehlte jetzt nur noch Emilia.

Als ich am nächsten Morgen in der Agentur eintraf, wurde ich bereits von einzelnen Mitarbeitern im Empfangsbereich auf die Artikel in der Zeitung angesprochen. Die Presse hatte ganze Arbeit geleistet. Viele Zeitungen zitierten den großen Erfolg der

Werbeagentur Maxfield:

*Die Werbeagentur Maxfield, mit der Inhaberin Alexandra Marquardt, sowie dem stellvertretenden Geschäftsführer Marvin Hover, führt die Rankingliste der besten Werbeagenturen Deutschlands mit 1360 Indexpunkten an. Der geschätzte Jahresumsatz beläuft sich im höheren 2-stelligen Millionenbereich.*

Als ich das las, musste ich schmunzeln und war so stolz auf mich selbst, auf Marvin und natürlich auch auf meine Mitarbeiter. Ich faltete die Zeitung zusammen und übergab sie wieder der Empfangsdame, die jetzt wohl eine Gehaltserhöhung erwartete, nachdem sie das gelesen hatte.

Weitere Tage waren vergangen. Marvin und ich arbeiteten professionell wie eh und je. Alles war perfekt, fast alles. Als wir die Zahlen für den Wirtschaftsprüfer abstimmten, kam mir erneut der Gedanke, dass ich ihn endlich auf seine neue Bekanntschaft ansprechen sollte. Irgendwie belastete mich das. An den Gedanken wollte ich mich einfach nicht gewöhnen, dass ich Marvin womöglich nicht mehr für mich alleine haben würde. Da mir das Thema keine Ruhe ließ, fasste ich mir letztendlich doch ein Herz. Ich lehnte mich auf meinem Stuhl zurück und sah ihn an.

»Sag mal«, sagte ich neugierig, »was ist denn jetzt eigentlich mit dieser Frau, die du kennengelernt hast?« Er schaute nicht von den Zahlen auf, als er anfing zu sprechen.

»Ja, es könnte etwas Ernstes werden, aber wir müssen uns erst noch näher kennenlernen«, sagte er kühl. Ich lehnte mich an meinen Schreibtisch vor und stützte die Arme auf.

»Das hört sich ja wieder mal sehr zweideutig an,

Herr Hover. Aber das bin ich ja mittlerweile von deinen Bekanntschaften gewohnt«, grinste ich ihn an. Er blickte mir in die Augen und wir mussten beide gleichzeitig loslachen. Ich stand auf und ging zu ihm. »Komm her, mein Lieber, lass dich drücken! Ich freu mich für dich. Wirklich. Aber, du bleibst mir doch erhalten?«, fragte ich plötzlich verunsichert.

»Ja, natürlich. Das ist alles noch nicht spruchreif und ich möchte dich daher auch bitten, darüber nicht in der Agentur zu sprechen. Schauen wir mal, was die Zeit bringt.«

## 39. Kapitel

Die nächsten Tage verliefen turbulent. Es gab sehr viel in der Agentur zu tun. Mir blieb kaum Zeit, Luft zu holen und über mein Seelenleben, wie Marvin es nannte, nachzudenken. Als ich an diesem Freitag endlich vom letzten Auswärtstermin bei der Firma Thomsen & Sohn, zu meinem Auto zurückkehrte, kramte ich in meiner Tasche nach meinem Handy. Das Display signalisierte mir unter anderem 22 Anrufe von Marvin. Da musste etwas passiert sein! Mein Hals schnürte sich zu und ich rief ihn sofort zurück. Es klingelte nur einmal. »Alexandra?«

»Äh, ja, ich bin's, Marvin! Was ist passiert?«, fragte ich panisch. Im Hintergrund konnte ich Stimmen vernehmen.

»Gott sei Dank! Mensch, ich hab mir solche Sorgen gemacht! *Wir* haben uns solche Sorgen gemacht!« Ich hörte Marvin, wie er den Hörer weghielt und sagte, dass es mir gut ginge. Ich verstand kein Wort.

»Kannst du mir mal bitte sagen, was los ist, Marvin?«

»Wo bist du, Alexandra?«

»Ich bin gerade von Thomsen & Sohn rausgekommen und stehe hier jetzt noch auf dem Parkplatz.«

»Du hattest doch den Termin schon um 14 Uhr gehabt«, sprach Marvin weiter.

»Thomsen hatte mich angerufen und den Termin um zwei Stunden nach hinten verschoben.« Marvin fing an zu lachen.

»Mensch, hattest du ein Scheißglück. Komm bitte sofort in die Agentur!«

»Kannst du mir jetzt bitte mal sagen, was eigentlich los ist?«, wiederholte ich meine Frage. Marvin schnaufte hörbar aus, bevor er sprach. »Im Radio haben sie durchgegeben, dass auf der A 23 ein schwerer Unfall durch einen Geisterfahrer verursacht wurde. Frau Schön ist vorhin dort vorbeigefahren und hat erzählt, dass dort ein schwarzer Audi RS 5 in den Unfall verwickelt war und sie dachte, dein Kennzeichen erkannt zu haben. Hubschrauber und Krankenwagen waren bereits an der Unfallstelle und die A 23 wurde komplett gesperrt. Mensch, Alexandra! Wir haben alle gedacht, das wäre dein Audi!«

Ich musste schlucken. War ich wirklich zum richtigen Zeitpunkt am richtigen Ort? Ich fasste mir an die Stirn und ein Schauer glitt mir über den Rücken.

»Alexandra? Bist du noch dran?«

»Ja. Ja, ich bin noch dran«, sagte ich zögerlich.

»Komm bitte auf direktem Weg her, ok?«

»Ja, mach ich.«

»Warte kurz, Alexandra. Hier möchte noch jemand sofort deine Stimme hören.« Es raschelte kurz in der Leitung.

»Alexandra? Ich hab mir solche Sorgen gemacht«, hörte ich Emilia sprechen. Ich riss die Augen auf und glaubte nicht, was ich da hörte. Mein ganzer Körper wurde mit Gänsehaut überzogen.

»Emi? Bist du das? Bist du in der Agentur?«, fragte ich mit zittriger Stimme.

»Ja, bin ich.«

»Emi, Süße, mir ist nichts passiert. Ich bin noch bei Thomsen & Sohn. Es ist alles gut. Hörst du?« Sie weinte und war total aufgewühlt. Ich hörte, wie sie das Handy weiterreichte. »Marvin?«

»Ja, ich bin wieder dran. Das war für Emilia jetzt definitiv zu viel. Fahr los, aber vorsichtig!«

»Ich bin ungefähr in eineinhalb Stunden da. Lass

Emi bitte nicht aus den Augen, Marvin.«

»Wird gemacht«, bestätigte er mir meine Bitte und legte auf.

Die Fahrt nach Hamburg ging nur über Umwege. Den Unfallort musste ich weitläufig umfahren. Ich tritt aufs Gas und fuhr mit 130 h/km die Landstraße entlang. Natürlich viel zu schnell, aber ich wollte jetzt nur noch zu Emilia. Was löste sie nur in mir aus? Ich wusste es einfach nicht, ich wusste nur, wie sehr sie mir gefehlt hatte.

Als ich weit hinter der Unfallstelle wieder auf die A 23 auffahren konnte, beschleunigte ich auf 240 h/km. Ich wollte einfach nur weg. Nach nur einer Stunde bog ich auf den Parkplatz der Agentur ein und hielt vor der Schranke. Ich musste nicht mal meinen Ausweis an das Gerät halten, da öffnete sie sich schon von alleine. Am Empfang hatte man bereits auf meine Ankunft gewartet. Als ich auf meinen Parkplatz fahren wollte, kam mir Emilia auf halber Strecke entgegengelaufen, so dass ich abrupt abbremsen musste. Sie riss die Fahrertür auf und zog weinend an meinem Arm. Ich konnte mich nur mühselig vom Gurt befreien und zog, während ich aufstand, die Ohrstöpsel meines Headsets raus. Emilia fiel mir sofort um den Hals und drückte mich so fest, dass es schon fast wehtat. Sie war fix und fertig. Sie zog sich an mir hoch und umklammerte mich mit ihren Beinen. Da sie trotz ihrer schmalen Figur sicher um die 60 Kilo auf die Waage brachte, hatte ich Mühe, sie zu halten. Aber ich genoss es so sehr, dass sie auf meinem Arm war. »Schatz, alles ist gut. Alles ist gut«, sagte ich immer und immer wieder zu ihr bis ich auf meinem Rücken eine Hand verspürte.

»Hey, Alexandra, schön dich zu sehen.«
»Hey, Marvin.«

»Emilia ist ja total fertig. Kann ich euch irgendwie helfen?«, fragte Marvin besorgt.

»Nein, ich glaube, es geht gleich wieder. Ich nehme sie jetzt mit zu mir.« Emilia rührte sich nicht und vergrub sich regelrecht in mir. Ich streichelte ihr über den Kopf und versuchte sie zu beruhigen.

»Aber dann fahr ich mal deinen Audi auf die Seite.«

»Ja, danke, Marvin. Emi, ich muss dich absetzen. Ich kann dich nicht mehr halten«, flüsterte ich leise. Sie ließ sich langsam an mir herunter gleiten und sah mich mit ihren verweinten Augen ganz fest an. »Ich hatte solche Angst um dich!«

»Du brauchst dir um mich keine Sorgen zu machen. Ich pass schon auf, ok?« Emilia nickte und hing sich wieder an meinen Hals. Ich strich ihr über den Rücken und ich spürte, dass sie langsam ruhiger wurde. Ich nahm ihr Gesicht in meine Hände und sah sie eindringlich an.

»Du hast mich sehr enttäuscht, Emi. Mach das nie wieder! Hörst du?« Sie nickte und ihre Augen füllten sich erneut mit Tränen. Ich legte meinen Arm um sie und lief mit ihr zum Eingang der Agentur. Als ich mit ihr am Empfang angekommen war, liefen mir mehrere Mitarbeiter, darunter auch Frau Schön entgegen. Sie waren alle sichtlich erleichtert, dass mir nichts passiert war.

Auf direktem Weg ging ich mit Emilia zu meinem Büro und schaute noch schnell in meinen elektronischen Terminkalender. Zum Glück hatte ich morgen keine Termine. Emilia stand neben mir und sah mich an. Ich drehte mich zu ihr um und nahm ihre Hand.

»Süße«, fing ich an zu sprechen, »ich muss dir noch was erklären. Ich war im Krankenhaus, aber du warst nicht ansprechbar. Der Anblick war schrecklich.«

Ich musste blinzeln, da sich nun auch meine Augen mit Tränen füllten. »Robert war bei Tom in der Wohnung bevor« – ich stockte.

»Ich weiß«, sagte Emilia leise. Ich konnte sie nicht ansehen. »Robert wollte Tom zur Rede stellen wegen meines Audi. Ich wusste ja nicht, was ich damit anrichte, wenn ich Robert davon erzähle. Er hat sich bei mir gemeldet, als ich noch auf Föhr war und wollte sich den Wagen ausleihen. Deshalb wusste er von dem Diebstahl. Ich habe mich so dumm gefühlt und gleichzeitig hatte ich solche Angst. Angst um dich, dass dieser Tom dir etwas antun würde. Was ja dann auch passiert ist.« Es war kurz still im Raum und Emilia atmete hörbar aus.

»Das war nicht Tom«, sagte sie trocken. Ich erschrak und sah zu ihr hoch.

»Bitte? Wer denn dann?« Emilia sah zum Boden.

»Als Robert vorbeigekommen ist, war Tom schon gar nicht mehr da. Ich habe ihn nur noch einmal gesehen, nachdem er den Audi gestohlen hat.«

»Aber Emi, wer war es denn dann?« Sie sah mich an und dicke Tränen liefen ihr wieder übers Gesicht. Ich schüttelte sie am Arm und stand auf. Aus Emilia kam kein einziges Wort. »Emilia? Du musst mit mir reden!« Es klopfte an der Tür und Marvin kam herein.

»Sorry, ich störe euch wohl«, sagte er vorsichtig in unsere Richtung und blieb an der Tür stehen. Ich sah zu ihm und dann wieder zu Emilia.

»Nein, Marvin, du kommst genau richtig. Ich komme bei der Geschichte nicht ganz mit. Emilia hat mir eben gesagt, dass es nicht Tom war, der sie so zugerichtet hat.« Er senkte ebenfalls den Kopf und auch er sagte erst mal nichts. Mein Blick blieb an Marvin haften, dann sah ich wieder zu Emilia, die immer noch regungslos vor mir stand. »Warum sagt ihr denn nichts? Marvin? Du weißt doch wieder mehr, als du mir sagen willst.«

»Das soll Emilia machen. Da halte ich mich raus. Bis Montag«, sagte er und verließ den Raum.

»Emilia, warum vertraust du mir nicht? Warum lässt du mich an deinem Leben nicht teilhaben?«

»Weißt du eigentlich, dass Frau Cooper ihren Foto-Workshop nicht angetreten hat?«, fragte mich Emilia.

»Bitte? Emilia, was soll das? Ich werde wirklich gleich sauer. Warum lenkst du jetzt auf Frau Cooper?« Sie versuchte, meinem Blick auszuweichen, aber ich hinderte sie daran. »Ich höre!«, sagte ich in einem schärferen Ton, den ich ihr bisher nicht entgegengebracht hatte. Ich griff mir an die Stirn. »Entschuldige bitte, Emi, entschuldige«, sagte ich leise, »aber meine Nerven werden heute wieder ganz schön überstrapaziert.«

»Es war Robert«, murmelte Emilia. Bevor ich etwas sagen konnte, drehte sie sich auf dem Absatz um und ging zur Tür. Ich rannte wie elektrisiert los und hielt ihr die Tür zu. »Robert? Was war Robert?«, wiederholte ich mich.

»Lass mich bitte durch, Alexandra!«

»Robert hat dich so zugerichtet?«

»Er sagte, dass ich schuld daran wäre, dass er dich verloren hätte und er mich hassen würde.« Ihr Kinn fing an zu zittern. »Er hatte einen Golfschläger dabei.« Ihr Blick war immer noch auf den Boden gerichtet. »Da du noch nicht mal wegen des Audis etwas unternehmen wolltest, sind bei ihm letztendlich alle Sicherungen durchgebrannt.« Mein Blick erstarrte und ich glaubte nicht, was ich da hörte. Ich hielt mir die Hände vor das Gesicht. »So«, sagte sie kühl, »jetzt weißt du es.«

»Emi, ich bin fassungslos, mir fehlen die Worte. Ich kann das alles nicht glauben, dass Robert zu so etwas fähig ist. Er war auch noch nach deinem Unfall bei mir in der Agentur und hat sich nach deinem Zustand erkundigt.« Ich legte meinen Zeigefinger unter ihr Kinn und zog so ihren Blick auf mich. »Willst du heute bei mir übernachten?«, fragte ich sie leise. Sie nickte.

»Ich brauch Arbeit.« Das war alles, was aus ihr herauskam.

»Nur Arbeit?« Ihre Blicke gingen hin und her.

»Und dich«, sagte sie zögerlich.

Ich schloss sie fest in die Arme. Dann fuhr ich mit ihr in meine Wohnung.

## 40. Kapitel

Als ich früh am Samstagmorgen die Augen öffnete, konnte ich nicht glauben, dass Emilia neben mir lag. Sie sah neben mir so zerbrechlich aus mit ihrer Stupsnase und ihren unzähligen Sommersprossen, die ihr Gesicht zierten. Vorsichtig streichelte ich ihr über den Arm, der frei auf der Bettdecke lag. Sie hatte tatsächlich wieder mein Armband an, das ich ihr bei der Abreise auf Föhr geschenkt hatte. Ich hatte sie so unglaublich lieb und wollte einfach nur für sie da sein. So jemand wie Emilia hatte ich gebraucht. Ich wusste all die Jahre nicht, wie ich es ausdrücken sollte, aber genauso, wie sie war, so musste ein Mensch sein, mit dem ich ein Zuhause teilen wollte. Mich glücklich und zufrieden machte. Es ist einfach das bedingungslose Verständnis eines Menschen. Jemand, der einen versteht, auch, wenn man nichts sagt oder auch gerade deshalb. So jemand war Emilia für mich. Sie war etwas ganz Besonderes und es schien mir, ihr ging es genauso. Gedankenversunken lag ich neben ihr, als sie sich plötzlich rührte und die Augen langsam aufschlug.

»Guten Morgen, Liebes.«

»Guten Morgen, Süße«, sagte ich noch mit kratziger Stimme. »Frühstück?«

»Bleib noch ein bisschen liegen. Heute ist doch Samstag«, brummelte sie vor sich hin. Schmunzelnd legte ich mich wieder neben sie.

»Ich kenne kein Wochenende.« Sie griff nach meiner Hand und rollte sich ebenfalls auf den Rücken. Ich sah zu ihr rüber. »Du musst Robert anzeigen, Emi!«

»Nein! Auf keinen Fall! Ich möchte so wenig   Aufsehen wie möglich«, sagte sie verständnislos.

»Aber Emi, das kann doch nicht dein Ernst sein!«

Sie drehte sich zu mir um und beugte sich über mich.

»Doch. Ich möchte das so. Lass es bitte, ok?«, sagte sie in einem ruhigen aber bestimmtem Ton.

»Ich verstehe dich nicht. Du lässt dir immer alles gefallen«, sagte ich vorsichtig. Weil ich die Atmosphäre nicht vergiften wollte, legte ich dieses Thema erst mal beiseite.

»Aber das mit Frau Cooper, das erklärst du mir noch«, musterte ich sie ernst. Sie sah mich immer noch an, dann legte sie sich wieder neben mich.

»Frau Cooper konnte den Foto-Workshop nicht antreten, weil sie an diesem Freitag nicht früher gehen konnte. Sie hatte ihn bezahlt, aber, da sie kurzfristig absagen musste, konnte sie die Gebühr vom Veranstalter nicht zurückverlangen.«

»Und? Was habe ich damit zu tun?«, fragte ich irritiert nach. »Na, dreimal dürfen Sie raten, Frau Marquardt.« Sie drehte ihr Gesicht zu mir und sah mich mit großen Augen an. Ich runzelte die Stirn.

»Bitte? Ich verstehe gerade gar nichts.«

»Das war an diesem Freitag, an dem Frau Marquardt« – ich unterbrach sie.

»Emi, nenn mich nicht ständig Frau Marquardt. Ich bin kein Drachen!«, entgegnete ich ungehalten.

»Du hast sie aus deinem Büro geschmissen, als sie dich fragen wollte, ob sie zwei Stunden früher gehen könnte, damit sie auch rechtzeitig dort ist.«

»Emilia! Mir wäre es sehr recht, wenn wir Privates vom Geschäftlichen trennen würden«, sagte ich zunehmend gereizt.

»Vergiss es! Du wolltest mich. Jetzt wirst du mich nicht mehr los«, sagte sie siegessicher, als sie sich wieder neben mich legte. Ich verkniff mir ein Lachen, sah geradeaus an die Wand und verzog meinen Mund.

»Und? Was soll ich jetzt deiner Meinung nach unternehmen, Emi?« Sie sah wieder zu mir rüber.

»Schenk ihr den Foto-Workshop! Sie kann sich das jetzt nicht noch mal leisten. Sie hat darauf ganz lange gespart.«

»Ich soll was? Stell dir mal vor, das bekommen die anderen Mitarbeiter raus! Dann stehen die Schlange bei mir. Das kann ich unmöglich machen.«

Ich sah sie an und sie beugte sich wieder über mich. »Guck mich nicht so an, Emi.«

»Wenn dir was an mir liegt, dann ziehst du das jetzt durch«, sagte sie bestimmt und funkelte mich an. »Du machst das zur Chefsache, ok?« Ich musste schmunzeln und gleichzeitig den Kopf schütteln. »Chefsache«, wiederholte ich, »du spinnst wohl!«

»Also? Du machst es?«, fragte sie hoffnungsvoll.

»Ich überlege es mir, ok?«

»Dann überlege aber nicht so lange, Liebes. Frau Cooper geht auf die 60 zu, da hat man nicht mehr allzu lange Zeit«, sagte sie lachend. Ich sah zu ihr rüber und jetzt musste auch ich lachen. Eher verhalten, aber ich ließ mich schließlich doch von ihr anstecken.

»Du würdest ihr eine riesige Freude damit machen«, sagte sie, als wir uns wieder beruhigt hatten. Ich nahm ihre Hand ganz fest in meine.

»Ich weiß, Emilia. Ich weiß. Aber eins möchte ich ein für alle Mal klarstellen. Du musst dich nicht immer für die Probleme der anderen einsetzen. Mir wäre es lieber, du würdest *deine* Probleme mit mir besprechen. Ist das möglich, Emi? Du gibst mir jedes Mal zu verstehen, dass du dich mir nicht anvertraust. Vom Diebstahl meines Autos hättest du mir selbst erzählen müssen«, erklärte ich.

»Ich weiß. Ich habe mich aber so geschämt und

irgendwie hatte ich auch Angst vor deiner Reaktion.« Sie wandte ihren Blick von mir ab. Es war ihr sichtlich unangenehm.

»Versteh mich bitte nicht falsch, Emi! Es geht mir nicht um den Wertverlust, der nicht gerade unerheblich ist bei so einem Fahrzeug. Mir geht es ausschließlich um uns und dass du mir nicht vertraust. Das Fahrzeug kann ich jederzeit ersetzen, dich aber nicht. Mir ist doch nichts zu viel, wenn es um dich geht und wenn ich dir das Leben schöner gestalten kann.«

Ohne eine Reaktion von ihr abzuwarten, stand ich auf und ging ins Bad. Mein Blick in den Spiegel verriet mir, dass es mir, auch trotz unserer Aussprache, richtig gut ging. Das hatte ich alles diesem kleinen Wirbelwind da draußen zu verdanken. Ich lächelte ungläubig, aber glücklich.

Nachdem ich mich fertiggemacht hatte und Emilia auch unter die Dusche gehuscht war, machten wir einen langen Spaziergang an der Elbe. Das Wetter war herrlich. Trocken und kalt. So, wie ich es im Winter liebte. Wir hakten uns unter und redeten ununterbrochen. Oder besser gesagt, Emilia sprach ununterbrochen. Dass Tom seit dem Diebstahl untergetaucht war, interessierte sie überhaupt nicht. Er war für sie Geschichte. Irgendwann würde sich die Polizei schon melden. Daher beließ ich es erst mal dabei und widmete meine ganze Energie und meine ganze Kraft Emilia.

Am Abend machten wir es uns vor dem offenen Kamin gemütlich und besprachen, wann wir Emilias Sachen aus der Wohnung holen würden und wann sie den Mietvertrag kündigen würde. Es musste ja alles geklärt sein, wenn sie bei mir einziehen wollte. Und das wollte sie definitiv. »Willst du morgen gleich mit in die Agentur?«

»Ich muss morgen erst zum Arzt, aber danach so gegen 11 Uhr könnte ich vorbeikommen, wenn du magst«, sagte sie zaghaft. Ich legte meine Hand unter ihr Kinn.

»Natürlich mag ich.« Sie lächelte mich an, weswegen ihre Stupsnase noch kleiner erschien. Am nächsten Morgen machte ich mich schweren Herzens ohne Emilia auf den Weg in die Agentur. Als ich meine Sachen im Büro abgelegt und den Computer hochgefahren hatte, hörte ich Frau Cooper im Vorzimmer. Ich sah von meinem Schreibtisch aus auf die Elbe und dachte über das Gespräch mit Emilia nach. Sollte ich wirklich Frau Cooper den Foto-Workshop bezahlen? Das würde doch entschieden zu weit gehen und, wenn das die anderen mitbekommen würden, hätte ich ein richtiges Problem. Ich überlegte kurz und stellte mich mit den Händen auf dem Rücken verschränkt ans Fenster. Es klopfte an meiner Tür. »Herein!«

»Guten Morgen, Frau Marquardt. Ihr Tee.«

»Guten Morgen, Frau Cooper. Vielen Dank!«

»Sehr gerne, Frau Marquardt und einen angenehmen Tag wünsche ich Ihnen.« Sie drehte sich auf dem Absatz um und lief zur Tür.

»Frau Cooper? Einen Moment noch bitte! Ich habe noch etwas mit Ihnen zu besprechen«, rief ich ihr zu und drehte mich von der Fensterfront weg.

»Sekunde, Frau Marquardt! Ich hole mir schnell Stift und Block und bin sofort wieder bei Ihnen.«

»Nein, Frau Cooper! Dass was ich Ihnen zu sagen habe, geht auch so.« Sie erschrak etwas. Meine Wortwahl war wohl etwas unpassend. Ich stellte mich vor sie und sah sie erst mal nur an. Man konnte mittlerweile die vielen Arbeitsjahre um ihre Augen erkennen.

Sie hatte einige Falten und auch einzelne graue Haare bekommen.

»Ich habe gehört, dass Sie gar nicht bei diesem Foto-Workshop waren und dass ich daran nicht ganz unschuldig bin.« Frau Cooper winkte ab.

»Nein, nein. Das war mein Fehler. Das hat wirklich nichts mit Ihnen zu tun.«

»Da habe ich aber ganz anderes gehört.« Es wurde still im Raum. »Ich möchte das wieder gutmachen. Die Agentur zahlt Ihnen den Workshop.« Sie erstarrte und ihre Augen wurden feucht. Ihre Hände, denen man ebenfalls ihr Alter ansah, legte sie auf ihr Gesicht.

»Das kann ich unmöglich annehmen, Frau Marquardt.« Sie schüttelte immer und immer wieder ihren Kopf.

»Doch, Frau Cooper, Sie können. Das geht schon in Ordnung. Mit Ihrer Arbeit bin ich immer sehr zufrieden und ohne Sie läuft der Laden hier doch gar nicht«, schmunzelte ich sie an.

»Hey, guten Morgen zusammen!«, rief Marvin uns freudestrahlend entgegen. »Habe ich etwas verpasst?«, fragte er neugierig nach. Nachdem Frau Cooper sich wieder aufgerappelt hatte, musste sie sofort Marvin die Neuigkeit erzählen.

Mit einem Taschentuch trocknete sie ihre Tränen und ich ging ohne weiteren Kommentar in mein Büro zurück. Marvin folgte mir und schloss die Tür.

»Du hast was gemacht? Was ist denn mit dir los?« Ich wandte meinen Blick von der Elbe nicht ab.

»Nichts, Marvin. Ich habe nur Emilia einen Gefallen getan, sonst nichts«, sagte ich ruhig.

»Emilia hat ja bei dir echt ein Stein im Brett«, sagte er überschwänglich. »Vielleicht sollte ich ihr mal sagen, dass ich zu gerne so einen Audi RS 5 hätte.« Er grinste und merkte recht schnell, dass dieses Thema für mich sehr ernst war. »Weißt du«, fuhr ich fort, »vor noch nicht allzu langer Zeit habe ich immer die Menschen, die ich unterhalb von meinem Fenster beobachtet habe, beneidet, weil sie so glücklich ausgesehen haben.« Ich drehte mich zu ihm um und schaute ihn an.

»Und jetzt gehöre ich auch zu diesen glücklichen Menschen.« Marvin stand auf und ging zu mir rüber.

»Das ist doch gut! Das hast du auch verdient. Ich habe oft an dich gedacht, gerade, wenn es dir so schlecht gegangen ist. Im vergangenen Jahr hast du noch mehr geleistet als sonst und du hast auf ganzer Linie gesiegt.« Marvin legte seinen Kopf an meinen und wir waren uns einig. Ich war endlich angekommen.

Die Stille wurde unterbrochen, als plötzlich die Tür aufging und Emilia hereinkam. »Hey, ich hoffe, ich störe euch nicht!«

»Ach, die verlorene Tochter«, grinste Marvin in meine Richtung. Sie lief direkt auf mich zu, schob Marvin auf die Seite und nahm mich in den Arm.

»Frau Cooper hat mir erzählt, dass du ihr den Foto-Workshop bezahlst. Sie ist so glücklich«, flüsterte sie mir ins Ohr. »Danke!« Sie löste sich von mir und sah zu Marvin. »Tut mir leid, Marvin, aber ich hätte Alexandra jetzt gerne für mich alleine.«

»Habe schon verstanden«, schmunzelte Marvin. »Aber um 13 Uhr ist die Besprechung mit Thomsen & Sohn. Vergiss sie nicht, Alexandra!«

»Nein, nein, die vergesse ich schon nicht«, antwortete ich knapp. Marvin verließ lachend den Raum.

»Musst du heute wieder lange arbeiten?«, fragte Emi vorsichtig, als ihr Blick über meinen Schreibtisch schweifte. »Ja, Süße, das muss ich.«

»Schade Marmelade«, flüsterte sie in meine Richtung. Ich nahm ihr Gesicht in meine Hände und sah ihr fest in die Augen.

»Vergiss bitte nie, Emi, dass ich in erster Linie Unternehmerin bin. Mein Leben spielt sich hauptsächlich in diesen vier Wänden ab, aber die Zeit, die ich davor, dazwischen und vielleicht auch noch spät in der Nacht habe, die werde ich ausschließlich mit dir verbringen, weil du für mich die Welt bist. Ich werde dich immer beschützen und dafür sorgen, dass es dir an nichts fehlt. Und einen weiteren Vorteil hat es doch für dich. Du kommst dadurch in den Genuss, finanziell unabhängig zu sein.« Sie lächelte mich zaghaft an und ich erkannte in ihrem Gesicht, dass dies für sie mehr als zweitrangig war.

»Ich will nur, dass du bei mir bist. Alles andere ist mir egal«, sagte sie leise.

Herzlichen Dank …

meiner Lektorin Heidi Goch-Lange, für ihre einfühlsame und herzliche Art die Dinge beim Namen zu nennen, für ihre Geduld und ihren Glauben an mich.

Frauke Hamann vom Buch-Wunder-Werk, die mir mit Rat und Tat immer zur Seite gestanden hat, wenn es unter anderem um die technische Umsetzung gegangen ist.

Meiner Mama, die mich in allen Lebenslagen unterstützt. Du bist meine beste Freundin.

Meinem Mann, für seine Unterstützung und sein Verständnis, wenn ich mal wieder keine Zeit hatte.

BOOKS on DEMAND, die mir die Möglichkeit eingeräumt haben, meinen Debütroman zu veröffentlichen.

Angelina Wiemann von Freudentanz - Her mit dem schönen Leben! (www.freudentanz-shop.de), die mir bei der Findung des Titels geholfen hat.

Marie von Wolkenart (www.wolkenart.com) für ein traumhaftschönes Cover und die Erstellung meiner Homepage.

Ohne euch hätte ich dieses Buch nie veröffentlichen können!